NORMAL RICH

평범한 부자되기

평범한 부자를 꿈꾸는 사람들에게

……

초판 1쇄 발행 | 2020년 6월 25일
지은이 | 전대열
펴낸이 | 최대석
펴낸곳 | 행복우물

편 집 | 홍은정
표 지 | 서미선
교 정 | 최연수
마케팅 | 최 연

등록번호 | 제307-2007-14호
등록일 | 2006년 10월 27일

주 소 | 경기도 가평군 경반안로 115
전 화 | 031)581-0491
팩 스 | 031)581-0492
이메일 | danielcds@naver.com

ISBN 978-89-93525-80-9
CIP제어번호 CIP2020024621
정가 15,000원

NORMAL RICH

평범한 부자되기

전대열 지음

행복우물

책을 시작하며

인간관계에 있어서 가장 중요한 것은 대화와 소통이다. 이를 통해 나의 의사를 전달하고 상대를 설득하며 어떠한 문제라도 해결할 수 있기 때문이다.

그런데 현대사회를 살아가는 우리들에게 가장 어렵고 잘 안 되고 있는 것이 또한 대화이고 소통이 아닌가 싶다. 특히 가족 간에는 더 소중하고 중요하지만 그럴 시간도 없고 더 어려운 것이 사실이다. 과거 농경시대 대가족 제도에서는 하루 세 끼 식사시간이 대화의 시간이었고 일하는 시간이 바로 소통의 시간이었다. 그러나 지금과 같은 산업사회에서는 가족들이 한 자리에 앉아 담소를 나눌 시간을 갖기가 쉽지 않다. 그간 압축성장 과정에서 가족문화도 많이 바뀌었고 부모 자식간의 세대격차도 워낙 커서 대화가 잘 안되는 것도 사실이다.

평소에 이 문제를 늘 아쉬워하던 나는 '책'을 선택했다. 즉, 글을 통해 나의 의견을 후대에 전달하는 방법이다.

조선시대에만 해도 자녀교육을 위한 '동몽선습'이라는 자녀교육 교재가 있었지만, 지금은 자녀들에게 살아가면서 삶의 방식을 알려줄 마땅한 교재가 보이지 않아 늘 안타까움을 금할수 없었다. 그러한 취지에서 그동안 생각날 때마다 틈틈이 써두었던 원고들을 다시 정리하여 책으로 내게 되었다. 이 책을 통해 자녀들이 살아가는 과정에서 삶의 태도와 사고방식, 세상을 보는 관점 등을 알려 주고자 한다.

내가 이 책에서 가장 강조하고자 하는 바는 이 책의 제목이 암시하듯 '평범한 부자' 이다. 가난하지 않고 적절한 부를 소유하면서 사회에서 중산층으로 사회적 책임을 다하는 그런 사람이 바로 이 책이 추구하는 '노멀 리치' 이다. 이러한 생각을 하게 된 가장 큰 배경은 바로 우리 집안은 가난이 대물림 되고 있다는 사실이다. 어떤 집안은 부가 대물림되는데 우리 집안은 가난이 대물림되고 있음이 안타까워 이를 깨우쳐주고 싶었다.

세상에는 부자보다는 가난한 사람이 많고 부유한 나라보다는 가난한 나라가 많다. 그럼에도 가난을 쉽게 벗어나지 못하는 데는 그만한 이유가 있다고 생각한다. 그중 가장 중요한 이유가 세상을 바라보는 관점, 사고방식 등에서 차이가 있다는 사실이다.

이 책이 많은 가난한 사람들을 평범한 부자의 반열에 서게 하는데 기여하기를 바란다. 그래서 그러한 노멀 리치(Normal Rich)들이 상식이 통하는 건전하고 건강한 사회를 만들어 주었으면 좋겠다.

제1부

왜 빈곤이 전 세계적으로 일상화되어 있는가?

01 세계의 절반은 굶주리고 있다

지금도 지구상에는 세계 인구의 10%가 넘는 8억5천만 명이 심각한 영양실조로 시달리고 있으며, 하루에 10만 명, 1년에 3천 6백만 명이 기아로 사망하고, 기아 사망자의 6분의 1은 10세 미만 아동이라고 한다. 이처럼 세계의 많은 지역이 절대빈곤에서 벗어나지 못하고 기아가 일상화 되어있다.

그러면 왜 세계의 절반은 절대빈곤으로 시달리고 있는가? 국가적으로 절대적 빈곤을 해결하지 못하는 이유는 다양하다.

첫째는 환경이 척박하거나 자원이 빈곤하여 절대적 빈곤이 지속되는 경우이다. 아프리카 나라들 중 많은 나라들이 여기에 속한다.

다음에는 전쟁으로 인해 일시적 또는 영구적으로 절대빈곤이 지속되는 경우가 있다. 계속 내전을 겪고 있는 중동의 나라들이 그렇다.

셋째로는 국가운영체제를 잘못 채택한 경우이다. 스탈린 시절의 소련, 모택동 시절의 중국, 김일성 이후의 북한, 그 밖에 쿠바 등, 절대평등을 지향한 공산주의 국가들이 모두 빈곤에서 벗어나지 못했다.

넷째로는 종교나 전통적인 국민정서가 부에 대한 부정적인 편견으로 작용하여 빈곤이 지속되는 경우도 있다. 중동지역이나 아프리카, 그리고 동남아시아의 일부 나라들이 여기에 속한다.

끝으로는 충분한 자원, 양호한 환경에도 불구하고 국가발전에 필요한 최소한의 자본이 축적되지 않아 빈곤이 지속되는 경우도 있다. 과거 열강들의 식민지배를 받았던 나라들 중 많은 나라들이 여기에 속한다.

그러면 이런 나라들은 빈곤을 퇴치하고 백성을 배불리 먹이고자 하는 의지가 없어서 절대빈곤국가로 남아 있는가? 아니다. 위에서 언급한 여러 가지 요인들이 발전을 저해하고 있기 때문이다.

국제적으로 절대빈곤을 해결하고 먹고사는 문제를 해결한 국가는 전 세계 220여개 국가 중에서 약 20% 정도에 지나지 않는다. 특히 유럽의 대부분 국가와 북아메리카 국가 중 미국과 캐나다, 오세아니아의 호주와 뉴질랜드, 아시아 국가 중에서는 일본과 한국, 대만, 싱가포르, 중국의 일부 지역 등에 지나지 않는다. 절대 빈곤을 해결한 국가 중에서도 상대적 빈곤문제는 항상 정치적 이슈가 되고 있다. 상대적 빈곤문제는 정치인들의 포퓰리즘의 소재가 되고 과도한 평등지향이 사회주의 체제를 등장시키기도 한다.

빈부의 격차를 줄이고 평등하게 잘사는 사회를 만들기 위해 소련은 공산주의 체제를 실험했지만 빈곤의 근본적인 문제를 해결하지 못했을 뿐만 아니라 100년도 못가서 공산주의 체제가 해체되고 말았다. 중국도 모택동 시절에는 전 인민을 평등하게 잘살게 하기 위한 공산주의체제를 시행했지만 대약진운동 기간(1957~1960)에는 수천만 명이 굶어 죽었다. 북한도 인민을 평등하게 잘 살게 한다지만 절대빈곤이 아직도 진행되고 있는 국가이다. 남미의 여러 국가들도 빈곤문제를 퇴치하기 위해 노력하지만 절대빈곤을 해결하지 못하고 있는 것이 사실이다.

총체적인 측면에서의 절대빈곤은 국가의 문제지만 개인적인 차원에서의 빈곤은 어떠한가? 빈곤한 국가에는 부자가 없이 모두 가난에 시달리는가? 아니다. 조선시대에도 부자는 있었고 아프리카, 아시아, 남아메리카 등 절대빈곤이 진행되고 있는 일부국가에도 부자는 수없이 존재한다. 오히려 그런 나라들일수록 빈부의 상대적 격차는 더 벌어진다. 그 이유는 무엇인가?

빈곤이란

- 빈곤이란 두산백과에서는 '기본적 욕구가 충족되지 않은 상태'라고 정의하고 한국민족문화대백과에서는 '최소한의 인간다운 삶을 영위하는 데 필요한 물적 자원이 부족한 상태를 가리키는 일반용어'라고 정의하고 있다.

- 두산백과에서는 빈곤을 절대적 빈곤, 상대적 빈곤, 주관적 빈곤으로 분류하고 있다. 절대적 빈곤이란 의식주 등 기본적 욕구를 해결하지 못하는 상태를 말하며 세계은행이 1990년도에 하루에 1인당 1,25달러 이하 소득자로 정의했고 2015년에 다시 1.90달러로 개정하였다. 절대적 빈곤은 과거 우리나라 1960년대 이전 상태나 현재의 동남아시아의 일부국가, 아프리카 일부국가들이 이에 해당될 것이다. 상대적 빈곤이란 동일 사회내의 다른 사람과 비교하여 적게 가지는 것, 즉, 특정사회의 구성원 대다수가 누리는 생활수준에 못 미치는 수준을 말하는데, 이것은 특정사회의 사회적 관습과 생활수준에 따라 크게 달라진다. 주관적 빈곤은 자신이 충분히 갖고 있지 않다고 느끼는 것을 말하는데, 이는 제3자의 판단에 의해 어떤 객관적인 수준이 정해지는 것이 아니라 개인의 주관적인 판단에서 결정된다.

- 펜체프(Esther Penchef)는 가난(Poverty)이란 자원없이 지내는 정도, 가난이란 부족한 생필품을 사기에 충분한 생계 수입의 수준에 미달하는 것으로 정의하고 있다. 상대적 개념으로 부(Wealth)란 미래에 일관된 소득을 약속하는 자산을 말한다. 가난에는 대물림되는 가난(2-3세대간 이어지는 가난)과 상황에 따른 가난(죽음, 만성질병, 이혼 등에 따른 가난)으로 구분한다.

02 왜 부자여야 하는가

전 세계 인구의 0.2%에 불과한 유대인이 역대 노벨상 수상자의 22%를 차지하고 특히 경제학상의 경우 역대 수상자의 38%를 차지한다. 미국 상위 부자 400명 가운데 23%가 유대인이며 최상위 부자 40명 가운데 40%가 유대인이다. 우리가 이름만 들으면 알만한 부자들, 로스차일드, 모건 스탠리, 록펠러, 조지 소로스, 워렌 버핏, 빌 게이츠 등 거대 재벌들이 모두 유대인이다. 어째서 유대인들 중에 부유한 사람들이 많을까?

그 출발점은 탈무드의 돈에 대한 격언에서부터 시작한다고 봐야 한다. 탈무드 격언에는 돈에 관계되는 비유들이 넘쳐난다. 몇 가지만 예를 들어 보겠다.

- 돈으로 열리지 않는 문이 없다.
- 우리는 돈 없이는 살 수 없다.
- 돈이 인생의 전부가 아니라고 말하는 사람에게는 죽을 때까지 돈이 쌓이지 않는다.
- 돈은 어떤 문제도 열 수 있는 황금 열쇠다.
- 겨울 장작 살 돈을 여름 휴가비로 사용하지 않으면 부자가 된다.
- 돈을 빌릴 때 웃으면 갚을 때 울게 된다.
- 남에게 돈을 빌려 주었는데 그 사람이 도저히 갚을 길이 없음을 알게 되면 그 집 근처에 얼씬도 하지 말라.
- 아무리 용한 의사라도 가난만은 고치지 못한다.

그들은 탈무드의 경전에서부터 돈의 가치를 배운다. 그들은 돈을 현실적으로 불요불가결한 것으로 인식하고 돈을 버는 활동을 탐욕으로 보지 않는다. 그들은 돈을 추구하지만 당당하고 어렸을 때부터 돈의 소중함과 돈이 만들어 내는 힘을 배운다.

한동철은 《부자학개론》에서 부자를 인간의 생리적, 심리적 욕구인 내적욕구와 금전적, 사회적, 종교적 욕구인 외적욕구를 동시에 충족할 수 있는 사람들로 정의하고 있는 것으로 보아 돈은 인간의 내외적 욕구를 충족시키는데 필수적인 수단임에 틀림없다.

우리나라 은행에서는 현금성 자산이 10억 원 이상인 사람들을 '부유층'으로 정의하고 특별한 서비스와 별도의 마케팅을 한다. 돈을 일정액 이상 가진 사람을 부자라고 하고 돈은 인간의 욕구충족을 위한 필수적인 수단이라는 가정에서 본다면 부자는 존경받아야 하는 존재임에 틀림없다.

미국에서는 세금을 많이 내는 사람과 일자리를 많이 창출하는 기업인을 사회적으로 예우하고 있다. 유대인의 관점에서 보면 올바른 부의 원리는 선이고 부의 반대말을 악이라고 하며, 빈곤은 사회의 실수한 결과물이라고 규정한다. 그 이유는 사회 전체가 많은 사람들에게 선을 행하지 못한 결과이기 때문이다.

현실생활에서 남을 도와주고 기부를 많이 하는 사람은 그 대상을 사랑한다. 역설적이게도 남의 도움을 받거나 국가의 도움을 받아 살아가는 극빈자는 도움을 주는 개인이나 국가에 한없이 감사함을 느껴야 하지만 실상은 그렇지 않다. 크레디트 스위스(Credit Suisse)가 2019년 10월에 발간한 '2019 글로벌 웰스 보고서'에서 100만 달러 이상의 부를 소유한 인구는 미국 1천 860만 명, 중국 450만 명, 일본 300만 명, 호주 120만 명, 한국 74만 명이라고 발표했다. 이 통계를 보노라면 아직도 우리는 멀었다는 생각이 든다.

물론 통계적으로 많은 돈을 가지고 있는 부자도 부자지만 우리가 체감할 수 있는 부자 즉, 이 책에서 말하는 노멀 리치(Normal Rich)는 노인이 되었을 때 친구들과 가끔 해외여행도 다닐 수 있고 손자들이 놀러오면 저녁 한 끼라도 외식을 할 수 있는 정도의 부를 축적한 사람들이다. 지금은 100세 시대로 접어들어 은퇴 후에도 최소 20~30년을 더 살아야 하는 데 살아가면서 남에게 손 벌리지 않고 살 수 있을 정도의 재력을 갖춘 상태면 '노멀 리치'라고 할 수 있지 않을까.

복지제도가 잘 갖추어진 유럽의 나라들에도 국가의 부조만으로 노후를 여유 있게 잘 살 수 있도록 되어 있는 나라는 없다. 한번은 미국에서 유학하고 돌아온 친구가 "미국의 TV에는 부자들이 여유 있는 삶의 모습들을 공익광고로 보낸다."는 이야기를 들려 주었다. 모든 사람들에게 여러분들도 열심히 하면 저렇게 잘 살 수 있다는 상징적인 광고일 것이다.

부자가 되기 위해서는 당연히 열심히 노력해야 한다. 하지만 요사이 우리사회 분위기는 모두가 '놀자주의'로 가득 차 있다. SNS로 보내오는 모든 내용들이 "지금 즐기자"로 압축된다. 그리고 지금 한국 TV 방송에서 가장 인기있는 프로그램은 먹는 것, 여행, 그리고 노는 것과 같은 오락물 들이다.

'나는 자연인이다'라는 프로가 젊은이들의 로망이라니 더욱 더 한심한 생각이 든다. 어떻게 은둔생활하는 삶의 모습이 로망일 수 있을까. 물론 개 중에는 자기 목적을 가지고 산에 들어가 사는 사람도 있겠지만 말이다.

우리가 지금 보고 듣고 즐기고 있는 모든 사회현상들이 부자가 없으면 불가능한 일들이다. 프로스포츠나 해외 유명 공연단 초청과 같은 큰 행사들은 모두 부자들의 기부가 아니면 불가능하다는 사실을 우리는 알아야 한다. 얼마 전에 우리사회를 떠들썩하게 한 기생충도 CJ E&M에서 많은 투자를 하고 심사단들을 찾아다니면서 마케팅을 많이 한 결과라는 사실을 우리는 간과하고 있다.

우리사회에 열풍이 불고 있는 일 안하고 지금 즐기자고 권유하는 사회에서 부자가 많이 탄생하겠는가. 이것이야 말로 삶을 길게 보지 않고 단기적으로 보게 하는 거대한 사회적 패배주의요 집단패망주의라고 생각한다. 노인들이 지금 즐기자는 이야기는 충분히 이해가 간다. 그들은 우리사회를 부흥시킨 세대로서 젊어서는 일만 했던 세대이기 때문이다. 그러나 우리 모두 열심히 일해서 잘 살아보자는 다이나믹한 사회로 다시 한번 변해야 한다.

냉정히 생각해 보자. 욜로도, 워라밸도, 소확행도 돈이 있어야 가능한 일이다. 돈 없이 되는 일이 어디 있던가?

이런 의미에서 나는 "부자가 하늘나라에 들어가는 것은 낙타가 바늘구멍에 들어가는 것보다 어렵다."는 성경의 비유는 "누구나 노력만 하면 평범한 부자(Normal Rich)가 될 수 있다."로 바뀌어야 한다고 생각한다.

03 가난해지는 데는 그만한 이유가 있다

세상을 바라보는 관점과 시각이 다르다

왜 어떤 사람들은 인생에서 더 많은 것을 누리고 어떤 사람들은 가난의 늪에서 헤어나지 못하는가? 왜 어떤 집안은 명문가로 대물림되고 어떤 집안은 가난이 대물림되고 있는가?

머리가 좋고 나쁨의 문제인가? 일류대학과 지방대학의 차이인가? 아마 그럴지도 모른다. 그러나 부자나 사회적 성공자에 관한 한 머리가 좋다는 것은 예외적인 경우에만 결정적인 역할을 한다. 그러면 무엇이 부자와 빈자를 가르는 척도인가?

인간이 삶을 영위하기 위해 필요한 자원의 범주에는 다음과 같은 여러 자원 또는 요소들이 있다.

- 재정적 자원 : 물건과 서비스를 사는 데 필요한 돈
- 정신적 자원 : 장래의 목표를 세우거나 어려운 상황을 뛰어넘고 견뎌내는 신념, 끈기와 인내력, 가치관 등
- 지적 자원 : 지적 능력과 기술, 전문성 등
- 영적 능력 : 신을 믿는 것
- 신체적 자원 : 건강과 활동력
- 외부 지원 시스템 : 정부 및 가족의 지원
- 관계 역할 모델 : 자기를 도와줄 역할모델과 멘토의 유무
- 문화적 자원 : 그 집단에 존재하는 관습이나 불문율 등.

가난한 사람들은 위에 열거한 다양한 자원이 기본적으로 부족한 것이 일반적인데 그 중에서도 특히 정신적 자원의 부족이 두드러진다. 정신적 자원 중에서 가장 두드러진 것은 세상을 바라보는 관점과 시각의 차이이다.

1975년 여름, 박정희 대통령이 정주영 현대 회장을 청와대로 급히 불렀다.

"달러를 벌어들일 좋은 기회가 왔는데, 일을 못 하겠다는 자들이 있습니다."

"무슨 이야기입니까?"

정 회장의 물음에 대통령의 설명이 이어졌다.

"석유파동으로 유가가 올라 지금 중동 국가들이 벌어들인

달러를 주체하지 못한답니다. 그 돈으로 사회 인프라를 건설하고 싶어 우리나라에 건설 사업 참여 의사를 타진해왔습니다. 그런데 현장 조사차 보낸 공무원들이 돌아와서 한다는 이야기가 너무 더워서 낮에는 일할 수 없을 뿐더러, 공사에 절대적으로 필요한 물도 없어 건설을 할 수가 없는 나라라고 합니다. 안 된다는 이야기만 늘어놓아요. 정 회장이 상황을 한번 봐주시오. 만약 정 회장도 안 된다고 하면, 나도 포기하지요."

급히 사우디로 갔던 정 회장은 5일 만에 다시 청와대에 들어가 이렇게 보고한다.

"지성이면 감천이라더니, 하늘이 우리나라를 돕는 것 같습니다. 중동은 이 세상에서 건설 공사를 하기에 제일 좋은 지역입니다. 일 년 열두 달 비가 오지 않으니 일 년 내내 공사할 수 있습니다. 건설에 필요한 모래, 자갈이 현장에 바로 있으니 자재 조달도 쉽고요."

"물은요?"

"그거야 어디서 실어오면 되고요."

"50도나 되는 더위는요?"

"정 더울 때는 천막을 쳐서 낮에는 자고 밤에 일하면 되지 않겠습니까?"

뜨거운 햇살과 사막이 공무원들에겐 건설 불가능의 조건이었지만, 사업가인 정 회장에겐 건설 최적의 조건으로 판단되었던 것이다. 같은 상황을 두고 공무원들은 부정적인 기회로, 정주영 회장은 긍정적인 기회로 보았다는 것이 서로 다른 점이다.

빈곤의 원인으로는 이와 같은 개인 또는 집단의 부정적 사고방식이 가장 큰 이유라고 본다.

부자가 되는 유일한 길이 열심히 일하는 것이라면 뜨거운 태양 아래서 열심히 일하는 농부가 모두 부자가 되어야 할 것이다. 그러나 현실은 많이 다르다. 부자가 되기 위해서는 열심히 일하는 것도 중요하지만, 생각이 달라야 한다.

《위대한 개츠비》의 저자 스콧 피츠제럴드는 부유하다는 것이 은행에 돈이 많다는 것처럼 단순한 하나의 사실이 아니라, 현실을 바라보는 관점과 여러 가지 태도, 특정한 삶의 방식이라고 했다.

《부유한 사람은 어떻게 생각할까? How rich people think》의 저자 스티브 시볼드(Steve Siebold)도 부자와 평범한 월급쟁이의 차이점은 사고방식의 다름 때문이라고 했다. 위의 정주영 회장의 일화 역시도 관점의 차이 또는 사고방식의 차이의 전형이라 할 만하다. 즉, 사업을 하는 정회장은 어떻게해서든지 돈을 벌어야 하는 사람(따라서 일을 만들어야 하는 사람)이고, 상대적으로 공무원들은 일을 하지 않아도 월급이 나오는(따라서 일을 만들면 손해인) 사람들이기 때문이다.

부자는 꿈을 좇고 빈자는 방황한다

세상에 존재하는 국가나 민간 조직에는 연간 목표, 월간 목표, 주간목표 등이 있다. 목표는 모든 조직원들에게 한 방향으로 보게 하고 한 방향으로 나아가게 하는 이정표이다. 목표는 모든 결과와의 비교치이고 평가의 시금석이다.

우리가 하루 일과를 시작할 때도 오늘 무엇을 할 것인가를 정하고 생활하는 날과, 아무 생각 없이 시작하는 날은 확연히 다른 결과를 가져온다. 그처럼 평생 살면서 일생동안 무엇을 하며 살 것인지에 대한 목표를 세우고 사는 사람과 그렇지 않은 사람 사이에는 결과의 성취도 다르고 매일 매일의 행복도도 다르다.

빈곤을 연구한 루비 페인은《계층 이동의 사다리》에서 가난을 탈출하는 가장 중요한 자산이 정신적 자산이고 정신적 자산 중에서 가장 중요한 것 중의 하나가 미래에 대한 꿈과 비전을 갖는 것이라 하였다.

로버트 기요사키는《부자 아빠 가난한 아빠》에서 부자가 되기 위해 갖추어야 할 10가지 힘의 하나로 정신의 힘을 강조하고 있다. 정신의 힘이란 원함과 원하지 않음의 차이이다. 고용인이 되는 것을 원하는 사람은 결코 고용주가 될 수 없다.

여훈 씨는《오늘보다 더 나은 내일을 위한 최고의 선물》에서 최고의 생존전략은 꿈의 씨앗을 심어두는 것이라고 하였다. 꿈의 씨앗은 콘크리트로도 덮이지 않으며 엄청난 바위도 뚫고 나온다. 그곳이 어디일지라도 꿈을 심어둔 곳이라면 희망의 새싹은 돋아나고 꿈과 희망이 있는 사람에겐 주변이 보이지 않으며 오직 꿈을 향해 나아가게 된다고 하였다.

스티븐 코비는 《성공하는 사람들의 7가지 습관》에서 두 번째 습관으로 "목표를 확립하고 행동하라."를 강조하였다. 자신의 최후 순간에 갖고 싶은 이미지, 모습, 그리고 패러다임을 정해 놓으면 모든 행동과 의사결정의 기준이 되기 때문이다.

칭기즈칸은 몽골의 척박한 자연환경과 부족간의 끊임없는 싸움을 종식시키고 좋은 목초지를 확보하기 위해 "바깥으로 나가자."는 꿈으로 부족을 단결시키고 777만 평방킬로미터의 땅을 정복하였다.

국가나 개인이나 미래에 대한 비전이나 목표가 없다면 왜 일을 하는지에 대한 이유가 존재하지 않고, 따라서 일의 나아갈 방향이 없어지게 된다.

이처럼 부자들은 대체로 꿈이 있고 끝까지 인내를 가지고 달성하는데 비해, 가난한 사람들은 구체적인 꿈이 없거나 있더라도 끝까지 꿈을 달성하려는 의지가 약해서 미리 포기하는 경우가 대부분이다.

부자는 투자에 치중하고 빈자는 소비에 치중한다

지금 당장 100만 원이 생기면 이것으로 무엇을 할 것인가를 결정하는 것에서도 부자와 빈자는 차이를 보인다. 주식을 살 것인가, 가상화폐를 살 것인가, 미국의 채권을 살 것인가를 생각하는 사람과 국내여행을 갈 것인가, 유럽여행을 갈 것인가를 생각하는 사람 사이에는 확연히 다른 결과가 기다리고 있을 것이다.

《미국 속의 또 다른 미국》에서 저자인 엘 고든은 빈자는 쾌락을 통제하지 못하고 저축보다는 소비를 통해 쾌락을 누리는데 집중한다고 하였다.

루비 페인은 부자와 빈자 사이에는 돈을 바라보는 시각이 다름을 지적하고 있다. 부자는 돈을 투자와 관리의 대상으로 바라보는데 비해, 빈자는 소비와 쾌락의 수단으로 바라보는 것이라고 보았다.

로버트 기요사키는 부자들은 돈 그 자체를 위해 일하지 않고 배움을 통해 부를 축적하는 수단을 배우는데 시간을 보낸다고 하였다.

스코피오파트너십과 스탠더드차터드 프라이빗 뱅크가 유동자산 200만 달러 이상 부자 1,400명을 대상으로 조사하여 발표한 내용도 역시 동일하다. 즉, 부자들은 새로운 기회를 찾는 것, 일을 다르게 하는 것, 일이 이루어지도록 하는 것 등, 돈을 벌어다 줄 기회와 일에 초점을 맞추지만, 빈자들은 돈을 소비할 방법을 찾는데 집중한다고 하였다.

부자는 미래를 중요시하고 빈자는 현재의 감정에 치중한다

부자는 현재 놀고 싶은 욕망이 있어도 미래를 위해 현재를 희생하지만 가난한 사람은 현재를 희생하지 않고 즐기는 데에 치중한다. 어떤 문제가 발생했을 때 부자는 미래의 상황을 예측하고 문제를 해결하기 위한 방법을 모색하고 현재의 감정을 참고 인내하지만, 가난한 사람은 현재의 감정을 조절하지 못하고 일을 그르치는 경우가 다반사이다.

부자는 미래를 위해 현재의 소득을 저축하는 데에 집중하고 나머지로 소비에 할당하는데, 빈자는 미래를 생각하지 않고 현재에 소비하는 일에 치중한다. 부자는 가난했을 때도 빚을 내어 소비를 하지 않지만, 빈자는 빚을 내어서라도 현재의 고통스런 상황을 면하려고 노력한다.

어린아이에게 마시멜로 1개를 주고 15분 동안 먹지 않고 참으면 2개를 주기로 했을 때, 먹지 않고 참아서 2개를 받은 아이들이 커서 그렇지 않았던 아이들 보다 더 훌륭하게 되었다는 마시멜로 실험은 현재의 달콤한 유혹을 이기고 미래를 준비하는 사람에게는 그렇지 않은 사람보다 부자가 될 소지가 높다는 심리학 실험이다.

오늘날 욜로, 워라밸, 소확행 등 현재를 즐기자는 생활 풍조는 마치 내일이 없는 사람들의 생활 태도 같아서 안타까운 생각이 들기도 한다. 나는 우리가 지금부터라도 부에 대한 관점을 확실하게 해두지 않는다면 지금 누리는 풍요를 10년 후, 20년 후에도 계속해서 누릴 수 있다고 절대 생각하지 않는다.

부자는 역할 모델을 닮고 빈자는 승자를 비판한다

부자는 역할 모델을 찾고 빈자는 승자의 비판에 치우친다. 부자는 자기의 삶의 방향을 정하기 위해 역할모델을 찾고 그를 닮으려고 노력하지만 빈자는 승자의 약점을 찾아 비판에 치중한다. 삼성전자의 직원들 중에도 이병철 회장이나 이건희 회장은 이 큰 기업을 어떻게 운용하는가? 하는 의문을 가지고 그를 닮으려고 노력하는 직원은 임원에 오를 수 있지만, 회장의 약점이나 찾고 다니며 그를 비난하고 비판에 치우치는 직원은 결코 임원에 올라가지 못한다.

강원도 춘천시 서면 방동1리 박사마을은 우리나라에서 단위 인구당 박사가 가장 많이 배출된 지역이다. 1968년 송병덕 박사를 시작으로 현재까지 150여 명의 박사를 배출했다고 한다. 한승수 전 국무총리도 박사마을이 배출한 인재 중의 한 명이다. 이는 마을 전체가 바로 역할모델이기 때문이다. 경남 산청군 생초면의 고시마을도 주변이 모두 역할모델이 되었기 때문에 가장 많은 고시합격생을 배출했다고 한다.

중소기업진흥공단 P이사장은 자기 어머니가 자기 동네에서 행정고시에 합격하여 중앙부처에 근무하는 A과장처럼 행정고시에 합격해야 한다고 누누이 강조했다고 한다. 자기도 어머니의 말씀에 따라 한시도 게을리 하지 않고 공부해서 행정고시에 합격하고 재정경제부에서 근무하다 중소기업진흥공단 이사장이 되었다고 하는 이야기를 들은 바가 있다. 이와 같이 역할 모델이 있다는 것은 앞으로 나아가야 할 방향이 정해졌다는 말이다.

부자는 실패했을 때 반성하지만, 빈자는 남탓을 한다

부자는 실패했을 때 실패의 원인을 자기 자신에게 돌리지만 빈자는 남의 탓으로 돌린다. 《좋은 기업을 넘어 위대한 기업으로(Good to Great)》의 저자 짐 콜린스(Jim Collins)는 위대한 기업의 CEO는 기업이 성공할 때 창문을 바라보고 그 공을 외부의 덕으로 돌리고, 일이 잘못되었을 때는 거울을 보며 책임을 자기에게 돌린다고 썼다.

빈자는 실패했을 때 실패의 원인을 남의 탓으로 돌리기 때문에 자기혁신을 하지 못하며 작은 성공에도 겸손할 줄 모른다. 실패의 원인을 타인에게 전가하는 사람은 실패를 결코 극복하지 못한다. 학교를 못간 것도 취직을 못한 것도 모두 부모 잘못 만난 때문이고, 내가 가난한 것도 모두 외부의 탓으로 돌리는 사람은 그것을 극복하지 못한다. 외부의 탓은 자기의 통제 바깥에 있기 때문에 실패를 극복할 수가 없는 것이다. 회사가 어려운 것도 사장이 회사 돈을 유용하기 때문이라고 모두 사장의 탓으로 돌리고 자기가 책임과 의무를 게을리 하였다는 생각은 결코 하지 않는다. 회사가 잘못되는 것은 오직 사장의 잘못이라고 생각하는 사람은 단지 머슴에 불과하다.

자기의 탓으로 돌릴 때 비로소 원인을 찾아 자기변신이 시작되고 자기혁신이 시작되어야만 실패를 극복할 수 있는 것이다.

부자는 긍정적이고 능동적이지만 빈자는 부정적이고 소극적이다

부자는 긍정적인 사고를 하나 빈자는 부정적인 사고를 한다. 부자는 어떠한 상황에서도 일이 잘될 수 있다고 생각하고 언제든지 나는 할 수 있다는 생각으로 가득 차 있지만, 가난한 사람은 늘 부정적으로 상황을 바라본다. 나는 할 수 없어, 나는 자신이 없어, 나는 흙수저라 나를 도와줄 사람도 없어. 나는 지방대생에 지나지 않아 나를 뽑아주지 않을 거야. 이처럼 늘 자기를 비하하고 잘 될 수 없다는 생각만 한다. 즉, 밝은 쪽보다 어두운 쪽을 먼저 보고 실패한 일을 지나치게 확대 해석한다. 또한 남의 떡을 크게 보고 없는 것을 아쉬워한다.

부자는 능동적이고 주도적으로 살지만 빈자는 수동적이고 소극적으로 산다. 다시 말해 부자는 주인의식으로 살지만 빈자는 머슴으로 산다. 부자는 자기변화를 통해 외부의 변화도 추구하지만 빈자는 외부의 변화에 편승하고 따라가며 자기의 주관이 없이 산다. 그 결과 부자는 늘 앞서 가게 된다. 그래서 빈자는 부자 앞을 가지 못하고 가난하게 살 수밖에 없다.

부자는 시련이 닥치면 도전하지만 빈자는 좌절한다

부자는 시련이 닥치면 도전하지만 빈자는 시련이 닥치면 좌절한다. 기업을 창업해서 성공한 사람이나 사회적으로 성공한 사람들이 문제해결 능력이 뛰어난 것은 문제가 생겼을 때 이를 극복하는 태도가 남다르기 때문이다. 가난한 사람들은 대체로 어떤 문제가 생기면 겁을 내고 내가 할 수 없다는 핑계를 찾는데 주력하지만 부자들은 해결방법을 찾아 나선다. 결코 안 될 일은 없다는 생각으로 문제에 직면한다.

이병철 회장은 한국비료 창업과정에서 사카린 밀수사건으로 자기주식을 정부에 반납하고서도 그 과정에서 자기를 도와준 일본 기업인들을 대상으로 저녁을 사면서 고맙다는 인사를 했다. 바로 이것은 미래를 위해 현재의 어려움을 극복한 사례라 할 수 있다.

정주영 회장도 고령교 공사에서 수억 원의 적자를 내고도 도망가지 않고 자기 집과 동생의 집을 팔아 빌린 돈을 다 갚고 다시 시작하여 한강교 공사를 따 내어 결국 재기하는데 성공하였다. 이러한 사례들을 보면 이분들은 어떤 시련이 닥쳐도 오뚝이처럼 일어서는데 남다르다는 사실을 보여준다.

부자는 조용하고 깨끗하지만 빈자는 시끄럽고 더럽다

《정의란 무엇인가》로 유명한 마이클 샌델은 또 다른 책《돈으로 살 수 없는 것들(What money can't buy)》에서 이렇게 주장했다. "계층이 낮을수록 TV가 켜져 있을 확률이 높으며 프로레타리아는 잡음과 고함소리가 두드러진다."

미국의 계층별 특징을 연구한《계층 이동의 사다리》의 저자 루비 페인도 대물림되는 가난의 특징의 하나로 "상황에 무관하게 항상 TV가 켜져있다."고 하였다. 빈곤을 특징 짓는 불문율의 하나로 소음이 많다는 점을 지적하면서, 그런 사람들의 집은 대개 TV가 항상 켜져 있고, 여러 사람이 동시에 이야기하고, 타인의 이야기에 끼어들기를 잘하는 특징이 있다고 하였다.

우리 속담에도 빈 수레가 요란하다는 말이 있다. 이는 대화 과정에서 지나친 자기주장이 강하고 타인의 이야기에 귀를 기울이지 않는 경향이 있다는 지적이다. 즉, 대화에서 경청보다 자기주장에 열을 올린다는 말이다.

대개 부자들은 타인의 이야기에 조용히 경청하며 사태를 이해하고 파악하지만, 빈자는 상대의 이야기 중간에 끼어들어 상대방의 기분을 상하게 하는 경향이 많음을 볼 수 있다.

카네기도《인간관계론》에서 시끄럽게 논쟁하지 말라고 당부하고 있다. 시끄럽게 논쟁해서 상대방의 잘못을 지적하고 증명해 봤자 상대방의 자존심만 상하게 하고 상대방도 자기 잘못을 순순히 인정하지 않는다는 것이다.

1970년대에 크게 유행했던 품질관리운동(TQC Total Quality Control)을 할 때 가장 강조한 것이 정리정돈이었다. 정리정돈되지 않은 환경에서는 좋은 품질의 제품을 생산하기 어렵기 때문이다.

《우리 가운데 살고 있는 가난한 사람들》이란 책을 보면, 가난한 집은 악취가 나고 코를 찌르는 불결함이 눈을 괴롭히고 있다고 지적하고 있다. 가난하기 때문에 지저분한 지역에 살고 그렇기 때문에 불결하게 된다고도 할 수 있다. 그러나 지저분한 지역에 살아도 의지만 있으면 자신이 사는 집과 집 주변을 얼마든지 깨끗이 할 수 있다. 주위가 어지럽다는 것은 그만큼 나태하다는 뜻이며 주위가 지저분하면 머릿속도 정리가 되지 않기 때문에 정리된 생각으로 일을 하지 못한다.

부자는 경쟁이 덜한 곳으로, 빈자는 경쟁이 치열한 곳으로 간다

경쟁이 없는 곳은 성공확율이 높고 경쟁이 치열한 곳에서는 성공이 불확실하다. 1916년 로버트 프로스트가 쓴《가지 않은 길 The Road Not Taken》에서도 남이 가지 않는 길, 경쟁이 덜한 곳을 선택했기 때문에 삶이 달라졌다고 읊고 있다.

노란 숲속에 두 갈래 길이 있었지
나는 양쪽 모두를 갈 수는 없었지
나는 안타까운 마음으로 오랫동안 서서
한쪽 길을 멀리까지 바라보았지

그러다가 똑같이 아름다운 다른 한 길을 택했지
어쩌면 그 길이 더 나은 것도 같았지
풀이 더 많았고 발길을 기다리는 듯 싶었기에
그 길도 다른 길처럼
비슷하게 닮아 있었긴 했지만

그날 아침 그 두 길 모두
아무도 밟지않은 상태로 나뭇잎에 덮혀 있었지
나는 하나는 다음날을 위해 남겨 두었지

오랜 세월이 흐른뒤에

나는 한숨지으며 얘기했지

숲속에 두 갈래 길이 나 있었다고

나는 사람이 적게 간 길을 택했고

그것으로 해서 모든게 달라졌다고

이와 비슷한 시각에서 경남 거창에 소재하는 거창고등학교에서는 직업을 선택할 때 다른 사람들이 선호하지 않는 쪽으로 직업을 선택하도록 '직업선택 10계명'이라는 것을 권하고 있다.

① 월급이 적은 쪽을 택하라.

② 내가 원하는 곳이 아니라 나를 필요로 하는 곳을 택하라.

③ 승진의 기회가 거의 없는 곳을 택하라.

④ 모든 것이 갖추어진 곳을 피하고 처음부터 시작해야 하는 황무지를 택하라.

⑤ 앞을 다투어 모여드는 곳은 가지마라. 아무도 가지 않는 곳으로 가라.

⑥ 장래성이 전혀 없다고 생각되는 곳으로 가라.

⑦ 사회적 존경같은 것을 바라볼 수 없는 곳으로 가라.

⑧ 한 가운데가 아니라 가장자리로 가라.

⑨ 부모나 아내나 약혼자가 결사반대하는 곳이면 틀림없다.

⑩ 의심치 말고 가라, 왕관이 아니라 단두대가 있는 곳으로 가라.

페이팔의 공동창업자이자 《제로 투 원》의 저자인 피터 틸도 많은 사람들이 가는 길을 가서 경쟁하지 말고 다른 사람이 가지 않는 길로 가서 독점하라고 말한다. 그럼에도 남다른 길을 선택하는 이가 적은 이유는 남다른 길을 선택할 수 있는 의지와 용기, 자기만의 철학을 갖기가 힘들기 때문일 것이다.

04 삼 대가 넘는 부자는 어디가 달라도 다르다

로또에는 두 얼굴이 있다

복권위원회 홈페이지를 들어가 보면 복권의 역사가 기록되어 있다. 복권의 기원은 아주 오래 되었다. 고대 이집트 시대에는 파라오의 유물에서 복권과 유사한 게임의 흔적이 발견되었고, 중국에서는 만리장성 건립과 국방비를 조달하기 위해 키노라는 복권을 발행했다고 한다. 고대 로마의 아우구스투스 황제 때에는 로마의 복구자금 마련을 위해 복권 판매 및 경품 추첨 행사를 시행했고, 530년 이탈리아 플로렌스에서 번호추첨식 복권(lotto) 판매 이후 Lotto가 복권의 일반적인 고유명사로 사용되어 오고 있다. 프랑스에서는 루이 15세 때 세기의 바람둥

이 카사노바의 제안으로 복권을 시행하여 재정문제를 해결하였고, 이 공로로 카사노바는 외무부의 특사가 되어 신분상승을 하기도 하였다.

우리나라의 복권 역사는 친목도모 및 서로간의 경제적인 어려움을 극복하기 위해 근대이전의 한국사회에서 발달한 '계'에서 출발했다고 할 수 있다. 계의 일종으로 통이나 상자 속에 각 계원의 이름을 기입한 알을 투입한 후 그 통을 돌리다가 나오는 알에 의하여 당첨을 결정하는 산통계('산통 깨졌다'라는 속담의 기원이다), 일정번호를 붙인 표를 100명(작백계), 1,000명(천인계) 혹은 10,000명(만인계) 등, 일정한 단위로 팔고 추첨을 하여 총 매출액의 100분의 80을 복채금으로 돌려주는 일명 작백계 등이 우리나라 복권의 시초라고 한다.

현대적인 의미의 복권은 1947년 12월 대한올림픽위원회에서 제14회 런던올림픽 참가경비 마련을 위해 발행한 것이 최초이다. 그리고 1949년 재해대책자금 조성목적의 후생복표 발행, 그 외 산업박람회 복권, 무역박람회 복권 등이 특정한 목적으로 특정한 시기에 발행되어 왔다. 그러다 1969년 9월부터 한국주택은행이 주택복권을 정기적으로 발행하였고, 이후 기술, 복지, 기업, 자치, 관광, 스피드복권 등, 즉석식 복권 발행으로 복권시장이 활성화되었다. 그러던 중 마침내 2002년 12월 건교부 등 10개 기관이 연합하여 온라인복권, 즉, 현재의 '로또'를 발행하기 시작했다.

이처럼 복권은 고대로부터 현재까지도 국가의 부족한 재정을 보완하여 국가의 중대한 사업전개, 국민의 복지지원, 교육지원, 의료지원 등, 국민의 생활향상에 기여해 왔다.

그런데 왜 복권이 유행할까? 그것은 발행자 입장에서 보면 복권만큼 손쉬운 재원조달 수단이 없기 때문이다. 미국의 3대 대통령 토머스 제퍼슨은 복권을 '고통(저항) 없는 세금'이라고 했다. 미국에서 복권기금이 없었다면 하버드, 예일, 프린스턴 등 명문대들이 존재하지 않았을 수도 있다. 서슬 퍼런 프랑스 혁명정부조차 1793년 로또가 빈민을 착취한다며 전면 금지했다가 불과 6년 만에 발행을 재개했을 정도였다. 그만큼 세금처럼 저항이 없으면서 쉽게 재원을 조달할 수 있는 최선의 방법이 바로 복권이다. 2019년 우리나라 복권판매수익은 4조 3,181억 원이었다. 이렇게 조달된 재원으로 기술개발, 중소기업지원, 복지지원, 지방자치 지원, 관광지원 등, 국가가 하고 싶은 일들을 하고 있다.

반면 당첨자의 입장에서는 커다란 기회이기도 하다. 물론 당첨될 확율은 814만 5,060만분의 일로 벼락맞을 확률보다 낮다. 그래도 복권을 구입하는 사람은 만약 당첨될 경우에는 인생역전이 가능할 수도 있다는 요행을 바라는 심리가 있다. 2016년 미국에서는 15억 8천 600만 달러(2조 8,000억 원)의 복권에 당첨된 사람도 있고 이탈리아에서는 2019년에 2,841억 원에 당첨된 사례도 있다. 우리나라에서는 2003년 407억 2,000

만원이 최대 당첨금액이다. 우리나라의 1등 평균액은 10억 원에서 40억 원 사이라고 한다.

그럼에도 불구하고 로또복권에는 다른 일면의 얼굴이 있다. 뉴욕대 로스쿨 교수인 카렌 그로스 교수의 조사에 의하면 1등 당첨자의 파산확률은 3분의 1에 이른다. UC버클리의 심리학자 캐머런 앤더슨 교수는 갑자기 불어난 재산으로 인한 행복감은 고작 9개월이라고 지적하기도 한다.

오래 전 뉴스에서는 로또1등에 당첨된 남성이 남동생을 살해한 살인자로 전락했다는 보도가 있었다. 8억 원에 당첨된 이 남성은 남동생과 누나에게 일정액을 주고 제 2의 인생을 시작했다. 정읍에 식당을 열며 제 2의 인생을 꿈꿨지만 세상은 그리 녹록치 않았다. 이 남성은 남동생의 집을 담보로 은행에서 대출까지 받았는데 대출금 이자도 제 때 갚지 못하는 상황에 놓이게 되었다. 처음에는 남동생도 형의 상황을 이해하고 있었지만 지속적인 빚 독촉에 하루하루 지쳐갔고, 자주 형과 다툼이 일어났다. 다툼이 길어지고 결국 1등 당첨자였던 이 남성은 남동생이 본인을 무시한다는 이유로 남동생을 살해하기에 이르렀다. 그토록 우애가 돈독했던 형제사이가 살인으로 끝난 것이다.

또 다른 1등 당첨자는 14억 원의 당첨금을 손에 넣자 초반에는 가족과 지인들에게 베풀며 제 2의 인생을 사는 듯 했다. 하지만 8개월 만에 각종 도박과 유흥으로 당첨금을 모두 탕진했고, 절도행각을 벌이다 결국은 감옥행의 신세가 되었다.

이것은 로또의 저주인가? 아니다. 큰돈에 대한 자금집행계획이 마련되어 있지 않았기 때문에 벌어진 일들일 뿐이다.

우리가 갑작스럽게 거금이 생겼을 때 어디에 어떻게 효율적으로 사용해서 내 인생을 바꿀지에 대한 목표와 계획이 마련되어 있지 않은 사람에게 갑자기 생긴 거금은 그야말로 돈벼락일 뿐이다.

어느 방향으로 가야할지 알아야 그 방향으로 갈 수 있는 수단을 구할 수 있다. 수단에 집중하지 않고 목적에 집중하면 그 목표를 위해 필요한 수단인 돈은 자연스럽게 마련될 수 있다. 먼저 목표와 계획이 우선해야 되는데 대개의 로또 당첨자는 목표와 계획은 없고 수단만 추구하다 불행해지는 것이라 생각한다. 한마디로 부자로 사는 방법을 모르기 때문이라고 할 수 있다.

경주에는 착한 부자, 최 부자가 있었다

"명동 땅은 주인이 100년 이상 바뀌지 않는 땅이 없다."는 말이 있는가 하면 "수성이 창업보다 어렵다."라는 말도 있다. 이는 부를 축적하기도 어렵지만 오랫동안 유지하는 것은 더 어렵다는 말을 상징적으로 하는 말이라고 생각한다.

그러면 왜 부를 오래 유지하지 못하는가? 부를 축적할 때의 초심인 기업가정신을 일관되게 유지하는 것이 용이하지 않기 때문이다.

그렇지만 우리나라에도 12대 400년 이상 부를 유지한 부자가 있다. 바로 경주 최 부잣집 이야기다. 경주의 최 부잣집은 12대 400여 년을 부자로 이어져 왔다. 이렇게 오랫동안 부를 이어온 최 부잣집에는 대대로 내려오는 여섯 가지 가훈과 여섯 가지 처세 원칙이 있었다.

여섯 가지 가훈을 보자.

① 과거를 보되 진사 이상은 하지 말라.

② 재산은 만석 이상을 모으지 말라.

③ 과객을 후하게 대접하라.

④ 흉년기에는 남의 논밭을 매입하지 말라.

⑤ 최씨 가문 며느리들은 시집온 후 3년 동안 무명옷을 입어라.

⑥ 사방 100리 안에 굶어죽는 사람이 없게 하라.

여섯 가지 처세술은 다음과 같다.

① **자처초연**(自處超然), **스스로 초연하게 지내고**

② **대인애연**(對人靄然), **사람을 대할 때는 온화하게 대하며**

③ **무사징연**(無事澄然), **일이 없을 때는 마음을 맑게 가지고**

④ **유사감연**(有事敢然), **어려운 일을 당했을 때는 용감하게 극복하고**

⑤ **득의담연**(得意淡然), **성공했을 때는 담담하게 겸손하게 행동하고**

⑥ **실의태연**(失意泰然), **실패했을 때도 좌절하지 말고 태연하게 행동하라.**

최 부자의 가문을 일으켜 세운 최진립(1568~1636) 장군에게 충성한 옥동과 기별이란 노복에게는 후손들이 충노불망비(忠奴不忘碑)라는 비를 세워주고 오늘날까지도 제사를 지내준다고 한다. 조선시대의 상황으로 보아 노비에게 제사를 지내주는 것은 참으로 파격적인 일로 부하 사랑이 극진했다고 할 수 있다.

마지막 최 부자인 최준은 일제 시대에 부산의 백산상회에 출자하고 사장으로 취임해 이 회사를 근거로 상해로 독립자금을 보냈다. 이 일로 최준은 두 번씩이나 일경에 잡혀가 고초를 당했다. 최준은 해방 된 뒤 남은 재산을 현재 영남대의 전신인 대구대학을 설립하는데 모두 출자했다.

400년 동안 부를 이어온 경주 최 부잣집이 대를 이어 부를 유지한 원칙은 크게 두 가지로 요약할 수 있다. 첫째는 육훈과

육연을 통해 초심을 잃지 않도록 경계했다는 사실이다. 최씨 가문 며느리들에게 무명옷을 3년 동안 입게 한 덕목은 늘 가난했을 때를 잊지 말라는 훈계이다. 성공했을 때나 실패했을 때도 목계지덕을 유지하라는 가르침이다.

현대 정주영 회장도 가난했을 때의 초심을 잃지 않고 평생을 근검 절약정신으로 살았다고 한다. 현대건설, 현대자동차, 현대중공업, 현대시멘트 등 83개의 기업을 일으켜 매출 130조 원의 기업으로 성장시킨 대그룹의 회장이었지만, 돌아가셨을 때 고인의 방에서 나온 유품은 모양이 일그러진 낡은 구두, 구멍난 면장갑, 카펫 대신 깔았던 하얀 광목, 낡은 금성텔레비젼이 전부였다고 한다. 현대의 후계자들이 정주영 회장의 초심을 지금도 유지하고 있을까?

두 번째는 노블레스 오블리주의 실천이다. 경주 최 부잣집의 원칙에 흉년기에 남의 논밭을 사지 못하게 하고 100리 안에 굶어죽는 사람이 없게 하며 과객을 후하게 대접하며 국가와 사회를 위해 마지막 남은 재산을 헌납했다는 것은 모두 노블레스 오블리주의 실천이다. 흔히 우리들은 노블레스 오블리주(Nobles Oblige)하면 유럽이나 미국을 떠올리지만 우리나라에도 일찌기 그러한 덕목을 실천한 분들이 있었다는 사실을 알아야 한다.

강릉에는 적선으로 발복한 선교장이 있었다

선교장(船橋莊)은 배다리 집이란 뜻이다. 선교장은 경포호가 지금보다 훨씬 넓었을 때 배를 타고 건너 다녔다 하여 배다리(船橋) 라는 이름이 유래됐다. 선교장은 조선시대 사대부가의 주택으로서 중요민속자료 제5호로 지정된 개인소유의 국가문화재이다.

오죽헌과 경포대 중간쯤에 위치한 선교장은 세종대왕의 둘째 형인 효령대군의 11대손인 이내번(1708~1781)이 300년 전에 터를 잡은 이래 후손들이 100년에 걸쳐 증축했다. 조선 시대에 궁궐이 아닌 민가로서 가장 크게 지을 수 있는 집의 규모는 99칸이었다. 선교장은 안채, 열화당, 활래정, 동별당, 서별당, 사당과 하인의 집까지 더하면 300칸에 이를 정도로 웅장한 규모였지만 지금은 123칸만 전해온다.

선교장(船橋莊)에 들어서면 맨 먼저 연못 위의 정자 활래정이 있다. 활래정(活來亭)은 선교장의 주인이 기거하던 공간으로 주자의 시 위유원두활수래(爲有源頭活水來)에서 집자한 것으로 '맑은 물은 근원으로부터 끊임없이 흐르는 물이 있기 때문'이라는 의미이다. 그 다음 열화당(悅話堂)은 선교장 주인이 거처하던 사랑채로 "세상과 더불어 나를 잊자. 어찌 다시 벼슬을 구할 것인가. 친척들의 정다운 이야기에 기뻐하고 거문고와 책을 즐기며 우수를 쓸어버리자."는 도연명의 '귀거래사' 중 열친척지

정화(悅親戚之情話)에서 이름을 따왔다고 한다.

집에도 인격이 있다는 말이 있다. 선교장의 대문은 전체 집 규모에 비해 의외로 너비가 2m 남짓으로 작은 편에 속한다. 하루 밤 묵고 갈 거처를 찾는 과객의 입장에서는 으리으리한 저택을 보고 발길을 돌릴까 봐 일부러 대문을 작게 만들었다고 한다. 집 주인의 인격을 엿보게 하는 대목이다.

선교장의 넉넉한 인심은 자연스럽게 전국의 시인 묵객들을 불러 모아 일찌감치 풍류 문화의 산실로 자리 잡았다. 인근에 경포대와 경포호가 있을 뿐 아니라 지리적으로 금강산 가는 길목에 위치해 시인 묵객들은 선교장에 머물며 주인으로부터 온갖 편의를 받았다. 순조 때 영의정을 지낸 조인영을 비롯해 추사 김정희의 글이 선교장에 보존된 것도 이 때문이다. 일제강점기 때는 김구 선생이 독립운동 자금을 모으기 위해 선교장을 찾았고, 여운형은 선교장에 위치한 강원도 최초의 사립학교인 동진학교에서 영어를 가르치기도 했다.

2018 평창 동계올림픽 개최지 선정을 위해 내한한 국제올림픽위원회 위원들의 다회가 열린 곳도 선교장이었다. 뿐만이 아니다. 집 곳곳에서 예스러움이 묻어나는 선교장은 영화나 드라마의 무대로도 인기가 높아 영화 '식객'을 비롯해 드라마 '황진이', '궁', '공주의 남자' 등이 이곳에서 촬영됐다.

이내번이 이렇게 큰 저택을 소유할 수 있었던 것은 강릉 해변에서 염전을 일구고 소금을 팔아 부를 축적하였고 영동 일대를 개간해 대농장을 만들어 농민들에게 제공한 결과이다. 남쪽으로는 삼척과 동해, 북쪽으로는 속초와 양양, 서쪽으로는 횡성과 평창까지 선교장의 농토였다고 한다. 추수한 곡식을 보관하던 창고가 영동 일대에 다섯 군데나 있었다고 하니 조선 최고의 부자였음에 틀림없다.

이내번은 단순히 부를 축적하기만 한 것이 아니라 경주 최부잣집처럼 나눔과 상생의 삶을 추구해 농민들로부터 존경을 받았다. 10대 300여 년을 부자로 이어온 데에는 그만한 이유가 있다. 흉년에는 곳간을 열어 이웃에게 식량을 나누어주었고 소작인들은 감사의 표시로 일만 명이 서명해서 만든 우산 '만인솔' 을 선물하기도 하였다. 그렇기 때문에 갑오경장 때에도 농민군이 선교장을 공격하였으나, 선교장을 중심으로 경제권을 형성한 소농들이 그들의 접근을 막았다고 한다. 그리고 6.25 전쟁 때도 그 많은 부자들이 화를 입었는데도 선교장은 예외였다.

이처럼 오랫동안 부를 유지하고 지금까지도 고택을 유지할 수 있었던 것은 어려운 계층에 대한 나눔, 즉, 공동체에 대한 적선이었다. 사람들이 흔히 대를 이어 노블레스 오블리주를 실천한 선교장을 이탈리아의 메디치가문에 비견하는 것도 이 때문이다.

개처럼 벌어서 정승처럼 쓴다 - 록펠러 이야기

존 록펠러(John Davison Rockefeller, 1839~1937)는 최고의 악덕 부자, 위대한 자선가로 불리는 자본주의 사회의 대표적인 이중적인 인물이다. 그는 뉴욕 주 리치퍼드 출생으로서 16살 때부터 취업전선에 뛰어들었고 처음에는 주급 4달러짜리 임금노동자였다.

1859년 친구와 함께 상사회사(商事會社)를 설립했고, 1870년에는 자본금 100만 달러의 주식회사 형태를 갖추어 오하이오 스탠더드 석유회사를 설립하였다. 그리고 1882년 40여 개의 독립적인 기업을 모아 미국 내 정유소의 95% 를 지배하는 스탠더드 오일 트러스트를 조직하였다.

그러나 이 회사는 1899년 오하이오의 주 재판소로부터 셔먼 독점금지법(반트러스트법) 위반의 판결을 받자, 지주회사(持株會社)를 법적으로 인정하고 있던 뉴저지 주(州)에 지주회사 뉴저지 스탠더드 석유회사를 설립하였다. 스탠더드 오일은 관련 기업의 수직, 수평적 결합을 통해 실질적인 시장독점을 이뤘다. 강력한 트러스트인 스탠더드 오일은 록펠러를 더욱 부자로 만들어줬다. 빛이 있으면 어둠이 있듯이 1911년 스탠더드 오일은 같은 이유로 미국 대법원에 의해 아예 기업을 해체하라는 명령을 받고 34개의 서로 다른 기업으로 분리됐다.

이와 같이 록펠러는 부를 축적해 나가는 과정에서 선의의 경쟁을 통한 부의 축적이 아니라 수단방법을 가리지 않고 매수, 합병을 통해 경쟁자들을 제거해 나갔고 그 과정에서 경쟁업체 직원매수, 영업방해, 경쟁사의 전화주문 갈취, 노동자의 협박, 경쟁사 경영진 매수, 뇌물과 리베이트도 불사하는 등, 온갖 불법적인 방법을 총동원해서 엄청난 부를 축적한 악덕 기업가였다. 이처럼 정상적이지 않은 방법을 동원하면서까지 축재한 결과 철강왕 앤드류 카네기(Andrew Carnegie, 1835~1919), 자동차왕 헨리 포드(Henrey Ford, 1863~1947)와 함께 석유왕 록펠러는 현대 자본주의의 역사를 대표하는 세계 최고의 부자가 되었다.

하지만 지금 록펠러는 '악덕 기업가' 라고 손가락질 당하지 않는다. 오히려 세계 최고의 위대한 자선 사업가로 칭송 받는다. 대체 무엇이 그의 이미지를 이렇게 바꿔놓았을까?

록펠러와 그의 가문은 오명을 씻고자 엄청난 돈을 사회에 기부하면서 자선사업을 벌였다. 록펠러는 만년에 "내 재산은 인류의 복지를 위해 사용하라고 하느님께서 주신 것"이라고 말하며 자선사업가로 변신했다. 록펠러 재단 설립, 록펠러 의학연구소 설립, 시카고 대학교 등에 자신의 재산을 쏟아 부었다.

록펠러 재단(The Rockefeller Foundation)은 설립 이후 무려 20억 달러 상당의 자금을 전 세계 수천만 명의 수혜자에게 제공하였으며, 1만 3천 명에 가까운 록펠러재단 특별연구원에게 보조금을 지급하여 다양한 분야에서 연구를 통해 록펠러 재단의 취지를 살려나가고 있다. 우리나라 백남준 씨도 록펠러재단의 후원을 받았다고 한다.

록펠러 의학연구소(현 록펠러 대학)는 미국에서 최초로 설립한 의생명학 연구소로서 당시 뉴욕에서 배달되는 우유 유통과정에서 세균오염문제에 가장 많은 관심을 두고 연구를 진행했으며 설립 초기부터 연구소의 연구자들은 질병의 이해와 치료에 큰 공헌을 했다. 록펠러의학연구소에서는 현재까지 노벨의학상수상자를 13명이나 배출하였으며 1965년부터는 록펠러대학교로 명칭이 변경되어 현재에 이르고 있다.

시카고 대학은 1857년 S.A더글라스가 기증한 토지를 기초로 세운 감리교재단 대학이었으나 1886년 재정악화로 문을 닫게 되었다. 그런 학교를 1890년 록펠러가 엄청난 자금을 쏟아부어 1892년 다시 문을 열게 되었다.

록펠러가 축재과정에서는 악덕기업가로 소문났지만 그 이후에는 위대한 자선가로 거듭났다. 물론 축재과정까지도 위대했다면 더 없이 좋겠지만 자기의 부를 인류의 복지를 위해 희생했다는 데에는 진정한 노블레스 오블리주의 실천이라고 할 수 있다.

'노블레스 오블리주'란 높은 사회적 신분에 상응하는 도덕적 의무와 책임을 뜻하는 말로 명예(노블레스)만큼 의무(오블리주)를 다해야 한다는 것이다. 즉, 지도층이 누리는 특권에는 반드시 책임이 따르며 사회적인 공공의 의무에 충실해야 한다는 의미이다.

록펠러는 축재과정에서 엄청난 악덕기업인으로 비난받았지만 부의 기부를 통해 인류공영에 이바지함으로써 위대한 자선가로 거듭날 수 있었다. 우리말에 "개처럼 벌어 정승처럼 쓴다."는 말이 바로 록펠러를 두고 하는 말이 아닐까?

제2부

기업가 정신으로
노멀 리치가 되자

01 꿈을 꾸고 목표를 세워라

꿈이 없는 인생은 과녁 없는 화살이다

발레리나 강수진 씨는 "과녁을 겨누지 않고 화살을 쏘면 100% 빗나간다. 오늘 하루 목표를 정하라. 목표가 없으면 성취도 없다. 꿈이 없는 새는 아무리 튼튼한 날개가 있어도 날지 못하지만, 꿈이 있는 새는 깃털 하나만 가지고도 하늘을 날 수 있다."라고 우리에게 조언한다.

빈곤을 연구한 루비 페인은《계층 이동의 사다리》에서 가난을 탈출하는 가장 중요한 정신적 자산이 미래에 대한 꿈과 비전을 갖는 것이라 하였다.

여훈 씨는《오늘보다 더 나은 내일을 위한 최고의 선물》에서 최고의 생존전략은 꿈의 씨앗을 심어두는 것이라고 하였다. 꿈의 씨앗은 콘크리트 바닥이나 엄청난 바위도 뚫으며, 그곳이 어디일지라도 희망의 새싹은 피어오른다고 하였다. 꿈은 희망이고 등대이고 에너지를 분출하는 토대가 된다.

스티븐 코비(Stephen R. Covey)는《성공하는 사람들의 7가지 습관》에서 목표를 확립하고 행동하라라고 하였다. 성공하는 사람들은 목표를 설정하고 그 목표를 달성하기 위한 세부계획과 방법을 찾고 이를 달성하기 위해 에너지를 쏟는 것이 습관화되어 있고, 그들의 인생은 이러한 과정의 연속이라는 것이다.

헤르만 시몬(Hermann Simon)도《히든 챔피언》에서 히든챔피언이 되기 위해서는 제일 먼저 목표가 있어야 하고, 다음으로는 그 목표를 성취하기 위해 에너지가 필요하다고 하였다. 세계적으로 명망있는 히든챔피언 기업들은 모두가 목표를 설정하고 그 목표를 달성하기 위한 지속적이고 끊임없는 에너지를 발산하고 있는 것이 증명되고 있다는 것이다.

1953년 미국 하버드대 경영전문대학원(MBA)과정의 졸업반 학생들을 대상으로 꿈의 소유여부에 대한 설문조사를 실시하였다. 이 조사는 무려 70년 가까이 지난 지금까지도 두고두고 통계로 인용되는 아주 유명한 설문조사 사례이다. 조사결과 3% 만이 구체적인 목표와 실천계획이 있었고, 13%는 목표는 있었지만 실천계획이 없었으며, 나머지 84%는 뚜렷한 목표조차 없었다. 이들을 대상으로 20년 후에 다시 조사한 결과 그들

사이에 학력, 재능, 지능 면에서 별반 차이가 없는데도 불구하고 3%의 꿈을 가졌던 사람들이 재산, 소득, 사회적 영향력 등에서 그렇지 않았던 나머지 집단 97%의 사람들에 비해 10배~30배의 격차가 있었다고 한다.

사람이나 기업이나 미래에 대한 목표, 즉, 꿈의 씨앗을 심어야 한다. 왜냐하면 사람에게 목표가 있으면 방향성이 정해지기 때문에 훨씬 효과적인 인생을 살 수 있고, 기업에 비전이 있으면 훨씬 수월하게 종업원들을 한 방향으로 나아갈 수 있도록 만들 수 있기 때문이다. 인생의 목표, 꿈이 있느냐 없느냐에 따라 살아가는 방식이 달라지고 미래의 성공가능성이 달라진다.

꿈의 크기가 성장의 크기를 결정한다

내가 과거에 중소기업청에 근무할 때 통계를 내어 보니 1980년대 이후 창업한 기업 중에서 재벌그룹이 되었거나 세계적인 대기업으로 분류될만한 기업이 거의 없다는 사실이 나타났다. 그럴 수밖에 없는 이유를 나 나름대로 찾아보았다.

나는 그 이유를 ① 그동안 우리의 교육이 상당히 평등지향적으로 경도되어왔고 ② 우리 사회에 반기업정서가 만연되어 있으며 ③ 재벌기업이나 대기업 등을 존경의 대상이 아니라 질시나 비판의 대상으로 보는 경향이 강하기 때문이라는 세 가지로 보았다.

한편 미국의 경우에는 예우 받는 세 부류가 있다고 한다. 첫째는 군인이고 둘째는 세금내는 사람이고 세 번째는 기업가라고 한다. 군인은 국가가 존립하기 위해 가장 필요한 국방의 원천이고, 세금은 국가가 운영되기 위한 재원의 요체이기 때문이고, 기업가는 일자리 창출의 중심이기 때문이다.

그런데 한국은 "사촌이 논을 사면 배가 아프다."는 속담처럼 남 잘 사는 것을 못 보는 경향이 있다. 삼성이나 현대 같은 대기업이 되기 위해 이병철, 정주영 회장이 얼마나 피나는 노력을 했는지는 보지 않고, 정부가 도와줘서 부자가 되었다는 사고와 그냥 부자는 싫다는 문화가 팽배해 있다.

나는 우리나라가 발전하려면 부자가 존경받는 사회, 내가 부자가 되고자 하는 꿈을 꾸는 것이 사회적으로 응원받고 희망적으로 보는 사회로 바뀌어야 한다고 믿는다.

그런 차원에서 우리가 꿈을 꿀 때에는 높고 원대하게 꿈을 꾸기를 바란다. 창업하는 창업가에게는 자기가 창업한 기업이 대기업으로 발전하는 비전을 세우고, 회사원의 입장에서도 미래에 대한 자기의 확실한 비전이 있어야 한다. 그리고 그것을 달성하기 위해 세부적인 실천계획이 세워지고 그 목표를 달성하기 위해 부단히 고민하고 창의력을 발휘하여야만 회사 내에서 중요한 인재로 성장하고 나중에 회사의 리더가 될 수 있다.

17세기 일본의 니가타현 일대 산간지역의 늪지대를 이용하여 키우며 개량되어온 것으로 알려진 '코이'라는 비단잉어가 있다. 이 비단잉어는 사육되는 환경에 따라 성장크기가 다른 특징을 가지고 있다. 코이는 어항에 넣어두면 5~8cm 가량 자란다. 그러나 수족관이나 연못에 넣어두면 15~25cm까지 자라고 강물에 방류하면 90~120cm까지도 자란다고 한다.

인간도 생각의 크기에 따라 무한 성장이 가능한 DNA를 가지고 태어나지 않았을까? 항상 큰 꿈을 꾸고 그 꿈을 달성하도록 최선을 다하는 자에게 커다란 성취도 있다.

헤르몬 오닐은 꿈을 대물림하여 이루었다

미래를 향한 간절한 꿈을 가진 자가 어떻게 성공의 길을 가게 되었는지는 수 많은 사례들이 이를 증명해주고 있다. 그 중에서 1500년이나 아일랜드에서 명문으로 살아온 붉은 문장(紋章)을 가진 헤르몬 오닐(Hermon O'neill)가문의 전설은 우리에게 시사하는 바가 크다.

기원전 10세기 경 스페인 왕 밀레시우스(Milesius)는 26년 동안이나 계속된 끔찍한 대기근의 고통 속에서 새로운 낙토(樂土)를 찾으려는 간절한 염원을 이루지 못하고 8명의 아들들에게 "너희들이 찾은 그 낙토에 손이 먼저 닿은 사람이 그 땅을 지배하거라." 라는 유지를 남기고 죽었다.

밀레시우스의 8명의 아들들은 아일랜드가 자기 아버지가 그토록 소망했던 낙토임을 알고 험난한 원정을 떠난다. 그 과정에서 상륙도 하기 전에 5명의 아들들은 생명을 잃었다. 여기서 헤르몬은 치열한 항해 끝에 마침내 그 땅에 가까이 갔다. 그러나 형제들과의 경쟁에서 한 발 뒤져 승리를 빼길 위기에 처하였다. 이 절체절명의 순간에 그는 자신의 손목을 칼로 잘라 피묻은 손을 힘차게 건너편의 육지로 던졌다. 그리하여 자기의 손이 경쟁자보다 먼저 육지에 닿아 아일랜드 땅을 차지하게 되었고, 그 후 헤레몬 오닐가의 문장은 '피묻은 오른 손' 이 되었다.

이처럼 우리가 목격하는 커다란 성취는 강렬한 꿈과 실천력, 그리고 과감한 결단의 결과라는 사실을 알 수 있다. 그 꿈이 처음에는 허무맹랑한 상상에 불과하지만, 그 꿈에 신념과 열정이 더해지면서 싹이 트고 준비하고 가꾸는 노력으로 마침내는 성공의 결실을 갖게 되는 것이다.

꿈의 실현과정에는 헤르몬의 경우처럼 손목을 자르는 희생이 있지만 한 번이라도 꿈꾸지 않고 얻어지는 성공은 결코 없다는 것을 작가 전진문은《아일랜드 명문 오닐가 1,500년 지속 성장의 비밀》이라는 책에서 자세히 이야기 하고 있다.

마르틴 루터 킹은 꿈이 있었다

우리는 미국이 민주주의가 가장 잘 확립된 나라로 알고 있지만 지금도 심심치 않게 흑백갈등이 표출되고 있다. 미국에는 남북전쟁을 계기로 흑인에게 많은 인권이 보장되는 법들이 만들어졌지만 사실은 최근까지도 차별이 완전히 가시지 않은 것이 사실이다.

미국의 흑인 해방과 관련된 최초의 노력은 남북전쟁 기간 중이던 1863년에 링컨 대통령이 행정명령으로 노예해방을 선언하면서 시작되었다. 다음에 1875년에 '1875 of Civil Rights'라는 흑인 노예 해방법을 상하원에서 통과시켰다. 그러나 1883년 'Seperate But Equal'이라는 대법원 판결로 남부의 거의 모든 주의 열차, 레스토랑, 시내버스, 공공시설, 학교 등에서는 여전히 흑백차별이 허용되고 있었다.

그러다 1954년 흑인이 흑백차별에 의해 집에서 가까운 공립학교에 다니지 못하는 것은 위헌이라는 제소(Brown vs Board of Education)에 대해 미국 연방 대법원이 위헌이라는 판결을 내려 진일보하게 되었다.

그러던 중 1955년 12월 1일에 큰 사건이 터진다. 42세의 흑인 여자 로자 파크스가 버스에서 뒷자리로 옮겨가라는 운전사의 명령을 거부해 흑백 인종 분리법 위반으로 체포되는 사태가 발생한 것이다. 이 사건으로 마틴 루터 킹을 중심으로 '버스 안타기 운동'으로 조직적 대항을 하였고, 결국 다음 해인 1956년 11월 13일 지역법이 요구하는 버스에서의 분리는 비합법적이라는 대법원의 판결을 받아 로자 파크스는 풀려나게 되었다. 1964년 'Civil Rights Act'와 1965년 'Voting Rights Act' 등이 상하원을 통과함으로써 제도적으로는 흑백차별이 제거되었다. 이러한 흑인과 백인간의 차별이 존재하는 과정에서 흑인들의 간절한 소망은 흑백 차별이 없는 미국이라는 사회 건설이었다.

1963년 8월 28일 노예해방 100주년 기념 평화대행진에서 마르틴 루터 킹은 "나에게는 꿈이 있습니다."라는 명연설을 하게 된다. 이 연설이 담고 있는 꿈은 정치적으로 사회적으로 평등한 기회가 주어지는 미국사회건설이라는 것을 우리는 알고 있다.

이 때 그가 꾸었던 꿈이 현재에는 많이 달성되었다. 버락 오바마(Barack Hussein Obama)가 미국의 제44대 대통령으로 당선되었으며 정부의 요직에 흑인들이 대거 등용되기도 한다. 또한 흑인인 타이거 우즈는 미국의 골프산업을 새로이 부흥시키기도 하고 흑인이 4성 장군이 되는 등, 지금 미국은 흑백차별이 거의 없는 나라가 되어가고 있다. 이러한 흑백 동등의 미국사회를 만들겠겠다는 마르틴 루터 킹의 꿈은 미국을 기회가 평등한 국가로 만들었다.

나는 꿈이 있습니다
(마르틴 루터킹)

나는 꿈이 있습니다. 어느 날 이 나라가 모든 사람은 평등하게 태어났다는 것을 명백한 진실로 여기고 그 진실한 신념의 의미를 갖는 날이 오는 꿈입니다.

나는 꿈이 있습니다. 어느 날 조지아의 붉은 언덕위에 농노의 자식과 농장주의 자식들이 형제처럼 함께 식탁에 둘러앉는 꿈입니다.

나는 꿈이 있습니다. 어느 날 황폐한 미시시피주의 학대와 불공평의 열기의 무더위 조차도 자유와 정의의 안식처로 바뀌는 꿈입니다.

나는 꿈이 있습니다. 나의 네 자식들이 이 나라에 살면서 피부색으로 평가되지 않고 인격으로 평가 받게 되는 날이 오는 꿈입니다.

나는 꿈이 있습니다. 이윽고 알라바마주의 주지사들 입에서 주권우위설과 연방법의 실시 무효화가 나오는 것이 변하여 흑인과 백인 어린애들이 함께 손을 잡고 형, 누나처럼 함께 걷게 되는 날이 오는 꿈입니다.

나는 꿈이 있습니다. 어느 날 모든 산골짜기가 솟아오르고, 모든 언덕과 산이 주저앉으며, 거친 곳이 평탄해지고, 굽어진 곳이 곧게 펴지며, 신의 영광이 나타나 모든 인간이 함께 그것을 볼 수 있는 날이 오는 꿈입니다.

닐 암스트롱이 달에 간 것은 케네디의 비전에서 시작되었다

미국의 존 에프 케네디 대통령은 1962년 9월 12일에 미국 텍사스 주에 있는 라이스대학에서 전 미국인을 상대로 우주개발계획을 발표하였다.

"우리는 10년 내에 달에 가고 그 밖에 다른 일도 하기로 결정했습니다. 쉬운 과제여서가 아닙니다. 어렵기 때문입니다. 우리 모두가 이 도전을 기꺼이 받아들일 준비가 되어 있었기 때문입니다. 우리 모두가 미루지 않고 달성하고자 원하는 도전이기 때문입니다."

케네디 대통령이 이런 비전을 발표하게 된 배경에는 소련이 1957년 10월 4일 세계 최초로 인공위성 스푸트니크1호 발사에 성공하면서 미국의 자존심이 구겨지고 미국의 안보에도 불안감이 가중되었기 때문이다. 소련의 인공위성 발사성공이 있은 바로 그 다음해인 1958년 7월 29일에는 미국 항공우주국이 발족되었고, 케네디 대통령이 1961년 1월에 취임하면서 우주개발계획을 라이스 대학교에서 발표하게 된 것이었다.

케네디 대통령의 이 연설 이후에 미국 국민과 NASA 직원들 사이에는 많은 변화가 일어나기 시작했다. 직원들은 밤낮을 가리지 않고 일했다. 직원들은 대부분 사무실에서 새우잠을 잤고 부인들은 직장에 먹을 것을 날랐다. 그럼에도 불구하고 이

혼율은 급격히 감소하고 마약과 알코올 사용 그리고 모든 형태의 절도행위도 감소하였다. 병가신청 회수도 거의 제로에 가까워졌다. 피로, 탈진, 정시퇴근 등은 모두 다른 나라의 말이 되었다. 그 보다는 업무량의 증가가 오히려 즐거움이 되었고 일이 열정의 근원이 되었다. 이러한 현상은 거의 10년 동안 계속되었다. 1969년 7월 20일 아폴로 11호가 달에 착륙하고 닐 암스트롱이 세계 최초로 달에 발을 딛고 달 표면에 성조기를 꼽고 귀환하는 때까지 말이다.

NASA직원들에게 최상의 실적을 내도록 고무시킨 것은 결코 위협도, 성과금도, 명예나 출세에 대한 기대도 아니었다. 그 보다 중요한 동기는 그들이 가졌던 '달 착륙' 이라는 공동의 꿈이었다.

꿈은 삶의 방향을 정하고 삶의 의미를 부여한다. 꿈이 없다면 삶은 단지 무의미한 시간의 경과에 불과하다. 꿈은 불가능해 보이는 것도 상상하게 만들고, 상상한 것을 가능한 것으로 구현시키기도 한다. 꿈은 밤이고 낮이고 타오르는 열정의 불꽃을 일으킨다. 꿈이란 모든 것을 바칠 가치가 있는 장거리 목표이고 삶의 행동을 촉발하는 뿌리이다.

칭기즈칸은 "밖으로 나가자."는 꿈으로 세계를 정복하였다

1995년 미국 일간지 '워싱턴포스트'가 "20세기를 보내면서 지난 1,000년 역사에서 가장 중요했던 인물은 누구인가?"라는 기획기사에서 선정된 인물은 바로 칭기즈칸이었다. 컬럼버스나 마르코 폴로, 다윈, 아인슈타인 등을 제치고 칭기즈칸이 최고의 인물로 선정된 것이다. 그 배경에는 그의 지도력이 동서양을 아우르는 넓은 땅을 정복하였을 뿐만 아니라, 인류통합을 가져왔기 때문이다.

칭기즈칸이 정복한 땅의 넓이는 777만 평방킬로미터로 이는 알렉산더 대왕(348만km^2), 나폴레옹(115만km^2), 히틀러(219만km^2) 이 세 정복자가 차지한 땅의 넓이를 합한것 보다 훨씬 넓다. 그는 고려에서부터 헝가리까지, 시베리아에서부터 베트남까지, 만주에서부터 페르시아에 이르는 광대한 제국을 건설했다. 당시 몽골의 인구 약 150만 명이 1~2억 명의 인구를 150여 년 동안이나 통치했다는 사실은 경이로움 그 자체이다.

김종래 씨는 칭기즈칸의 이러한 위대한 성공의 비결을 한 마디로 요약하여 '꿈'이라고 단정한다. 칭기즈칸의 나라 몽골은 겨울과 여름의 온도차가 60도가 넘는, 사람 살기에 적합지 않은 자연환경을 가진 나라이다. 그리고 때때로 찾아오는 심한 가뭄은 그들의 생업인 가축의 대부분을 죽게 하는, 신이 버린

땅이었고 한정된 목초지를 차지하려고 부족 간의 전쟁이 끝없이 일어나는 곳이었다. 이러한 몽골을 칭기즈칸은 몽골인이 행복하게 살 수 있는 유일한 길은 환경에 구애됨없이 유목을 할 수 있는 기름진 땅을 찾아 바깥으로 나가는 길 뿐이라는 사실을 직시하고 꿈으로 바꾸었다. 그리고 그 꿈으로 부족원들을 단결시켰다. 미래를 향한 비전을 함께 지닌다면 얼마든지 세상을 바꿀 수 있다는 걸 그들은 알았다.

칭기즈칸이 넓은 대륙을 정복하는 과정에서 실천한 정복철학들을 요약하면 다음과 같다.

첫째는 광활한 땅을 정복하는 것이 자기 자신의 안위, 명예, 권력이 아닌 가난한 국가를 부유하게 하고 국민을 행복하게 살게 하고자 하는 책임과 의무였다. 죽은 병사의 가족과 자손은 모두 국가가 책임을 졌으며 전쟁에서 다친 병사는 부상당한 부위보다 더 많은 일을 할 수 있는 노예를 상으로 받을 수 있었다.

둘째는 전쟁에 관한 경영철학이었다. 전쟁 중에는 어떠한 경우에도 개인적 약탈을 금지했고, 전쟁 과정에서 생긴 전리품은 전장 전후방에서 참여한 모든 사람들이 공유했다.

셋째는 철저한 법치(法治)로써 군대를 다스리는 엄격함이었다. 그는 부족원들에게 엄격한 규율을 요구하는 대신 어떠한 경우에도 인치(人治)를 하지 않았다.

넷째는 스피드를 중시한 속도경영이었다. 당시 유럽 군인들의 개인 장구들의 무게는 70킬로그램이었는데 몽골의 기마병들의 무장은 단지 7킬로그램에 불과했다. 그리고 병사가 몇 달 먹을 수 있는 식량에 해당하는 소 반 마리 분의 고기를 말려 휴대했으며 양떼를 몰고 다니는 전장 후방의 보급부대가 전투부대와 함께 했다.

다섯째는 적으로부터 잡은 포로들 중에서도 능력이 있는 기술자, 군인, 학자 들을 포용하고 활용했다는 점이다. 그리고 그 당시로서는 획기적인 무기인 나무 안장, 등자, 불균형의 반사궁인 새로운 활, 삼각 철화살, 반달칼 같은 신무기를 개발했다. 즉, 창조적으로 전쟁을 하였다는 말이다.

조태훈에게는 자기 이름을 건 중국집 사장이 되는 꿈이 있었다

조태훈씨는 광주에서 중학교를 졸업하고 무작정 상경한 가출소년이었다. 상경하면서 마음속에 간직한 꿈이 있었다. 바로 자신의 이름을 건 중국집 사장이 되는 꿈이었다.

그리고 처음 시작한 것이 명동에서 중국집 배달부, 다시 말해 철가방 배달이었다. 그의 철가방 실력은 명동에서 시작하여 을지로로 그리고 고려대 후문에 있는 설성반점에서 꽃을 피웠다.

그는 철가방 배달을 하면서도 어떻게 하면 중국집 사장처럼 생각하고 어떻게 하면 고객을 감동시킬 것인가를 끊임없이 고민하였다. 그가 실시한 고객감동 시리즈는 중국집의 마케팅을 바꿔놓았고 후일 그는 고려대의 명예강사로까지 변신하였다. 철가방이지만 사장처럼 생각하고 행동한 사례들은 다음과 같이 다양하다.

첫째, 대학교수에게는 자장면 양보다 빨리 배달해 주는 스피드 배달이었다. 그래야 교수님이 강의시간에 맞출 수 있기 때문이다.

둘째, 학생에게는 자장면의 양이 많아보이게 자장면 그릇을 작은 것을 사용하였다. 작은 그릇의 자장면은 같은 양인데도 많아 보이기 때문이다.

셋째, 그가 타고 다니는 오토바이에는 '번개 자장면' 이라는 노란색 깃발을 달았다. 그리고 '번개 자장면' 이라는 머리띠도 매고 다녔다. 에펠탑 효과를 최대한 발휘한 것이다.

다섯째, 중국집의 판촉물을 성냥곽에서 여자 스타킹으로 바꾸었다. 중국 음식을 시키는 사람은 일반적으로 회사의 제일 말석에 앉아 있는 여자라는 점에서 힌트를 얻은 행동이었다.

여섯째, 자장면을 많이 시키는 사람에게는 짬뽕국물을 서비스로 추가하였다. 자장면 맛이 좋으면 고객을 만족시킬 수는 있지만 고객을 감동시킬 수는 없다. 그러나 자장면 시키는 사람에게 짬뽕국물을 서비스하면 고객을 감동시킬 수 있기 때문이다.

그 결과 조태훈 씨는 고려대 경영대학원의 마케팅 강사가 되어 대학생과 대학원생들에게 자신의 노하우를 알려주었을 뿐 아니라, 대기업의 특강 강사로까지 발전하였다. 그는 고객의 만족은 제품의 질에서 나오지만 고객의 감동은 서비스의 질에서 나온다고 강조하고 있다.

내 이름을 건 중국집 사장이 되겠다는 꿈을 가진 자는 비록 철가방 배달원의 위치에서도 사장처럼 생각하고 고객을 감동시키려는 노력을 하게 된다. 누구나 어떤 위치에 있건 그 회사의 사장의 입장에서 생각하면 모든 일의 방향을 쉽게 결정할 수 있다. 바로 내가 회사의 주인이라는 주인의식을 가지면 미래의 꿈이 달성될 수 있기 때문이다.

슈와제네거는 세 가지 꿈을 꾸었다

아놀드 슈와제네거(Arnold Schwarzenegger)는 오스트리아 출신으로 15살에 미국으로 이민을 왔다. 그는 이민 올 때 세 가지 꿈을 가지고 왔다고 한다. 영화배우가 되겠다는 꿈과 정치인이 되겠다는, 꿈, 그리고 케네디가의 여인과 결혼을 하겠다는 꿈이었다.

슈와제네거는 첫 번째 목표를 달성하기 위해 미국에 오자마자 보디빌더를 했다. 미스터 유니버스에 5회, 미스터 올림피아에 7회에 걸쳐 정상을 차지하면서 기네스북에 이름을 올렸다. 그러나 그에게 보디빌더는 목표가 아니라 목표에 접근하는 징검다리일 뿐이었다. 슈와제네거는 보디빌딩 세계에 독보적인 존재로 부각되면서 서서히 전국적인 인물로 부상하기 시작했다.

그는 1970년에 《뉴욕의 헤라클레스》로 영화배우가 되었다. 1979년의 《펌핑 아이언》 1982년 《코난, 바바리안》으로 영화계에 본격적으로 이름을 알리게 되었다. 1984년에는 그의 대표작 《터미네이터》에 출연하면서 할리우드 최고의 액션 배우가 되었다. 배우로서 한창일 때는 한 편에 250억 원의 출연료를 받기까지 하였다.

그는 자신의 두 번째 목표를 달성하기 위해 1983년 미국 시민권을 얻은 뒤 공화당을 통해 정계에 입문하였다. 2003년 재보궐로 초임 켈리포니아 주지사가 되었으며, 2007년에 재선에 당선되어 7년 2개월 간의 주지사를 역임했다. 슈와제네거의 지지자들은 미국에서 출생하지 않은 사람은 대통령이 될 수 없는 미국 헌법을 고쳐서라도 대통령에 출마할 수 있도록 해야 한다는 주장을 하기도 하였다. 캘리포니아 주지사 시절에는 환경문제와 빈민구제법 등 진보적인 모습을 보여주기도 하였다.

세 번째 목표달성을 위해 슈와제네거는 케네디 가문에 의도적으로 접근하였고 마침내 1986년에는 케네디 대통령의 누나인 유니스 슈라이버의 딸, 마리아 슈라이버(Maria Owings Shriver)와 결혼하였다. 만약 그가 케네디 가의 여인과 결혼하겠다는 꿈을 꾸지 않았다면 케네디 가에 어떤 여인이 있는지 알기나 하였겠는가?

이처럼 꿈을 꾸어야 그 꿈을 실현하고자 하는 방향이 결정되고, 그 방향대로 끈질기게 밀고 나아갈 때에 비로서 그 목표가 달성되는 법이다.

아놀드 슈와제네거는 미국에 이민 올 때 가졌던 세 가지 꿈을 모두 달성하였다!

양현종은 영구결번을 꿈꾸고 있다

영구결번이란 스포츠분야에서 은퇴한 유명선수의 등번호를 영구히 사용하지 않는 관습 또는 그 번호를 말한다. 우리나라에서는 프로야구에서 영구결번을 기리는 관습이 진행되고 있다. 이는 각 구단에서 자체적으로 정하여 시행하는 제도로 국내 프로야구 최초의 영구결번은 1986년 사고사를 당한 당시 OB 베어스의 포수 김영신의 54번이다.

이후 1996년 기아 타이거즈 선동렬의 등번호 18번과 1999년 LG 트윈스 김용수의 41번이 영구결번 처리되었다. 2002년 두산은 1997년 은퇴한 투수 박철순의 등번호 21번을 영구결번 처리하였다. 이밖에 삼성 라이온즈에서 활동한 이만수(22번)와 양준혁(10번), 이승엽(36번), 한화 이글스의 장종훈(35번)과 정민철(23번), 송진우(21번), 롯데 자이언츠의 최동원(11번), 기아 타이거즈의 이종범(7번), SK 와이번스의 박경완(26번), LG 트윈스의 이병규(9번)의 등번호도 영구결번되었다.

이에 도전하는 선수가 바로 양현종이다.

양현종은 2007년 광주 동성고를 졸업하고 '괴물 투수'라는 수식어와 함께 KIA에 2차 1라운드 1순위로 입단했다. 그러나 입단 첫 해는 녹록치 않았다. 양현종은 입단 첫해부터 많은 기회를 얻었지만 제구가 말을 듣지 않았다. 마운드에 오르면 볼을 여러 개 던지다가 강판되기 일쑤였다. 앳된 얼굴의 양현종은 경기 도중 감정을 주체하지 못했다. 마운드에서 교체되고 나면 광주 무등구장 한 켠에서 머리를 뜯고 어느 땐 눈물을 흘리기까지 했다고 한다.

그는 해태(기아의 전신)타이거즈에서 영구결번의 레전드가 되겠다는 꿈을 키우면서 독기를 품었다. 원정 호텔 옥상에서도 밸런스 잡는 연습을 했다. 다른 선수들이 외출할 때도 "저 선수가 놀 때 나는 연습을 한다. 나중에 누가 정상에 가는지 두고 봐라."는 식으로 스스로에게 자극을 줬다. 이처럼 스스로에게 채찍질을 하자 그것이 자극이 되어 서서히 성적도 오르기 시작했다.

양현종은 시련의 데뷔 첫 2년을 넘어 2009년을 기점으로 잠재력을 터뜨렸다. 그해 선발투수로 자리 잡아 12승으로 팀의 통합 우승에 이바지했다. 2010년 16승을 올리고 광저우 아시안게임 대표 팀에 선발돼 금메달을 일궈내기도 하였다. 그리고 2017년에는 프로야구 역사상 다섯 번째로 20승고지에도 올랐다. 2019년까지 통산 135승의 성적을 거두어 입단 이후 평균 매년 두 자리 수 승수를 기록하기도 하였다.

양현종은 3년 째부터 매년 연봉 23억 원 이상을 받고 있다. 그의 꿈은 서서히 현실로 다가오고 있다. 나는 머지않아 양현종의 꿈이 이루어질 것으로 믿는다.

02 용감하게 도전하라

도전없이 이루어지는 일은 없다

나는 대학에서 강의를 할 때 가끔 "인생은 정답도 도깨비방망이도 없다."라는 말을 하곤 하였다. 이는 노력 없이 얻어지는 것은 없다는 말이기도 하며, 세상에서 기적이란 스스로 도전하여 만드는 것이라는 말이기도 하다. 특히 '기업가정신' 강의시간에는 반드시 이 말을 하게 된다. 왜냐하면 기업가정신은 주어진 자원에 구애됨이 없이 위험을 무릅쓰고 새로운 것에 과감히 도전하는 혁신적이고 창의적인 정신 내지 의지이기 때문이다. 어렵고 힘든 일일지언정 도전하여 자기의 인생으로 만들어보지 않고 주어진 현실의 한계를 스스로 만들어 놓고 기적을 기다리고 있는 젊은이들에게 반드시 해주고 싶은 말이기도 하다.

도전에 있어서 최대의 적은 용감성의 부족이다. 심리학에서는 용감성을 "위험하고 위협적인 상황에서 두려움을 이겨내고 그 상황을 극복하기 위한 적절한 행동을 자발적으로 하는 능력이다."라고 정의하고 있다. 반대가 있더라도 옳다고 생각하는 것을 주장하거나, 다른 사람이 싫어하더라도 신념에 따라 행동하는 것을 말한다.

용감성은 두려움을 모르는 것이 아니라 두려움을 이겨내는 것을 말한다. 어떤 일을 시작함에 있어 다양한 어려운 상황과 제약이 존재할 수 있다. 이러한 많은 어려움과 제약을 극복해 가면서 시작하는 것이 도전이다. 우리는 하고자 하는 일들이 많이 있음에도 여러 가지 어려움과 제약, 미래에 대한 불확실한 상황 때문에 쉽게 시작하지 못한다. 그러나 시작하지 않고 이룰 수 있는 꿈이 어디 있겠는가?

일상생활이나 직장생활에서 가끔 이런 이야기를 하는 사람들이 있다. 아이디어는 많은데 하나도 실천하지 못했다거나 밤새도록 기와집을 10채는 지었다는 이야기와 같은 것들이다. 이는 많은 생각을 하면서도 하나도 제대로 실천하지 않은데 대한 비아냥일 것이다. 반면에 이런 말도 있다. "시작이 반이다." 시작해놓고 보면 언젠가는 이루어질 수 있다는 이야기로 실천의 중요성을 강조한 말이다.

도전하는 데는 머리가 명석할 필요도 없다. 좋은 대학을 나올 필요도 없다. 꼭 돈이 전제될 필요도 없다. 도전의 전제조건은 미래에 대한 꿈과 비전, 목표뿐이다. 그리고 용감하게 시작하는 행동 뿐이다.

박정희, 철강산업에 도전하다

박정희 대통령은 철이 '산업의 쌀'이라는 신념을 가지고 있었다. 그리고 세계적인 철강공장을 가지는 것이 꿈이고 희망인 사람이었다.

제1차 경제개발5개년 계획에서 선철 25만 톤 규모의 종합제철 공장을 건설한다는 계획을 가지고 추진하였으나 외자조달의 실패로 성공하지 못했다.

세계적 철강엔지니어링 회사인 코퍼스의 회장 프레드 포이가 제의한 국제제철차관단(KISA)을 미국, 독일, 영국, 이탈리아, 프랑스 등 5개국 8개사로 구성하고 연산 60만 톤 규모의 제철소 건설에 필요한 외자를 조달한다는 기본합의에 서명하였다.

제2차 경제개발5개년 계획의 시작연도인 1967년에 박태준 씨를 종합제철소건설추진위원회 위원장으로 임명하고 1968년 4월 1일 포항종합제철주식회사를 창립하였다.

부지조성공사가 한창인 1968년 11월 12일 박대통령이 불시에 공사현장을 방문하여 황량한 모래벌판을 바라보면서 "이거 남의 집 다 헐어놓고 제철소가 되기는 되는 거야?"라는 혼잣말을 했다. 순간 박태준 사장은 극도의 긴장감으로 모골이 송연해졌다고 한다.

그 와중에 KISA의 차관도입은 오리무중이었고 KISA의 차관결정에 영향을 미칠 수 있는 IBRD, 세계은행, 대한국제경제

협의체(IECOK)도 모두 부정적인 보고서를 내놓고 있는 상황이었다.

박태준 사장은 먼저 KISA로부터 차관도입의 확답을 듣기위해 미국으로 가서 포이 회장과 자정이 넘는 시간까지 회담을 했지만 포이 회장의 닫힌 마음은 쉽게 열리지 않았다. 포이 회장은 "당신의 애국심을 존중하고 개인적으로는 한국을 도와드리고 싶지만 IBRD의 의견을 무시할 수 없으니 마지막 기회로 내일 워싱턴에 가서 최선을 다하기 바랍니다."라는 말로 미안함을 대신하였다.

박태준 사장은 워싱턴으로 가지 않고 대일청구권자금으로 할 것을 결심하고 대통령께 전화를 했다.

"어떻게 되어가나?"

"워싱턴에는 갈 필요가 없다고 판단했습니다. KISA가 완전히 등을 돌린 상황에서 IBRD도 수출입은행도 시간낭비입니다. 경제관료들이 워싱턴에 가 있습니다만, 기대하지 않는 편이 좋겠습니다."

"여보게, 그러면 제철소는 어떡하나? 자넨 누구보다 내 뜻을 잘 알지 않나?"

"마지막 방법은 있습니다."

"그게 뭔가?"

"대일청구권 자금이 남아 있지 않습니까? 그걸 전용했으면 합니다."

"아, 그래! 기막힌 아이디어야. 1억 달러는 남았을 거야. 문제는 일본측이야."

대일청구권 자금을 전용하는 데는 세 개의 큰 벽이 있었다. 첫 번째는 한국 정부 내의 이견을 없애는 일이고, 두 번째는 일본정부의 승인을 얻는 일이고, 세 번째는 일본 제철소들의 기술공여 승인을 얻는 일이었다.

제일 먼저 부닥친 것은 청와대 김학렬 경제수석의 자금전용에 대한 회의적 반응이었다. 이는 우리나라 국회의원의 80%가 농촌출신으로 농업용인 대일청구권 자금을 공업용인 포항제철 건설로 전용하는 것은 정치적으로 굉장히 위험한 도박이었기 때문이다. 또한 제3차 IECOK에 참석하고 돌아온 박충훈 경제기획원장관도 종합제철소 차관도입에 비관적이었다. 종합제철의 사업규모와 건설시기를 재검토하여 결정짓겠다고 발표해 버렸다.

박대통령은 경제기획원 장관을 박충훈에서 김학렬로 교체했다. 포항제철의 성공을 위해서다. 경제기획원 장관이 된 김학렬은 부총리 임명장을 받고 사무실 흑판에 '포항종합제철 성공'이란 글자를 써놓고 자신이 죽거나 그만 둘 때까지 지우지 못하도록 하였다는 일화도 있다. 이걸 보면 그 역시도 포항제철 건설의 성공을 얼마나 염원했는지 알 수 있다.

박태준 사장은 대일 청구권자금 전용에 대해 가장 부정적인 일본 오히라 통산상을 세 번씩이나 만나 설득을 했고 기술제공을 받기 위해 일본 철강연맹 회장인 이나야마 회장 등 3대 철강회사 사장들을 각각 세 번씩이나 만나 설득하여 한·일정기각료회의에서 전용되도록 막후 노력을 했다.

박 대통령은 제3차 한·일정기각료회의 관계장관 회의에서 종합제철에 관한 일본의 협력을 중점적으로 교섭하고 심도 있는 일본 측의 의사를 타진하라는 지시를 내렸다. 김정렴 장관은 오히려 마사요시 통산상과 수차의 공식 비공식회담을 가지면서 설득했다. 마침내 김정렴 상공부장관의 끈질긴 노력으로 한·일각료회의에서 자금전용에 성공했다.

또한 박 대통령은 종합제철의 경제성문제를 해결하기 위해 생산 규모를 1백만 톤으로 확대하고 항만 등 부대시설은 국가가 건설하며 조세 및 관세의 감면, 특별상각, 공공요금의 할인 및 재정자금을 지원하여 조업 후 채산성을 확보하도록 하였다.

포항종합제철은 103만 톤 규모의 본 공장을 1970년 4월에 착공하여 1973년 7월에 준공하였다. 초기 자본금 중 은행융자금은 주식으로 전환하되 이익이 나더라도 배당을 하지 않고 사내유보(1983년까지 무배당)시켜 확장자금으로 사용토록 하였다. 이와같은 여러 사람들의 피눈물나는 노력의 결과 포항종합제철은 1981년 5월에는 8백5십만 톤에 이르게 되었다. 결과적으로 중화학공업의 기틀을 마련하였고 오늘의 한국경제 발전의 원동력이 되었던 것이다.

당시 재미있는 일화도 있다. 박정희 대통령은 정치자금을 배제하기 위하여 '종이마패'를 만들어 박태준을 시도 때도없이 들어오는 정치권의 압력과 청탁으로부터 막아 주었다. 그뿐 아니라 국내의 내자동원에도 주변의 눈치를 보거나 포퓰리즘 정치에 흔들리지 않았다.

이렇게 대한민국은 박정희와 박태준이라는 두 거인의 상식을 뛰어넘는 방법과 추진력으로 개발도상국 중에서 가장 성공적으로 종합제철공장을 건설할 수 있었다. 중국의 등소평도 중국의 경제개발과정에서 한국의 포항제철 같은 제철공장을 갖는 것이 꿈이라고 할 정도로 포항제철은 성공하였다.

포항제철의 성공은 박 대통령의 꿈과 도전, 박태준의 행동철학의 소산이었다.

박정희, 중화학공업에 도전하다

박정희 대통령이 집권한 10년차인 1971년에 우리나라 수출이 10억 달러를 넘어섰고 경제발전이 탄력을 받기 시작하던 때이다. 그러나 1969년 7월 닉슨독트린의 발표, 주한 미7사단의 철수, 미중 화해와 중공의 유엔가입과 대만 축출, 일본의 중공과 외교관계 추진, 서독의 소련과 무력사용불가침 협정체결 등, 국제정세는 급속히 변하기 시작했다. 반면 국제적인 화해 무드와는 달리 북한의 무력침략정책은 변함이 없었다. 이와 같은 국제정세 변화와 북한의 무력도발에 대응하는 길은 방위산업을 자력으로 구축하는 길뿐이라 생각하고 중화학공업 개발에 도전하였다.

중화학공업은 선진국에 진입하는 필수산업이고 중화학공업을 한다는 것은 산업혁명을 완료한다는 것이다. 그 당시 우리나라는 겨우 수출 10억 달러를 달성할 때이고 저임금 노동집약적인 산업을 영위하는 수준이었다.

중화학공업은 1972년도에 마스터플랜이 작성되었고 1973년 초 대통령의 연두기자회견 때 중화학공업화를 선언하고 최종 확정하였다. 중화학공업정책의 목표는 1981년도에 수출 100억 달러 달성과 국민소득 일인당 1,000달러 달성이었다.

1979년 연초에 철강은 연 550만 톤까지 확장되었고 1980년대 중반에는 2,000만 톤으로 확장 예정이었다. 또한 동, 아연 등

비철금속은 국제적 규모인 연산 5만 톤의 고려아연제련소와 연산 8만 톤 규모의 온산동제련소가 준공되었으며 연산 5만 톤의 연제련소는 1980년까지 완공계획으로 건설 중에 있었다. 다음으로 조선공업은 선박건조능력이 277만 톤으로 확장되었고 1981년까지 425만 톤까지 확장 중에 있으며 일반기계공업은 창원공단에 125개 전문업체가 입주하여 가동 중이었다. 그리고 자동차 생산은 현재 연산 20만대에서 1980년대 중반에는 200만대까지 확장할 것이고 전자부문은 1980년대 중반까지 반도체 및 컴퓨터관련 사업을 건설중에 있었다. 석유화학은 국제 규모인 에틸렌을 연산 40만 톤까지 생산할 수 있는 나프타분해공장 및 11개 계열공장을 완공하고 또한 연산 45만 톤 규모의 제3석유화학단지를 1982년에 완공할 예정이었다.

중화학공업기지를 건설하기 위하여 산업기지개발촉진법을 제정하고 일반기계 기지를 창원에, 제2철강단지를 광양에, 비철금속 기지를 온산에, 조선기지를 울산, 부산, 거제에, 전자기지를 구미에, 제1석유화학을 울산에, 제2석유화학을 여천 등 8개 기지를 건설 완료하였다.

중화학공업의 연구를 지원하기 위하여 당시의 KIST 외에 기계와 금속연구소는 창원에, 전자연구소는 구미에, 전국적 연구소는 대덕단지에 건설하기로 하였다. 그리고 이와 관련된 기술개발촉진법, 특정연구기관육성법, 국가기술자격법, 기술용역육성법 등을 제정하였다.

중화학공업에 필요한 기능인력 약 200만 명의 공급을 위하여 기계공고 19개, 시범공고 11개, 특성화공고 10개, 일반공고 55개 등 95개 공고를 신설하였고, 기술자양성을 위해 부산대에 기계공대, 경북대에 전자공대, 전남대에 화학공대를 신설하였다. 또한 충남대에는 공고의 실기교사양성을 위해 충남공업교육대학을 세워서 준비시켰다.

그리고 중화학공업 완성에 필요한 자금 외자 58억 달러, 내자 38억 달러 합계 96억 달러를 조달하기 위한 제반 조치를 추진하였다. 내자 조달을 위해 자본시장육성, 금리현실화, 범국민적 저축증강운동, 국민투자기금법 제정 등을 추진하였다. 금리현실화는 당시 예금금리를 15%에서 30%로 현실화하였고 3급 이상 공무원 및 국영기업체의 계장급 이상은 월급의 10% 이상을 적금에 들도록 강제하였고 정부 공사나 물품대금의 일부를 강제 저축하도록 하며 각종 인허가를 조건으로 저축을 의무화하여 소요내자를 조달했다. 1973년부터 1979년까지 중화학공업에 투자된 총금액은 82억 7천만 달러로 당초 계획의 약 83%가 투자되었다.

박정희 대통령의 무모한 도전인 중화학공업에의 진출은 오늘날 우리나라가 선진국으로 도약하는 발판이 되어 세계1위의 조선, 세계 5위의 자동차, 세계 1위의 전자·반도체국가로 발전하였으며, 일반 병기는 물론 탱크와 전투기도 우리 손으로 만드는 나라가 되었다.

이병철, 꿈의 제품 반도체 개발에 도전하다

삼성이 반도체 개발에 뛰어든 1983년은 우리나라의 산업수준이 경공업산업에서 중화학공업 분야의 생산과 수출이 시작되는 시기였다. 그러나 첨단기술을 요하는 반도체분야는 아직도 엄두도 내지 못하는 상황이고 전세계적으로도 미국의 인텔, 마이크론, 일본의 NEC와 후지쓰 등 7~8개 업체만 반도체를 생산하고 있었다.

이병철 회장이 1982년 2월에 보스턴대 명예경영학박사 학위를 받기 위해 한 달여 동안 미국에 체류하는 동안 IBM, GE, 휴렛팩커드(HP) 등 미국 주요 업체의 반도체 생산라인을 둘러봤다. 이병철 회장은 미국에서 경제계, 산업계 인사들을 만나는 과정에서 반도체 사업에 진출할 것을 결심하였다. 그리고 비서실에 부가가치가 낮은 트랜지스터 대신 세계 최첨단인 대규모 집적회로(VLSI) 사업 진출을 위한 검토지시를 내렸다.

이병철 회장이 거의 1년 여를 반도체산업에의 진출을 검토한 후 1983년 3월 15일에 중앙일보를 통해 삼성이 반도체 산업에 진출한다는 사실을 공식적으로 발표했다. 이 때가 이병철 회장의 나이가 73세였다

이병철 회장은 공장건설과 제품개발을 동시에 추진하는 동시화전략을 구사했다. 공장건설을 위해 먼저 10만 평의 부지를 기흥에 확보하고 공장건설 책임자에게 “6개월 만에 공장 건설

을 완료하시오."라고 엄명을 내렸다. 1983년 9월에 기공식과 동시에 전기공사, 상하수도공사, 반도체 제1라인 골조공사가 시작되었다. 한편 200여 종류의 생산설비 발주를 하면서 동시에 170명의 설비 신입사원을 차출, 장비 제조업체로 파견시켰다. 이들은 반도체 장비 업체에서 장비가 제작되는 과정을 처음부터 끝까지 지켜보고 난 후 장비와 함께 돌아왔다. 그 결과 장비 테스트나 응급 처치 요령을 따로 익힐 필요가 없었다.

삼성 기흥 반도체공장은 착공 6개월 만인 1984년 3월 말에 마침내 완공되었다. 일본에서도 반도체 공장 건설은 빨라야 18개월이 걸리는데 잡초와 잡목이 무성한 야산을 정비하여 6개월 만에 공장을 건설한다는 것은 불가능하다고 외국 관계자들은 내다봤다. 총 건설 장비 2000여 대에 연인원 26만 명이 투입돼 하루도 쉬지 않고 밀어붙인 결과였다. 처음에는 "불가능하다."고 말했던 관련 외국인들도 마침내 경탄했다.

이병철 회장은 삼성의 품질관리와 제품양산 능력을 결합하여 가장 큰 시너지를 낼 수 있는 D램을 개발품목으로 선정했다. 그러나 기술이전 계약을 체결한 마이크론사가 사실상의 기술이전을 해주지 않음에 따라 자체기술개발에 나섰다. 미국 현지 연구진과 국내 연구진으로 구성된 20명의 64K D램 프로젝트팀은 생산공정 기술을 하나 둘씩 개발하기 시작했다. 309가지 제조공정을 수없이 많은 시행착오를 거듭한 후 마침내 1983년 11월 7일 모든 공정 개발을 끝내고 테스트에 성공했다.

삼성이 6개월 만에 생산, 조립, 검사까지 모든 공정을 완전히 내재화하여 64K D램을 개발하면서 미국, 일본과의 기술격차를 10년에서 4년으로 좁혔다. 이 소식은 외신을 타고 세계 각국으로 전해졌다. 초기의 개발 어려움으로 D램 사업 진출을 망설이고 있던 독일, 프랑스, 네덜란드는 경악했다. "한국이 그걸 해낼 수 있겠느냐?"고 비아냥대던 미국과 일본은 충격에 빠질 정도였다. 비록 마이크론으로부터 설계 도면을 들여오긴 했지만 309가지에 이르는 공정 프로세스와 조립, 검사 기술을 단 6개월 만에 독자 기술로 해냈다는 점은 기적에 가까운 사건이었다.

이병철 회장이 이렇게 시작하여 이룩한 반도체산업은 지금 현재 우리나라의 최대 수출상품이고 세금을 제일 많이 납부하는 생산제품이 되었다.

정주영, 금세기 최대 공사에 도전하다

주베일 산업항 공사는 사우디 왕국이 발주한 20세기 최대의 공사였다. 공사규모는 9억 3천만 달러, 한화로 4천 6백억 원 정도로 당시 우리나라 예산의 약 50%에 해당하는 규모이다. 공사 내용은 50만 톤급 유조선 네 척을 동시에 접안시킬 수 있는 해상터미널 공사이다.

공사의 시작은 1975년 가을 사우디 왕국이 건설계획을 세우고 영국 용역회사가 제작한 설계도를 검토하면서 시작되었다. 1975년 12월 공사의 주관부처인 사우디 체신청이 설계를 맡았던 영국의 윌리엄 할크로우 사의 심사로 10개의 입찰 초청 회사 중에 9개 회사를 이미 선정하고 1개가 미확정된 상태였다.

현대건설은 나머지 1개 회사에 끼이는 것이 목표였다. 현대건설 런던지사의 중역은 영국의 윌리엄 할크로우사에 현대가 바레인의 아스리 수리조선소 건설사업에 참여하고 있고 주베일항 해군기지 건설도 하고 있으며 단일 조선소로는 세계 제일의 울산조선소를 영국의 협력으로 조선소 건설사상 최단기간에 끝내고 26만 톤급 유조선 2척도 동시에 건설한 기동성을 부각하면서 설득을 했다. 드디어 윌리엄 할크로우사가 사우디 체신청에 현대건설에 입찰자격을 주자는 제의를 했고 체신청은 이를 받아들여 현대가 10번째 입찰자격자로 선정되었다.

입찰자격을 얻는 것만으로 모든 일이 끝난 것이 아니었다.

첫째 관문으로 입찰보증금 2천만 달러가 문제였다. 국내 외환 사정으로는 2천만 달러를 조달하는 것이 불가능하여 외국에서 조달해야하는데 입찰보증금은 입찰금액을 추정할 수 있는 내용이기 때문에 비밀에 붙여야 하는 것이 가장 큰 문제였다. 따라서 유럽쪽 은행은 보안상 접근할 수 없어 바레인 국립은행의 도움을 받아 사우디 국립상업은행에 보증을 신청하여 지급보증서를 손에 넣었다.

최종 입찰에서도 우여곡절이 있었다. 전체공사 예정가격 20억 달러를 감안하여 공사 실비 12억 달러에서 25퍼센트를 깎았다가 다시 5퍼센트를 깎아 8억 7천만 달러에 응찰할 것을 결정하고 담당 상무를 투찰실로 들여보냈다. 그러나 투찰실로 들어간 담당상무가 8억 7천만 달러보다 높은 9억 3천 1백 14만 달러를 써놓고 나왔다고 했다. 낙찰될 때까지 애를 태우기도 하였다. 여기서도 기적이 일어났다. 응찰한 업체 중에서 가장 낮은 투찰가격과 공사기간을 8개월이나 단축하겠다는 사실 때문에 사우디 측이 현대를 공사자로 확정한 것이다.

그러나 입찰에 성공했다고 끝난것이 아니었다. 곧바로 입찰에 실패한 타 경쟁사들의 나쁜 루머, 이스라엘 보이콧 정책, 공사수행보증금 문제, 거기에다 사우디 체신청 담당 공무원들의 비협조 등, 수많은 장애가 도사리고 있었다. 현대건설은 마침내 이 모든 난관을 극복하고 계약을 체결하였다. 그리고 일주일 만에 7억 리알의 선수금을 받아내 우리나라 외환은행에 입

금시켰다. 그 돈이 외환은행에 입금되면서 당시 우리나라 역사상 최대의 외환보유고를 기록했다고 한다.

드디어 36개월 간의 대 공사가 시작되었다. 공기단축을 위해 공사에 소요되는 철구조물 전부를 울산에서 제작해서 해상으로 운반한다는 계획을 세웠다. 울산에서 주베일항까지 1만 2천 km, 12만 톤 강재자켓, 강관파일, 그리고 콘크리트슬라브를 뗏목같은 바지선으로 19번에 걸쳐 실어 날랐다.

이렇게 실려온 중량 500톤짜리 89개의 자켓들을 해안에서 12킬로미터나 떨어진 수심 30m의 깊은 해저에 파도에 흔들리면서 오차없이 20m 간격으로 설치한다는 것은 사실 불가능에 가까운 일이었다. 현대건설은 이러한 공사를 완벽하게 설치해 선진외국 기술자들을 경악하게 했다.

이렇게 정주영 회장은 거의 불가능에 가까운 일을 무모하고 저돌적인 도전정신으로 밀어 붙여 우리나라 건설기술 수준을 단번에 세계 최선진국 수준으로 만들었고, 세계 건설시장에 현대의 이름을 각인시켜 세계 건설인들을 경탄케 하였다.

다쉬라트 만지히, 망치와 정으로 산길을 뚫었다

1960년 인도 비하르 주의 작은 마을에서 일어난 일이다. 26세의 젊은 다쉬라트 만지히(Dashrath Manjhi)가 망치와 정, 삽과 곡괭이를 들고 바위산 언덕으로 달려갔다. 수십 킬로미터나 길게 늘어진 바위언덕의 중간 허리를 잘라 언덕 너머의 도시와 직선으로 이어지는 길을 내기 시작하였다.

우리가 보기에는 무모하리만치 어리석은 도전에 그가 나서게 된 것은 1960년 어느 날 그의 아내 파코니 데비가 병을 얻어 한시바삐 병원에서 치료를 받아야 할 형편이었다. 그러나 의사를 보려면 80km나 길게 이어진 바위산을 돌아가야 했고, 결국 그의 아내는 병원으로 가는 도중에 사망했다. 그는 그 날 이후 아침 일찍 일어나 남의 밭에서 일하며 남는 시간에 망치와 정으로 산을 깎아 길을 내는 일에 도전하였다.

마을 사람 모두가 미쳤다고 비아냥거리는 가운데서도 그는 아내와 같은 사람이 다시 없기를 빌면서 길을 닦았다. 22년 이라는 엄청난 세월 동안 쉬지 않고 길을 닦은 끝에 마침내 그는 길이 111m 너비 9.1m의 새로운 길을 닦아 80km나 돌아가야 했던 길을 5km로 단축하였다. 물론 선진국에서 중장비를 동원한다면 단 며칠만에도 건설할 수 있겠지만 인도의 오지 마을에서는 선택할 수 없는 현실적 제약이기도 하다.

다쉬라트 만지히의 도전과 희생으로 그의 고향마을에는 변화가 찾아 왔다. 도시문명이 주는 혜택을 모른 채 수천 년을 살아야 했던 마을사람들은 이후 5킬로미터만 걸으면 병원에 갈 수 있었고, 교육을 받을 학교나 소득을 올릴 공장에도 다닐 수 있게 됐다.

그에 대한 보람과 사명감으로, 다쉬라트 만지히는 2007년 73세의 일기로 눈을 감을 때까지 쉬지 않고 그 바위 길을 갈고 다듬었다고 한다.

그의 아들과 후손들은 아버지(할아버지)의 손때가 묻은 곡괭이와 망치, 바위를 깨뜨리던 정을 지금도 간직하고 있다. 안타깝게도 그가 살아있을 때는 실감하지 못했지만, 지역사람들은 이제 그의 업적을 높이 치하하고 있다.

백영심, 평범한 간호사가 병원과 대학을 설립하다

주인공인 백영심씨는 1984년 제주 한라대 간호학과를 졸업하고 6년간 고려대 부속병원에서 간호사로 일하다 28세인 1990년에 아프리카 케냐로 간호봉사를 떠난다. 케냐에서 4년을 보낸 뒤 의료 환경이 더 열악한 말라위 치무왈라로 옮겼다. 거기서 그녀는 주민들의 도움을 받아 벽돌을 직접 만들어 약 99㎡(30평) 규모의 진료소를 지어 하루 100여 명의 환자들을 돌보면서 본격적으로 아프리카 생활을 시작하였다.

말라위에서 백영심씨는 제대로 된 의료시설의 필요성을 절감하고 있었다. 이러한 상황에서 2005년 하반기 어느 날 외래 진료를 가기 위해 차를 몰고 있던 백씨에게 전화 한 통이 걸려왔다. 그것은 대양상선 정유근 회장이 백영심 씨의 소문을 듣고 사재를 털어 현지에 큰 병원을 짓고자 걸어 온 전화였다.

정 회장은 돈을 벌면 나중에 아프리카의 어려운 사람들을 돕자고 다짐했었는데 우연한 기회에 말라위 한인 교민을 만나 백영심 씨 얘기를 전해 들었다고 했다. 정 회장은 사재 33억 원을 들여 2008년 2월 말라위 수도 외곽 릴롱궤에 대양누가병원을 설립했다. 대양누가병원은 처음 80병상에서 시작하여 현재 연 20만 명을 치료하고 1,000여 명의 신생아를 출산할 수 있는 200병상으로 확대되었다. 2010년에 간호대학을, 2012년에는 정보통신대학을 설립했으며 지금은 의과대학 설립도 추진 중에 있다.

그녀가 말라위에서 활동하면서 가장 힘들었던 일은 현지의 무기력한 분위기와 싸우는 일이었다. 내가 여기에서 100년을 살아도 뭐가 달라질까란 생각에 괴로웠다고 한다. 그럴 때마다 “우리가 하는 일이 태평양의 물 한 방울 정도지만, 그 물 한 방울이 없다면 태평양의 물은 결국 한 방울이라도 줄어드는 것 아닌가.”라고 한 테레사 수녀님의 말씀을 떠올리며 마음을 다잡았다고 한다.

백영심 씨는 2012년에는 제2회 이태석상을, 2013년에는 제44회 플로렌스 나이팅게일 기장을 받았으며, 2015년에는 제25회 호암재단 호암상 사회봉사상을 수상하였다.

만약에 백영심씨가 아프리카로 떠나 간호봉사활동을 시작하지 않았다면 아프리카 말라위의 대양누가병원과 간호대학, 정보통신대학은 탄생되지 못했을 것이다. 그녀는 그곳으로 떠나면서 흙수저라 불평하지도 않았고 일류대학을 나오지 않았다고 주눅들지도 않았다. 도전하고 봉사하는 일에 뛰어난 머리나 화려한 경력이 필요한 것은 아니라는 사실을 백영심 씨는 증명하고 있지 않은가.

로완, 밀림의 가르시아 장군에게 밀서를 전하다

앨버트 허버드가 쓴《가르시아 장군에게 보내는 편지》에는 이러한 내용이 실려 있다.

20세기 초 미국은 쿠바를 둘러싸고 스페인과 전쟁을 벌이고 있었고, 어떻게 해서든 빠른 시간 내에 쿠바 반군의 지도자와 연락을 취해야 하는 상황이었다. 그 반군 지도자의 이름은 가르시아였다. 하지만 그가 쿠바의 깊은 밀림 속 요새에 머무른다는 사실만을 알고 있었을 뿐, 정확한 거처를 알고 있는 사람은 아무도 없었다. 편지나 전보로 연락할 상황도 아니었다.

당시 윌리엄 매킨리 대통령은 가르시아의 협력이 꼭 필요했다. 그것도 아주 급하게 가르시아와 연락을 해야만 했다. 그러나 가르시아가 쿠바 섬 밀림의 어디에 숨어있는지 연락할 수 있는 방법을 아는 사람은 아무도 없었다.

그때 한 장군이 그 일을 할 수 있는 인물로 로완 중위를 추천했다. 그는 가르시아 장군에게 보내는 대통령의 편지를 받았고, 그것을 방수가 잘되는 작은 봉투에 밀봉했으며, 잃어버리지 않도록 자신의 가슴에 가죽 끈으로 잘 동여맨 뒤, 작은 배에 몸을 싣고 사흘 밤낮을 달려 쿠바 해안에 상륙했다. 그리고 정글 속으로 사라진 뒤 3주 만에 가르시아 장군에게 편지를 전하고 정글 반대편 해안에 무사히 도착했다.

대통령이 가르시아 장군에게 보내는 편지를 건넸을 때, 로

완 중위는 묵묵히 편지를 받았을 뿐 "가르시아는 어디 있습니까? 어떻게 해야 그에게 갈 수 있습니까? 어떻게 돌아옵니까?" 등 어떠한 질문도 하지 않고 그 사명을 받아들이고 실천했을 뿐이었다.

언제 어디서나 가장 필요한 인재는 로완 중위와 같은 인재가 아닐까? 안된다는 핑계를 찾지 않고 묵묵히 임무를 수행할 수 있는 방안을 찾아 밀림이건 사막이건 가리지 않고 뛰어들어 마침내 자신의 임무를 수행하는 사람…….

03 창의성을 발휘하라

창조성이 세상을 바꾼다

뉴욕타임스 기자 찰스 두히그(Charles Duhigg)는 《1등의 습관》에서 조직이나 개인이 늘 1등을 하는 데는 세 가지의 습관이 있다고 한다. 즉, 아이디어를 창조적으로 연결하는 능력과, 어떤 일에 대한 강한 집중력, 그리고 안정적이고 대화가 자유스런 탁월한 조직이라는 세 가지 습관이다.

한국전쟁 초기에 미 공군은 항공기 조종사와 승무원들이 극한적 상황에서도 생존할 수 있는 훈련프로그램을 개발하고 있었다. 개발에 참여한 심리학자 토렌스(Paul Torrance)는 2차 세계대전 당시 전투 경험을 했던 공군 생존자들과 인터뷰를 했다. 그들은 공통적으로 어떤 훈련프로그램에서도 가르쳐 주지 않았던 능력, 즉, 창의성이 생존을 가져왔다는 사실을 증언하였다.

조직이나 개인이 늘 1등을 하는 습관 중에서 가장 중요한 습관이 창조적 습관이고 어떠한 극한상황에서도 생존하는 특성이 창의성이라는 것은 우리에게 무엇을 가르치는가.

심리학자 피터슨과 셀리그만은 더 나은 삶을 위해서 가장 중요한 것이 창의성이라고 제시한 바 있다. 창의성은 독창적이고 새로운 환경에 쉽게 적응하는 생각과, 행동을 만들어 내는 개인적인 특성을 뜻한다. 셀리그만은 창의성을 일상적 창의성과 위대한 창의성으로 구분하였다. 일상적 창의성은 가정이나 직장에서 경험하는 문제들을 독창적으로 해결하는 능력으로써 그 영향력이 가정이나 직장에 한정되는 반면, 위대한 창의성은 뛰어난 과학자나 예술가들이 나타내는 놀라운 독창성을 뜻하며 그 영향력이 광범위하다.

그러면 창의성은 어디서 어떻게 오는 것일까? 뛰어난 머리를 가진 사람은 창의적인가? 일류대학을 나오면 창의적인 사람이 되나?

그럴 수도 있고 그렇지 않을 수도 있을 것이다. 나는 창의성은 머리의 좋고 나쁨보다는 감수성과 호기심에서 출발하여 상상력으로 구체화된다고 보고 있다. 감수성은 표준국어대사전에서는 '외부세계의 자극을 받아들이고 느끼는 성질' 이라고 설명하고 있다. 또한 호기심은 새로운 정보, 지식, 경험을 얻고자 하는 욕구로써 탐색적인 행동을 유발하는 심리적 성향을 의미한다.

작가이자 화가인 폴 호건(Paul Horgan)은 자신의 저서 《상상할 수 없다면 창조할 수 없다》에서 이렇게 썼다.

"존재하지 않는 것을 상상할 수 없다면 새로운 것을 만들어 낼 수 없으며, 자신만의 세계를 창조해 내지 못하면 다른 사람이 묘사하고 있는 세계에 머무를 수밖에 없다. 그렇게 된다면 자기 자신의 눈이 아닌 다른 사람의 눈으로 실재를 보게 된다. 더 나쁜 것은 환상을 볼 수 있는 통찰력을 갖춘 마음의 눈을 계발하지 않는다면 육체의 눈만 가지고는 아무것도 볼 수 없다는 것이다."

뉴욕타임즈 기자 프레드 무디(Fred Moody)는 "마이크로소프트사의 유일한 공장 자산은 인간의 상상력이다."라고 말했을 정도로 상상력의 중요성을 설파하고 있다. 일상적 창의성은 가정이나 직장에서 내가 만드는 제품이나 서비스에 대해 소비자들이 나타내는 불평이나 불편함을 받아들이고 이를 어떻게 할 것인지를 상상함으로써 구체화된다고 생각한다. 위대한 창의성은 한 국가의 국민이나 전 인류가 처하고 있는 절박한 상황을 받아들여 이를 해결하기 위한 대안을 상상함으로써 현실화된다.

시리얼 푸드를 생산하는 다국적 기업 켈로그는 1905년 창업자 켈로그가 "빵을 먹으면 속이 불편하다."는 환자들의 푸념을 해결하기 위해 거기에 맞는 식품을 생산하면서 창업되었다. 또한 세종대왕이 백성들의 문맹을 측은지심으로 바라보지 않았다면 훈민정음이 나오지 않았을 것이고, 박정희 대통령이 국민들의 배고픔을 절박한 심정으로 바라보지 않았다면 오늘처럼 우리가 잘 살 수 있는 국가가 만들어질 수 없었을 것이다.

셰이크 모하메드, 사막위에 기적의 도시, 두바이를 건설하다

두바이는 중동에 위치한 아랍에미리트 연방국의 일곱 토호국 중의 한 도시이다. 두바이는 1960년대 유전이 발견되기 전까지는 해안에서 어부와 상인들이 소규모 사업을 하던 작은 어촌에 불과했다. 그러다가 1966년에 유전이 발견되면서 일자리를 찾아 세계 각지에서 사람들이 몰려들기 시작했고, 대내외 무역이 활성화되면서 두바이는 아라비아 반도 최대의 무역시장 및 국제도시로 발돋움하게 된다.

현재의 두바이가 있기까지 가장 중요한 인물은 바로 셰이크 모하메드 (Sheikh Mohammed) 총리이다. 최초로 초석을 다진 지도자는 현재 총리의 할아버지인 셰이크 라시드이고, 그 다음을 이은 지도자가 현재 총리의 형인 셰이크 막툼이며, 형의 뒤를 이어 총리가 된 셰이크 모하메드가 오늘날 두바이의 실질적인 발전을 이끌었다고 할 수 있다.

셰이크 모하메드는 영국에서 유학하고 귀국 한 후 두바이 경찰청장을 거쳐, 1971년 22살의 나이에 두바이 국방장관 자리에 올랐으며 2006년 그의 형이 죽은 뒤에 총리가 되어 실질적인 두바이 설계자가 되었다.

셰이크 모하메드는 그의 탁월한 창의력과 상상력으로 두바이를 국제무역의 중심지, 국제관광 및 경제도시로 탈바꿈하는

데 결정적인 역할을 했다. 그는 언젠가 두바이의 석유가 고갈될 것을 대비하여 국민경제의 석유의존도를 낮추고 석유 외에 두바이를 먹여 살릴 다른 산업을 찾게 되었다.

그는 자신의 상상력, 창의력과 발상을 총동원하여 두바이에 다양한 사업을 진행하여 두바이의 석유의존도를 5% 미만으로 낮추는 데 성공하게 된다. 결국 두바이는 '사막 위의 기적', '세계 최초'라는 수식어를 달며 세계무대에 화려하게 데뷔하였고 전 세계 억만장자들의 시선을 집중시키게 된다.

셰이크 모하메드의 상상력과 기발한 발상이 투영된 대표적인 결과물은 세계 최고급 7성급 호텔 버즈 알 아랍(Buj Al Arab), 세계 최고의 빌딩 버즈 칼리파(Burj Khalifa), 세계 최고의 인공섬 팜 아일랜드(Palm Island), 세계 최고의 테마파크 두바이 랜드(Dubai Land), 세계 최대 넓이의 꽃정원 미라클 가든(Miracle Garden), 세계 최고의 복합쇼핑몰 두바이몰(Dubai Mal) 등이다.

세계 최고급 7성급 호텔, 버즈 알 아랍은 1994년 착공해 1999년 12월 문을 열었으며 독특한 외관으로 착공 전부터 전 세계 사람들의 주목을 한 몸에 받았던 곳이다. 하루 숙박료가 세계에서 가장 비싼 호텔 중 하나이며 28층엔 헬기 착륙장이 있는데 여기서 타이거 우즈가 골프공을 날려서 세계인들의 이목을 끌기도 했다.

인공섬 팜 아일랜드는 야자나무를 본 따 만들었고 더 월드는 세계지도를 본 따 만들었다.

두바이에는 세계 최고의 실내 스키장이 있다. 외부 온도가 50도에 육박하지만 실내 스키를 즐길 수 있는 이곳은 셰이크 모하메드의 대표적인 창의적 발상 프로젝트라고 할 수 있다. 보통 더운 국가에서는 스키를 탈 수 없을 것이라고 생각하는 게 정상인데, 셰이크 모하메드는 사막 지역이라도 겨울 스포츠를 즐길 수 있다는 발상의 전환을 하여 1년 내내 더운 두바이에서도 스키를 탈 수 있도록 하였다.

20년 전만 해도 작은 어촌 마을에 불과했던 두바이가 전세계 금융, 물류, 관광, 교통, 엔터테인먼트의 중심지가 된 것은 셰이크 모하메드의 창조성에서 비롯되었다고 할 수 있다. 그는 기발한 상상력으로 세계에서 가장 높은 빌딩과 호텔을 지었으며 사막 한 가운데 스키장을 만들고 인공섬을 설계했다. 아무것도 없었던 황량한 사막 한 가운데 세계적인 도시를 건설한 셰이크 모하메드야 말로 창조의 화신이 아니겠는가?

조현정, 의료 S/W프로그램을 최초로 개발하다

비트컴퓨터 조현정 회장은 경상남도 김해 출신으로, 중학교를 중퇴하고 충무로에서 텔레비전 등을 고치는 기능공으로 활동하면서 고입 검정고시를 거쳐 용문고를 졸업했다. 조현정은 인하대학교 전자공학과 대학생 시절인 1982년에 당시로서는 소프트웨어라는 용어도 생소하던 때에 우리나라 최초로 의료보험청구프로그램을 개발하여 의료업체에 제공하기 시작하였다. 그 다음해인 1983년에 대한민국 벤처 1호 기업이자 의료정보업체인 비트컴퓨터를 설립하였다.

1982년 의료보험 청구프로그램 개발을 시작으로 1984년 종합병원 원무관리 프로그램 개발, 1995년 처방전달시스템 개발, 1998년 의료영상저장전송시스템 개발, 2002년 전자의무기록 프로그램 개발, 2018년 종합 의료정보 소프트웨어를 최초로 출시해 의료정보S/W산업을 이끌었다. 또한 2000년부터는 디지털 헬스케어시장에 투자해 약 1,000곳에 이르는 원격의료시스템 구축은 물론 일본 진출을 시작으로 태국의 48개 병원을 고객으로 확보하는 등, 해외수출에도 성공을 거두었다.

1989년 「월스트리트 저널」 및 「아시안 월스트리트 저널」 등이 한국의 가장 우수한 소프트웨어 개발자이자, 한국의 빌게이츠로 소개한 바 있으며, 1998년 2월 MBC에 출연해 「성공시대」 11회 주인공으로 그의 성공스토리가 지상파 TV매체를 통하여 방영되기도 하였다.

그 뿐만이 아니다. 1988년 서울올림픽 당시에는 국내 최초의 멀티미디어 소프트웨어인 서울올림픽 성화봉송 및 문화예술축전 업무전산화 프로그램을 개발해 당시 미국, 일본 등 전 세계 언론의 주목을 받은 바도 았다.

조현정 회장은 1990년 S/W 분야의 고급기술자들을 교육시키는 비트교육센터를 설립하여 현재까지 약 9,000여 명을 교육시켜 한국의 S/W산업의 고급인력을 공급해 왔다.

또한 1988년에는 한국소프트웨어산업협회를 설립하였으며, 1995년에는 이민화, 변대규 등과 벤처기업협회를 설립하여 벤처기업특별법을 제정하였고, 코스닥 설립, 스톡옵션 제도, 벤처빌딩, 실험실 창업제도 등, 수많은 벤처정책이 입안되도록 실질적인 아이디어를 제공하였다.

2000년 1월에는 개인 사재 20억 원을 현금으로 출연해 조현정학술장학재단을 설립함으로써 벤처기업인들의 릴레이 기부를 촉발시키기도 하였다. 조현정 재단을 통해 매년 12~20명의 학생들에게 장학금을 지원하고 있는 것도 우리나라 벤처기업인으로서는 최초이다.

조현정 회장은 한국에서 최초라는 칭호를 가장 많이 받은 사람이다. 우리나라 S/W 프로그램개발 최초, 대학생 창업 1호, 벤처기업인으로서 장학재단설립 최초 등 선구적인 창조자였다.

나영석, 마이더스의 손을 가지다

최근 공중파 방송과 케이블방송가의 연예PD중애서 가장 영향력 있는 인물은 누구일까? 아마도 CJ E&M의 나영석 PD가 아닐까 싶다. 요즘 연예인들은 나영석 PD의 부름을 누구보다 원하고 있다고 한다.

나영석 PD는 충북 청주 출신으로 연세대학교 행정학과를 졸업하고 2001년에 KBS에 입사하였다. 그는 KBS 2TV에서 2007년에 '1박 2일' 프로그램으로 스타 PD가 된 후 2018년에 CJ E&M(tvN)으로 소속을 옮겨 꽃보다 시리즈, 삼시세끼 시리즈, 신서유기, 신혼일기, 윤식당, 스페인 하숙 등을 만들어 우리나라 예능계에 가장 큰 권력과 부를 가진 대한민국 대표 연예 프로그램 개발자이다.

그는 예능계의 마이더스의 손이다. 그가 만든 프로는 만드는 족족 화제가 되고 시청률도 고공 행진한다. 사실 그는 평범한 소재를 대단한 프로로 만드는 천재적인 창의력의 소유자다.

그는 정말 현대인들이 원하는 것들을 정확하게 알아내어 이를 연예소재로 만드는 감각과 창의성의 소유자다. 그는 현 시대인들이 강렬하게 원하는 욕구가 일보다 휴식이라는 사실을 잘 알고 있었다.

1박2일 프로그램은 대한민국의 1박2일 여행지를 수없이 발굴함으로써 관광공사나 지방자치단체에서 수천억 원을 들여

홍보한 것보다 더 효과적으로 국내여행을 홍보했다. 꽃보다 할배 시리즈로 노인들의 해외여행 욕구를 자극했고 삼시세끼로 연예인의 농촌생활의 현실을 그려냈다. 연예인들의 평범한 농촌생활을 통해 일상인들의 막연한 환상을 현실로 보여줌으로써 많은 사람들에게 농촌에 대한 로망을 그려내는데도 성공하였다.

창의성은 머리가 아니라 마음과 감수성에서 나온다. 감수성으로 포착하고 상상력으로 구체화 되는 것이 바로 창의성이다. 좋은 마음, 좋은 관계, 좋은 소통을 통한 따뜻한 감수성에서 타인을 감동시키고 고객을 만족시키는 진정한 창의성이 샘솟는다. 나영석 PD가 받는 보수를 보면 창의성이라는 자산이 얼마나 큰 가치를 지녔는지 알 수 있다.

나영석 PD가 2018년에 37억 2천 5백만 원을 받아 CJ E&M 오너 일가보다 더 많은 보수를 받은 것으로 나타났다. CJ E&M 오너 일가인 이재현 회장은 약 23억원, 이미경 부회장은 약 21억원의 보수를 수령하였다고 한다. 참고로 CJ E&M의 직원 수는 3,475명, 평균 근속연수는 4년7개월, 평균급여는 6,600만 원이라고 한다.

창의성의 위대함이 현실에 구현된 가장 쉬운 사례가 아닌가 싶다. 나영석 PD는 창의성, 그것의 최종 종착지는 어디일까?

스티브 잡스, 그는 세기의 창조자였다

창조성을 얘기하자면 제일 먼저 떠오르는 사람이 있다. 바로 스티브 잡스(Steve Jobs)다. 스티브 잡스에 대해 세계 사람들이 열광하고 미치는 것은 바로 그 기발한 아이디어 때문이라고 나는 생각한다.

스티브 잡스가 1976년 워즈니악과 애플을 창업한 것은 단순한 하나의 벤처기업을 창업한 것 이상의 창조적 활동이었다. 애플은 개인용 컴퓨터를 개발하기 위해 창업한 회사이다. 그 당시에 개인용 컴퓨터를 발상한 자체가 뛰어난 창조적 활동이기 때문이다. 그 당시 '컴퓨터' 하면 대기업이 사용하는 엄청난 크기의 컴퓨터를 생각했지 책상위에 놓을만한 개인용 컴퓨터를 누구도 상상하지 못하던 때였다. 그 때 스티브 잡스는 "미래에 전세계 사람들의 책상 위에 한 대 이상의 컴퓨터를 놓겠다."는 꿈을 꾸며 애플을 창업한 것이다.

그는 1977년에 애플Ⅱ를 시작으로 1984년에 획기적인 매킨토시 컴퓨터를 세상에 내놓았다.

스티브 잡스는 1985년 애플에서 쫓겨난 후 바로 넥스트라는 컴퓨터 회사를 설립했다. 넥스트는 대학교수나 실험실 연구자, 과학자 등이 사용할 수 있는 고성능 컴퓨터를 개발하겠다는 야심찬 계획으로 출발했다. 1986년에 스타워즈 감독인 루커스에게 1,000만 달러를 주고 그래픽팀을 넘겨받아 픽사를 설립했다. 픽사에서 1995년에 역사상 첫 장편 컴퓨터그래픽 애니메이션 영화 '토이스토리'를 제작하는 등 애니매이션 영화 시장을 개척했다.

1997년에 애플에 복귀하여 임시 CEO의 역할을 맡았다. 그리고 1998년 아이맥을 선보였고 2001년에는 MP3플레이어 1세대 아이팟과 관련 프로그램인 아이튠즈를 세상에 내놓았다. 2003년에는 아이튠즈 뮤직 스토어 사이트를 개장하여 음악시장까지 장악하였다. 2007년에는 휴대전화 아이폰을 출시해 세계 휴대전화 시장의 강자로 군림하게 되었다.

이처럼 스티브 잡스는 개인용 컴퓨터 시장은 물론 컴퓨터 애니매이션 시장과 음악보급시장까지 장악했으며 마지막에는 아이폰을 출시하여 오늘날 인류의 필수품인 휴대전화 시장까지도 석권하였다.

정주영, 절박하면 기발한 아이디어를 낸다

부산에 가면 유엔군 묘지가 있다. 지금은 도시가 확장되어 도시 한복판에 소재하지만 6.25 전쟁 직후에는 시골의 황량한 들판이었다. 대한민국 정부는 그곳에 6.25전쟁 중에 사망한 외국인 묘지를 조성하였다. 전쟁 중에 조성한 묘지라 뗏장도 입힐 겨를도 없이 흙바닥 그대로 조성하여 황량하기 짝이 없는 묘지였다.

그러한 곳을 한국전쟁에 참전한 각국 유엔사절들이 내한 참배할 계획이었다. 1952년 1월의 일이다. 때문에 엄동설한에 발등에 불이 떨어진 미8군 사령부는 묘지 단장 공사가 참으로 난감한 일이었다.

그것도 천지가 얼어붙은 한겨울에 그 묘지를 파랗게 단장해야 하는 공사를 정주영 회장에게 주문하였다.

미군 측도 정주영 회장의 기발한 착상으로 무슨 일이든 할 수 있는 사람으로 믿어주고 있었기 때문에 이러한 주문을 정주영에게 한 것이었다. 그것도 닷새 만에 단장 공사를 끝내야 한다는 주문은 정주영 회장에게도 황당한 일이었다.

주문을 받자 정주영 회장은 바로 생각에 생각을 거듭했다. 그는 관계자들에게 "풀만 파랗게 나 있으면 되는 거냐?"고 물었고 곧바로 "그렇다."라는 대답을 들었다.

정주영 회장은 아이디어 값을 포함해 실제 공사비의 세 배를 요구했다. 세 배 아니라 열 배를 줘도 못할 처지라 미군들도 정주영의 요구대로 공사 실비의 세 배 값으로 계약을 했다.

그 길로 정주영 회장은 자기 동생을 시켜 트럭 30대를 사방에서 끌어 모아 낙동강 연안 창녕군 남지면 일대의 보리밭을 통째 사서 보리 포기들을 떠다 묘지에 심었다. 그것을 본 미군들은 원더풀을 연발했다. 누구도 상상하지 못한 기발한 아이디어였다.

정주영 회장의 창의력은 이것만이 아니다. 충남 태안군의 천수만 간척지 공사 때의 일이다. 천수만 간척지는 1978년 해외 건설경기가 서서히 퇴조를 보이기 시작하면서 박정희 대통령에게 건의하여 해외 건설장비와 유휴노동력을 흡수하기 위해 시작한 일이다. 정부로부터 1978년 11월 매립허가를 받고 1982년 4월에 B지구의 방조제 연결공사를 먼저 착공했고 1983년 7월에 A지구의 방조제 연결공사를 착공했다.

이 지역은 조석으로 간만의 차가 심할 뿐만 아니라 특히 썰물 때는 물오리의 다리가 부러질 정도로 물살이 세어 방조제 공사가 거의 불가능한 것으로 알려진 곳이다. 사업승인 신청서를 접수했던 농수산부는 물론 현대건설 중역들도 모두 회의적인 반응이었다. 민간기업이 사업을 수행하기에는 채산성이 없는 사업이었다. 그럼에도 정주영 회장은 공사를 착수했다. 방조제 공사에서 가장 큰 난점은 밀물 썰물 때의 유실을 어떤 방법으로 최소화하느냐에 달려 있었다.

서산군 부석면 창리와 남면 당암리를 잇는 1천 2백 미터의 B지구 방조제는 유실을 방지하기 위하여 4.5톤짜리 바위에 구멍을 뚫어 철사로 두세 개씩 묶어 바지선으로 운반하여 투하하는 방법으로 작업 중이었다. 그러나 A지구 최종 물막이 공사는 이 방법이 통하지 않았다. 총연장 6천 400미터의 방조제는 270미터의 최종 물막이 공사가 난관이었다. 물살이 너무 세어 승용차만한 바윗덩어리도 흔적도 없이 쓸려 내려가 버렸다.

상황이 이렇게 절박할 때 꼭 좋은 아이디어를 내는 것이 정주영 회장이었다. 그는 이번에도 좋은 아이디어를 떠올렸다. 고철로 팔아먹기 위해 30억 원에 사들여 울산에 정박시켜 두었던 스웨덴 고철선 워터베이호를 끌어다 물줄기를 막아놓고 양쪽 방조제에서 바윗덩어리를 투하시키면 될 것 같았다. 그는 주변의 만류에도 아랑곳하지 않고 폭 45미터, 높이 27미터, 길이 3백 22미터의 23만 톤급 고철선 워터베이호를 천수만으로 이동시키라고 지시하였다. 그리고 그 배를 가라앉혀 최종 물막이 공사를 완료하였다.

이 공법을 후일 건설업계에서는 '유조선공법'으로 명명하였고 이 공법이 뉴스위크와 타임지에 소개되기도 하였다.

현대는 이 공법으로 290억 원의 공사비를 절감하게 되었을 뿐만 아니라 서해안 지도를 바꾸어 놓았다. 결과적으로 이 거대한 공사 덕택으로 우리나라는 4천 7백만 평의 평야를 얻었고 매년 연간 33만 7천여 섬의 쌀이 생산되는 국토를 확장한 셈이다. 서산 간척지에서 매년 생산되는 쌀은 우리나라 국민 50만 명이 1년 동안 먹고 살 수 있는 양이다.

마이코스키, 비즈니스와 기부를 혼합한 탐스 슈즈를 창업하다

블레이크 마이코스키(Blake Thomas Mycoskie)는 비즈니스와 기부를 혼합한 탐스 슈즈의 창업자다.

블레이크 마이코스키는 테니스 선수로 미국 텍사스 주 댈러스 시에 있는 서던메소디스트대학교(Southern Methodist University)에 체육특기생으로 입학했으나 아킬레스건의 부상으로 더 이상 체육특기생으로 학교에 다닐 수 없는 형편에서 이것저것 사업을 시작했다. 처음에는 대학생들을 상대로 세탁물 수거를 하는 사업을 시작하였으나 실패하였다. 그 이후 옥외광고사업, 리얼리티 케이블 채널 사업, 인터넷 운전연수 사이트사업 등 네 가지 사업을 시작하여 역시 실패를 맛보았다.

그러던 2006년 여름, 블레이크 마이코스키는 휴가 차 아르헨티나에 가서 맨발로 다니는 어린이들을 목격한다. 이 세상에 가난한 아이들이 많다는 것을 막연히 알고는 있었지만 직접 본 현상은 생각보다 훨씬 참혹했다. 어떻게든 도와주고 싶었지만 그 많은 아이들에게 신발을 사줄 돈이 없었던 청년은 아예 신발사업을 시작하기로 결심한다.

그 사업 결심을 한 후 그는 친구 한 명과 신발 제화공 몇 명을 설득하여 아르헨티나 전통신발인 '알파르가타'를 미국인의 취향에 맞게 개조한다. 그렇게 해서 만든 신발 250켤레를 가지고 미국으로 향한 그는 '더 나은 내일을 위한 신발(Shoes for better Tomorrow)' 이라는 의미가 담긴 탐스 슈즈회사를 설립하였다.

처음 만든 신발 250켤레를 들고 미국으로 향할 때만 해도 블레이크 마이코스키는 사업이 또다시 망하면 어쩌나 하는 두려움 때문에 수없이 잠을 설치기도 하였다. 그러나 탐스 슈즈를 통해 부업삼아 신발을 팔아, 그 수익금으로 신발 없는 아이들을 도울 수 있으면 좋겠다는 소박한 생각이 버팀목이 되었다. 그리고 그는 이 사업이 자신의 인생을 걸 만한 일임을 확인했다. 신발이 없는 아이들에게 신발을 주었을 때 웃는 모습을 보면서 비즈니스를 떠나 이 아이들을 반드시 도와야 한다는 의무감도 생겼다.

이렇게 시작한 탐스 슈즈는 수익성 있는 비즈니스로 자리를 잡았고, 빌 클린턴 대통령과 빌 게이츠도 비즈니스 모델의 우수성에 대하여 극찬하기도 하였다.

여기서 내가 주목하는 것은 빌 클린턴이나 빌 게이츠가 극찬하기도 한 블레이크 마이코스키의 비즈니스 모델이다. 탐스 슈즈의 신발 한 켤레를 사면 가난한 어린이에게 신발 한 켤레를 줄 수 있는 비즈니스 모델의 설정, 얼마나 창의적인 발상인가.

강미선, 우유타는 불편함에서 분유제조기를 만들다

강미선 피애나㈜ 대표는 대기업에서 오랫동안 연구원으로 일하다 뜻이 있어 남편과 함께 캐나다로 갔다. 거기서 직장생활을 하다 출산을 하게 되었고 출산 후 아이를 돌보는데 커다란 어려움을 맞게 되었다.

배고파 우는 갓난아이를 달래본 경험이 있는 엄마라면 분유를 타고 아이가 먹을 수 있는 적정 온도로 식히는 그 잠깐의 시간이 얼마나 길게 느껴지는지 알 것이다. 아이가 배고파 울 때 분유를 즉시에 타서 먹일 수 있는 기계는 없을까하는 생각에서 아이디어를 얻게 되고 이를 사업화까지 성공시킨 제품이 바로 분유제조기이다.

자기 아이에게 분유를 적정한 온도로 먹일 수 있는 기계나 기구가 개발된다면 엄마들은 가격에 크게 구애 받지 않고 구매해 줄 것으로 강미선은 판단했다. 2009년 한국으로 돌아온 뒤 서둘러 특허를 내고 분유제조기 개발에 착수했고 개발에 필요한 자금을 확보하기 위해 정부의 지원사업들을 검토했다. 지원사업 중에서 중소기업청의 '아이디어 사업화사업'에 선정되어 그 돈으로 분유제조기의 제품디자인과 시제품을 완성하였다.

강미선은 2012년에 피애나㈜를 창업하고 정부지원을 받아 해외박람회도 자주 나갔고 해외 바이어를 만나면서 수출 길도 열리게 되었다. 그리고 분유제조기로 여성창업경진대회에서 대상을 받으며 언론의 주목을 받기도 하여 자연스레 기업의 홍보도 많이 되었다. 2015년에는 중국 심천TV에서 시행하는 창업프로그램 경진대회에 참여하여 주 장원에 뽑히기도 하였다.

처음부터 승승장구, 잘 나가기만 한 것은 아니었다. 분유제조기를 시판하기까지 절차도 복잡했다. 전기제품으로 안전성 확보를 위한 인증도 받아야 했고 인증 절차가 끝난 뒤 생산업체를 찾는데도 거의 1년이 소요되었다.

강미선 대표의 분유제조기 제조업 창업은 새로운 장르를 만들어 산업을 일으킨 창의적 아이디어이다. 어떤 경우에도 벤처기업 창업은 새로운 분야를 창조하며 사회에 기여해야 하며 창의성이나 혁신성이 높아야 경쟁가치를 추구하는 자본주의 사회에서 살아남을 수 있다.

창업이란 강미선 씨와 같이 새로운 업을 만들어 내는 것이다.

문석민, 미아방지를 위한 앱과 밴드를 만들다

문석민 리니어블 대표는 블루투스 기반의 미아방지 에플리케이션과 스마트밴드를 개발하여 단돈 5천 원에 판매하고 있다. 문석민 대표는 삼성전자에서 스마트폰 하드웨어 연구원으로 4년 근무했고 이베이코리아에서도 근무한 경험이 있다.

야외활동이 많은 봄부터 가을까지 사람이 많이 모이는 장소에서 미아가 많이 발생한다. 미아는 깜짝할 사이에 일어난다. 그렇게 발생되는 미아가 한국에서만 1년에 2만 명에 가깝다고 한다.

리니어블은 어떻게 하면 야외활동 중에 미아를 방지할 수 있을까하는 의문에서 출발하여 미아방지 앱과 스마트밴드를 개발하였다. 리니어블은 2014년에 창업하여 이미 세계 66개국에 블루투스 기반의 미아방지서비스를 제공하는 IT창업기업이다.

리니어블 손목밴드를 착용한 아이가 보호자로부터 일정거리 이상 이탈하면 연동된 스마트폰 에플리케이션에서 알람이 울려 부모에게 알려준다. 또한 아이가 어디 있든지 주변에 리니어블 앱 유저들이 있으면 위치정보를 생성해 주기 때문에 보호자는 스마트폰으로 아이 위치를 확인할 수 있다.

유치원 버스 운전기사나 교사가 에플리케이션을 설치하면 그 동선 안에서 아이가 계속 확인되기 때문에 야외 활동 중에 아이를 잃어버리는 불상사를 미연에 방지할 수 있다.

2016년부터는 미아는 물론 자폐아, 치매노인, 반려동물에 이르기까지 블루투스 기반의 앱과 스마트밴드를 사용할 수 있는 범위를 확대하기 위한 상품을 개발해 나가고 있다.

미아방지 프로그램은 한국뿐만 아니라 세계 66개국에서 서비스를 제공하고 있다. 또한 개인뿐만 아니라 미아방지 캠페인을 진행하는 전문회사도 이 제품을 활용하여 활동하기도 하는 등, 전 세계적으로 이 서비스의 영역은 확대되고 있는 추세이다.

창의적 아이디어에는 한계가 없다. 금지되어 있지 않은 모든 것은 창의적 아이디어의 범주 속에 있다. 창의적 아이디어는 부모로부터 물려받은 지능에 의해 좌우되지 않는 실용적 지능에 해당한다. 열심히 생각하자. 거기에 좋은 아이디어가 있다.

04 모든 문제를 혁신하라

왜 내가 변해야 하고 일상을 혁신해야 하는가?

혁신이 무엇이고 왜 필요한가? 혁신이란 국어사전에서는 '묵은 풍속, 관습, 조직, 방법 따위를 완전히 바꾸어서 새롭게 하는 것' 이라고 하고 두산백과사전에서는 '경제발전의 중심 개념으로, 생산을 확대하기 위하여 노동·토지 등의 생산요소의 편성을 변화시키거나 새로운 생산요소를 도입하는 기업가의 행위 또는 생산기술의 변화만이 아니라 신시장이나 신제품의 개발, 신자원의 획득, 생산조직의 개선 또는 신제도의 도입 등도 포함하는 보다 넓은 개념' 이라고 정의하고 있다.

경영철학자인 피터 드러커(Peter F. Drucker)는 혁신을 '똑같은 자원을 투입하고도 더 많은 양을 산출할 수 있는 활동 또는 소비자들이 이제까지 느껴온 가치와 만족에 변화를 일으키는 활동' 이라고 규정하고 있다.

히브리어로 '티쿤 올람' 은 세상을 고친다는 뜻의 말이다. 티쿤 올람은 "신이 세상을 창조해 인간을 보냈다면, 인간은 그 세상을 더 좋은 곳으로 만들어야 한다."는 유대인의 사상이 담겨 있다. 티쿤 올람에 물들어 있는 유대인들의 교육은 철저하게 남과 다른 나를 지향하는 교육을 시킨다. 그것이 바로 세계 인구의 0.2%에 불과한 그들이 노벨상 수상자의 22%를 차지하고 있는 이유 중 하나다. 할리우드를 움직이는 영화사들은 대부분 유대인이 설립하였고 쥬라기 공원과 쉰들러리스트, 인디아나존스 등, 수 많은 대작을 제작 감독한 사람도 유대인인 스티븐 스필버그다.

혁신은 사전적 의미나 위대한 경영철학자의 정의가 아니더라도 우리가 너무나 많이 들어온 이야기로 개인의 삶이나 세상사의 일부를 변화시키는 행위라고 말할 수 있다. 이처럼 세상이 변화하는 근저에는 바로 혁신이라는 활동이 자리하고 있다는 것이 혁신을 강조하는 이유이다.

우리는 의과대학, 법과대학만 입학해도 성공했다고 자랑한다. 어떤 이는 초등학교 때 공부 잘한 것을 자랑하는 이도 있다. 그러나 생각해보라, 인생은 청년기만 있는 것이 아니라 긴 시간을 살아가는 과정이다. 의사가 되었다 하더라도 의사를 하는 동안 끊임없는 변화와 혁신을 도모하지 않으면 그저 그러한 의사에 불과하다. 판검사나 변호사도 마찬가지다. 자기의 직무 수행과정에서 끊임없는 변화와 혁신을 도모하는 자만이 세상에 이로운 족적을 남길 수 있고 개인적 성공도 보장받을 수 있다는 것이다.

그러면 혁신은 어디에서 오는가? 미국의 영화감독 스필버그는 "가장 위대한 업적은 '왜?' 라는 아이 같은 호기심에서 탄생한다. 마음속 어린아이를 포기하지 마라."라고 강조하고 있다. 혁신의 단초는 '왜?' 라는 질문에서 출발한다. 왜 내가 이 일을 하고 있지? 왜 나는 이 일을 이런 방법으로 하고 있지?

박정희, 대한민국을 선진국으로 개혁하다

대한민국이라는 나라가 어떻게 오늘날의 대한민국으로 전개되었는지는 해방정국부터 설명해야 가능할 것 같다. 조선 500년은 정치적으로는 당쟁의 연속, 양반과 상민으로 나누는 철저한 신분사회, 경제적으로는 쇄국정책으로 절대빈곤이 지속되는 목가적인 농업국가였다. 그리고 세계변화를 읽지 못한 조선 지배계층들의 국가운영 미숙으로 인하여 메이지유신으로 선진국 반열에 오른 일본에 나라를 병탄당하고, 조선이라는 나라는 지도상에서 사라지고 말았다.

한창 잘 나가던 일본이 제2차 세계대전에 추축국으로 참여하였고 결국은 미국의 원자폭탄 2발을 얻어맞고 무조건 항복을 하게 된다. 그러자 곧바로 한반도는 미국과 소련에 의해 38선을 경계로 나뉘게 된다. 남한은 이승만을 중심으로 자유민주주의 체제로, 북한은 김일성을 중심으로 공산주의체제로 국가가 건국되었다.

김일성은 남북한을 무력으로 통일하기 위하여 6.25전쟁을 일으켰다. 전쟁으로 대한민국은 100만 명의 사망자와 실종자, 100만명의 부상자 합계 200만 명 이상의 사상자를 냈다. 또한 경제적으로는 50배가 넘는 물가 앙등을 가져왔고 전체 산업시설의 50%가 피해를 봤다. 그리고 사회적으로도 1,000만 명의 이산가족, 50만 명의 전쟁미망인, 30만 명의 전쟁고아를 남기었다.

전쟁 후 대한민국은 체제갈등으로 몸살을 앓았고 6.25 전쟁 후유증을 극복하는데 국가기능의 대부분을 할애할 수밖에 없었다. 해방 이후부터 1960년까지 대한민국은 미국원조로 연명을 했다고 해도 과언이 아니었다. 1960년까지 미국 및 UN으로부터 29억 4천만 달러를 원조 받았는데, 이는 당시 정부 세입의 약 46%, 전체 GNP의 약 10%에 해당하는 금액이었다.

1960년에 대한민국은 인구 2,500만 명, 국민소득 80달러로 전 세계 125개 국가 중에서 100위 정도의 수준이었다. 당시 농민이 전체 인구의 63%로 전형적인 농업국가였으며, 실업율이 20%가 넘는 절대빈곤이 상존하는 나라였다.

이러한 나라에서 국가운영의 주체세력인 정치인들은 끊임없는 당쟁으로 국가발전을 기대하기에는 요원한 세상이었다. 이러한 혼란의 와중에 6.25 전쟁기간에 길러진 군인들 중에서 박정희를 비롯한 애국심이 투철한 군인들이 군사혁명을 일으켰다.

박정희는 군사혁명 후 바로 국가개혁에 돌입하였다.

첫째, 경제개발을 위한 5개년 경제개발계획을 수립하여 시행하였다. 제1차경제개발계획기간에 매년 경제성장율 8.5%를 달성했고, 제2차 기간에는 9.7%, 제3차 기간에는 10.1%, 제4차 기간에는 5.5%를 달성하였다.

이 기간 중에 전력의 자급자족이 이루어졌고 전화가 전국적으로 가설 완료되었다. 1961년 우리나라 발전시설용량은 36만

6천kw로서 수요량 43만 5천kw에 절대적으로 부족한 시설이었다. 1979년 말까지 우리나라 도시 전 지역에 전기가 100% 보급되고 농어촌도 98%까지 전기가 보급되었다. 이는 산간지역이나 도서지역의 일부만 보급이 안된 수준이다.

1961년도 우리나라 전화가입자수는 100인당 0.4대, 시외전화 대기시간이 120분, 국제통화시설이 26회선밖에 되지 않았다. 그러던 것이 1981년까지 우리나라 전 지역, 도서지역까지 전화가설이 완료되었다. 전국에 고속도로가 건설되었다. 1979년까지 경인, 경부, 호남, 영동, 남해, 동해, 구마, 부마고속도로를 완공하였고, 그 밖에 다른 지역 고속도로도 그 때 계획이 완료되어 전국 도로망을 완성하였다.

둘째, 대한민국 법률체계를 완성하였다. 5.16 당시까지 우리나라는 옛날에 제정된 구법령을 그대로 사용하고 있었다. 대한제국법령, 일제시대법령, 미군정법령, 대한민국 수립후 제정된 법률 등이 일본어, 영어 등으로 그대로 혼용되고 있는 실정이었다. 5.16 이후 구법령을 모두 한글로 번역하였고 헌법, 법률, 대통령령, 부령 등으로 체계화하였다. 5.16군사 정부 기간에 613개(40개 기정비법률 포함) 구법령을 폐지하고 신 법령으로 법률 213개, 대통령령 220개, 부령 100개로 정비하였다.

셋째, 공공조직을 획기적으로 개혁하였다. 경제개발을 전담할 경제기획원을 설치하였고 과학기술을 전담할 과학기술처, 전국의 산지 녹화를 담당할 산림청을 신설하였다. 그리고 전기를 생산하는 업체와 공급하는 업체가 분리되어 있던 것을 한국전력으로 통합하였고 농협과 농업은행을 통합하였다. 중소기업을 지원할 중소기업은행, 서민금융을 담당할 국민은행도 신설하였다.

넷째, 공무원 채용, 교육, 운영제도를 선진화하였다. 공문서 처리제도를 선진화하였고 공무원의 정원관리 제도를 도입하였고 공무원채용을 엽관제도에서 시험으로 공개 채용하도록 하고 인사고과에 따른 승진제도를 제도화 하였다.

다섯째, 국민의 허례의식을 개혁하였다. 5.16혁명 후에 재건국민운동본부를 설치하고 대표적인 가정의례인 혼례, 상례, 제례가 지나치게 허례의식화 된 것을 개혁하기 시작했다. 1961년에 '표준의례', 1969년에 '가정의례준칙에 관한 법률'을 제정하여 국민을 계몽하여 의식개혁을 주도하였다.

여섯째, 닫혀있던 대한민국을 대외에 완전 개방하였다. 개방의 대표적인 정책이 수출정책이었다. 1962년 우리나라 수출액이 5천만 달러였는데 1964년에 1억달러, 1970년에 10억달러, 1975년에 50억 달러, 1977년에 100억 달러, 1980년에 175억 달러로 수출대국의 기반을 다졌다.

일곱째, 새마을 운동으로 농촌을 개혁하였다. 1964년의 '대혁신운동', 1968년의 '제2경제운동', 1972년의 '새마을운동' 등으로 명칭이 바뀌면서 농어촌 잘살기운동을 전개했다. 그리고 농어촌 소득이 1970~1976년 사이에 9.5%나 높아졌고 농촌의 초가지붕이 사라졌다.

여덟째, 대한민국의 산지를 녹화시켰다. 산림녹화를 위한 산림법, 임산물 단속에 관한 법률, 녹화촉진 임시조치법 등, 관련 법령을 제정하고 농림부의 산림국을 산림청으로 격상시켰다. 그리고 '치산녹화 10개년계획'을 수립하여 조림수종을 바꾸고 마을양묘, 마을공동식수제도를 도입하고 지역산주에 대한 조림명령을 실시하였다. 지역에 따른 특수녹화를 실시하고 심은 후에 육림제도도 강화하였다.

아홉째, 기계영농이 가능하도록 농지를 정리하였다. 과거의 우리나라 농촌은 트랙터나 경운기가 들어 갈 수 없어 농약, 비료, 농산물의 운반을 사람이나 가축이 담당 하였다. 그랬던 것을 1979년까지 우리나라 농지의 60%를 기계영농이 가능한 농토로 정리하였다.

열 번째, 국민복지제도의 시작인 의료보험시대를 열었다. 1961년에 '생활보호법'을 제정하여 생활보호대상자 210만 명에게 보건지소, 보건소, 시도립병원을 통한 의료보호사업을 시행하였다. 1976년 말에 '의료보호법'을 개정하여 의료보험시대를 열었다. 처음에 500인 이상 사업장부터 시작하여 300인 이상, 1983년부터는 16인 이상 사업장까지 확대하였다. 이렇게 시작된 의료보험시대는 1989년부터 전 국민이 의료보호나 의료보험의 혜택을 받게 되었고, 결국 대한민국이 의료선진국으로 가는데 결정적인 요인이 되었다.

오늘 우리가 이렇게 누리고 있는 풍요가 그저 된 게 아니다. 나는 그것을 박정희라는 위대한 정치지도자의 애국심과 국가 개혁에 대한 강한 집념의 소산이라고 생각한다. 특히 2020년에 들어와서 전 세계를 강타한 코로나 팬더믹에서도 대한민국이 방역의료의 선진국으로 우뚝 설 수 있게 된 것도 다 박정희라는 선각자가 있었기 때문이라는 사실을 잊어서는 안 될 것이다.

이건희, 삼성을 혁신하여 300배로 키우다

이건희는 이병철 회장의 8남매 자녀 중에서 일곱 번째, 아들로써는 세 번째로 대구에서 태어났다. 1977년 8월에 삼성의 후계자로 공식적으로 천명되고 1979년에 삼성그룹 부회장으로 선임되었다. 1987년 11월 19일 이병철 회장이 폐암으로 별세하면서 삼성그룹의 긴급 사장단 회의에서 이건희가 공식적으로 삼성그룹의 회장이 되었다.

1987년 12월 1일에 취임식 후 약 6년 동안 삼성의 '질경영'을 강조했다. 그러나 그의 취임 초기, 삼성은 국내 1위라는 틀 속에 갇혀 결코 변하지 않았다.

이건희 회장은 취임 후 6년만인 1993년 1월, 삼성의 전자관련 사장단을 이끌고 LA시내의 가전제품 매장을 둘러보다가 아연실색했다. 매장 중앙에는 GE, 월풀, 필립스, 소니, NEC 등, 세계적 브랜드의 상품들이 전시되어 있었는데 삼성제품은 눈에 잘 띄지도 않는 구석에 처박혀 있었던 것이다. 이건희 회장은 거기서 삼성의 현주소를 알았다. 당시 삼성제품은 월마트 등의 할인점에서 중저가 제품으로 팔리고 있었을 뿐 블루밍 데일스나 노드스트롬 같은 고급백화점에서는 제대로 취급되지도 않았다.

이건희 회장은 이렇게 나가다가는 삼성이 세계일류기업이 되기는커녕 삼류로 몰락하고 말 것이라는 불길한 예감에 사로

잡혔다. 그해 2월에는 전자관련 사장들과 함께 LA에 있는 센추리플라자 호텔에서 전자부문 수출품 현지 비교평가회의를 열었다. 비교평가회의가 열린 200여 평의 홀에는 VTR, 냉장고, 세탁기, 에어컨 등 78가지에 이르는 경쟁사의 제품들이 삼성제품과 나란히 전시되어 있었다. 삼성의 사장단은 비교평가회에서 삼성제품의 문제점들을 고스란히 볼 수 있었다. 이건희 회장은 비장하게 사장단에게 이렇게 말했다.

"2등 정신을 버리십시오. 세계 제일이 아니면 삼성은 앞으로 세계시장에서 살아남을 수 없습니다."

1993년 6월 4일 이건희 회장은 일본 도쿄 오쿠라 호텔에서 삼성전자 임원과 후쿠다 삼성전자 디자인 고문 등 10여 명과 함께 여러 시간 동안 삼성전자 기술개발대책회의를 주재했다. 그리고 삼성전자 임원들을 내보내고 고문들만 모아놓고 허심탄회하게 이야기를 들었다. 이 회의는 저녁 6시부터 다음날 새벽 5시까지 계속되었다. 이 자리에서 후쿠다 고문은 삼성전자에 대한 문제점을 담은 '경영과 디자인'이라는 보고서를 제출하게 된다. 여기에서 후쿠다 고문은 삼성전자가 현재 안고 있는 문제점을 소상히 밝히고 지적했다.

후쿠다 보고서로 밤샘 회의를 마치고 그 다음날 오후에 프랑크푸르트로 향했다. 프랑크푸르트로 향하는 이건희 회장에게 삼성 사내 방송 팀이 제작한 비디오테이프 1개가 전달되었다.

삼성전자의 세탁기 조립과정을 생생하게 담은 30분짜리 영상물이었다. 도착하자마자 비디오테이프를 틀었다. 세탁기 제조 과정에서 불량품이 생산되는 과정이 그대로 담겨 있었다.

이건희 회장은 삼성 본사로 전화해서 삼성 핵심임원 전원을 프랑크푸르트로 소집했다. 1993년 6월 7일 프랑크푸르트 켐핀스키 호텔에서 비상경영회의가 시작되었다. 여기서 이건희 회장은 아주 유명한 말을 했다. 일종의 폭탄선언이었다. "마누라와 자식 빼고는 다 바꾸라."는 이것이 바로 '삼성 신경영' 의 출발을 알리는 선언문이었던 셈이다.

이건희 회장은 1993년 1월부터 LA를 시작으로 프랑크푸르트, 오사카, 도쿄, 런던으로 이어지는 7개월 여에 걸친 대장정에서 1,800여 명의 임직원을 해외로 불러놓고 장장 500여 시간 이상 열변을 토했다. 그는 마치 신들린 사람 같았다. 이렇게 삼성의 '신경영' 은 시작되었다.

1995년 3월 9일 삼성전자 구미공장 운동장에는 2,000여 명의 직원들이 지켜보는 가운데 무선전화기를 포함해 키폰, 팩시밀리, 휴대폰 등 15만 대의 제품들이 운동장에 산더미처럼 쌓여있었다. 돈으로 따지면 당시의 가치로 무려 500억 원어치에 달한다. 이것을 10여 명의 직원들이 해머로 모두 산산조각을 내고 부수어진 조각들을 모두 불 태워버렸다. 이와 같은 화형식 이후 7년 반이 지난 2002년 휴대폰 판매 대수는 4,300만 대로 세계 3위를 차지했다. 화형식에서 불태워버린 500억 원은

7년 반 만에 3조원의 이익으로 되돌아 왔다.

1995년 12월 경에 이건희 회장은 환자로 가장하여 삼성서울병원 20층 특실에서 3일간 병원 서비스를 점검하고 퇴원했다. 환자와 똑같이 휠체어를 타고 병원 구석구석을 돌며 내방객들의 동선을 일일이 확인하고 시설과 서비스 등을 점검했던 것이다.

1996년에는 에버랜드의 서비스 질을 높이기 위해 1,300명의 전 직원을 대동하고 일본 도쿄 디즈니랜드와 미국 올랜드 디즈니월드를 찾아 연수하기도 하였다. 신경영 당시인 1993년에 내방객 400만 명에서 2003년에는 800만 명이 넘었다.

이건희 회장은 IMF를 거치면서 65개에 달하던 계열회사를 45개로 축소하고 총 236개 사업을 정리하였다. 또한 분사와 매각을 통해 5만 2천 명을 구조조정하였다. 이건희 회장은 해서는 안 되는 사업, 하지 않아도 되는 사업은 포기할 줄 아는 용기를 보여주고 이를 실행에 옮긴 것이다.

이렇게 이건희 회장이 선두에서 혁신을 외치고 다닌 결과는 서서히 나타나기 시작했다. 1987년 회장에 취임할 때 삼성그룹은 총 매출 17조 원이었다. 그러던 것이 1992년에 36조 원, 2002년에 137조 원, 2011년에는 255조 원으로 급상승하였고, 시가총액은 1조 원에서 300조 원으로 증가하였다.

이건희 회장은 뼈를 깎는 혁신으로 단순히 삼성을 양적으로만 성장시킨 것이 아니라 브랜드 이미지를 세계 초일류기업으로 자리매김시켰고, 지금은 과거 삼성의 선생기업(Teacher Company)들인 일본의 소니, NEC 등을 따돌리고 명실 공히 세계 초일류 글로벌 기업으로 우뚝 섰다. 삼성이 이렇게 성장한 것이 삼성만의 영광이 겠는가?

삼성그룹은 현재 대한민국 법인세의 10%를 담당하고 수출의 30%를 차지하는 대한민국의 대표기업이다. 한국의 국가브랜드를 세계일류로 만드는데 기여한 공로나 세계 대도시에 우뚝 서 있는 전광판을 바라보는 대한민국 국민의 자긍심에 기여한 삼성의 공로를 어찌 다 숫자로 나타낼 수 있겠는가.

김영달, CCTV 영상녹화를 디지털로 혁신하다

아이디스(주) 김영달 대표는 KAIST 전산학과에서 석사를 마치고 박사 과정에 진학했다. 박사과정 중이던 1995년 말 미국 실리콘밸리로 가서 원자현미경 제조업체에서 연구원으로 1년간 일했다. 이 경험이 김 대표 인생의 전환점이 됐다. 그는 실리콘밸리에서 스탠포드 대학을 중심으로 석·박사과정에 있는 학생들이 자기들의 논문을 가지고 투자를 받기 위해 벤처캐피탈회사를 찾아다니는 것을 보고 상당히 충격을 받았다고 한다.

김 대표는 실리콘밸리에서 세계시장을 주름잡고 있는 수많은 기술 기반 강소기업들이 이렇게 창업되었다는 것을 보고 한국에서 세계적인 기술 기업을 만들겠다는 생각을 하게 되었다. 미국에 가기 전까지만 해도 KAIST를 졸업하면 대학교수나 연구원으로 가면 평생 편하게 살 수 있으리라는 생각을 했었다. 그러나 실리콘밸리에서 역동적인 현장을 목격하고 난 후 생각이 바뀌었고, 창업으로 세상을 바꿔보겠다는 꿈을 꾸기 시작했다.

그는 미국에서 돌아온 후 창업 아이템을 찾기 시작했다. 그러던 중 KAIST경비실에 폐쇄회로(CCTV) 영상이 담긴 아날로그식 비디오테이프가 가득 쌓여있는 것을 보고 녹화 테이프를 쓰지 않는 보안장치를 개발하면 경쟁력이 있겠다고 판단했다.

1997년 디지털영상저장장치(DVR) 개발을 위해 박사과정 동료와 대학원 후배 등과 함께 자본금 5,000만 원으로 아이디스를 창업했다. "우리가 하는 분야에서 글로벌 1위가 되자. 특수한 시장과 영역에서 기술 기반 선도 기업이 되자."라는 목표를 가지고 창업했다.

창업 이듬해 내놓은 첫 DVR은 비디오테이프를 사용하는 기존 영상 보안장비를 디지털로 바꾼 혁신 제품이었다. 아날로그식 테이프를 보관해야 하는 장소적 한계를 극복한 디지탈식 DVR 제품은 시장에서 바로 폭발적인 인기를 얻기 시작했다.

초기 제품 출시 후 기술력을 인정받은 아이디스는 미국 항공우주국(NASA)과 유니버설스튜디오 등에 제품을 공급했으며 2000년에는 시드니올림픽 보안 장비 공급권을 따내며 주목받았다. 이후 세계적 보안회사에도 DVR을 공급하며 아이디스는 글로벌 1위 기업으로 성장했다. 아이디스는 34개국 60여 곳 보안업체와 파트너십을 맺고, 미국과 유럽 등에 DVR 제품을 판매하고 있다. 지금은 DVR을 넘어 NVR(Network Video Recorder)을 세계시장에 수출하고 있다.

아이디스의 미래비전은 영상분석(VA) 기술을 기반으로 한 토털 솔루션을 바탕으로 신사업에 진출해 AI+IDIS라는 인공지능(AI) 선도 기업으로써의 입지를 다지는 것이다.

현재 여러 기업이 AI에 집중하고 있지만 AI와 보안 2개 분야의 노하우를 모두 갖고 있는 기업은 IT 재벌기업이 아닌 중견기업 아이디스이다. AI에서도 아이디스의 노하우가 빛을 발할 것으로 판단하고 있다.

아이디스는 창업부터 연구개발(R&D)에 집중적인 투자를 하고 있는 것이 국제경쟁력의 요체이다. 아이디스는 기술 기반의 IT 기업으로 처음부터 R&D에 심혈을 기울였다. 창업 후 22년 동안 매년 매출의 10~15%를 R&D에 투자하고 있고 연구 인력도 전 직원 400여 명 중 35%에 해당한다.

아이디스는 현재 아이디스 홀딩스, 아이디스(주), 코텍, 빅솔른 등 4개 회사로 확장되었다. 2022년에는 1조 원 매출기업으로 성장한다는 비전도 가지고 있다. 혁신하는 기업만이 세계시장을 선도하고 세계 1등이 될 수 있음을 아이디스를 통해 확인할 수 있다.

말콤 맥린, 컨테이너를 발명하여 배송을 혁신하다

세계적인 경영철학자인 피터 드러커는 세상을 바꾼 혁신의 사례로 컨테이너의 발명을 들고 있다. 그는 컨테이너는 신기술에서 나온 것이 아니라 혁신의 결과라고 지적한다. 컨테이너는 화물선을 배로 보는 대신 물건을 운반하는 도구로 보고 항구에서 체류시간을 최대한 단축하기 위해 고안된 산물이다.

현대적 의미에서의 컨테이너를 처음 고안한 사람은 미국의 운송업자 말콤 맥린이다. 원래 트럭기사로 출발하여 트럭 운송 사업을 했던 말콤 맥린은 자연스럽게 화물을 저렴한 값에 대량으로 배송하는 것을 고민하던 중, 화물 운송 비용 절감을 위해 트럭을 통째로 배에 싣는 방법을 연구하다 트럭의 화물 박스만을 분리해 싣는 것이 훨씬 효율적이라는 데 착안했다.

1956년 유조선을 개조한 아이디얼X호로 35피트 길이 컨테이너 58개를 미국 뉴저지에서 휴스턴으로 배에 실어 보낸 것이 컨테이너 운송의 시작이다. 맥린은 이후 모든 국가의 컨테이너 표준화에도 기여했고, 미국 경제잡지 포브스는 그 공로로 그를 '20세기를 바꾼 15인'에 선정하기도 했다.

컨테이너가 갖는 경제적 효율성은 표준화를 통한 비용 절감이다. 먼저 컨테이너를 중심으로 컨테이너를 싣는 자동차와 화물선도 표준화되어야 하고 컨테이너 안에 싣는 상품도 표준화되어야 한다. 표준화된 컨테이너 박스 안에 수송할 화물을 선적하고, 규격화된 화물은 그렇게 선적과 하역에 드는 비용과 시간, 인력을 획기적으로 절감하게 된다. 공간 효율이 높아짐으로 해서 화물 적재도 훨씬 더 많이 할 수 있게 되는 일석삼조의 효과가 바로 컨테이너 운송기법이다..

컨테이너 운송은 저렴한 비용으로 화물의 대량·원거리 수송을 가능하게 하여 국제간 교역 확대를 촉진하는 계기가 되었다. 특히 가장 중요한 계기가 된 것이 바로 1960년대의 베트남 전쟁이었다. 이 일을 계기로 말콤 맥린의 컨테이너는 화물운송의 핵심이 된다. 지금은 전 세계 해상 화물 수송의 90%를 컨테이너가 담당할 정도로 컨테이너의 전성시대가 되었다.

컨테이너는 효율성을 극대화시키는 과정에서 탄생된 제품으로 인류에게 저렴한 상품을 획득할 수 있는 계기를 만들어 인류 복지증진에도 기여하였다.

맥코믹, 농기계의 할부판매 시작으로 잠재구매력을 현실화했다

농업의 기계화는 사이러스 홀 맥코믹(Cyrus Hall McCormick, 1809~1884)의 수확기계 발명으로 현실화되었다. 그로 인해 인간은 자신의 능력을 뛰어넘는 넓은 경작지를 가질 수 있게 되었다.

산업혁명의 결과로 인구는 도시로 몰려들어 농촌은 갈수록 피폐해지기 시작하였다. 1800년대 당시 미국 대륙은 농사를 지을 수 있는 엄청난 양의 농지가 확보되어 있었음에도 불구하고 그것을 관리할 노동력이 절대적으로 부족한 실정이었다. 탈곡이나 경작은 기계화가 어느 정도 이루어져 노동력에 비해 효율이 높았으나, 추수 때 수확기에 있어서는 전혀 그렇지 못했다. 맥코믹은 바로 이런 점을 직시하고 있었다. 그는 늘 이렇게 중얼거렸다.

"수확기야말로 절실히 필요한 시점이야. 수확을 대신 해주는 기계가 있다면 우리는 더 많은 식량을 얻을 수 있을 거야."

맥코믹은 자기 아버지의 뒤를 이어 수확기 개발에 뛰어들었고 마침내 1831년 최초의 수확기를 발명하고 1834년에 특허를 받았다. 그렇게 개발되고 개량된 맥코믹 수확기는 1851년에 런던의 크리스털궁에서 열린 산업박람회에서 최고상을 받으면서 국제시장을 선점해 나갔다. 맥코믹 수확기는 인간 중심의 수확보다 수십 배나 효율적이었다. 그리고 무게를 줄이고 다발로 분류하는 기능까지 추가함으로써 최소한의 노동력으로 최대의 농지를 가질 수 있는 혁신적 발전을 거듭하였다.

그러나 최초의 수확기에 다양한 기능까지 추가하여 기술적으로 효율성을 높였음에도 불구하고 맥코믹의 기계는 인기가 없었다. 그 이유는 바로 농부들에게 돈이 없다는 것이었다. 농부들은 사고 싶은 마음만 있을 뿐 값비싼 맥코믹 수확기는 그림의 떡일 뿐이었다. 이 문제를 해결하기 위해 맥코믹은 할부구매방법을 고안해 냈다. 이 할부 구매덕분에 농부들은 저축해 놓은 돈이 아니라 미래에 얻을 소득을 담보로 농기계를 살 수 있게 되었다. 농부들이 잠재수익으로 농기계를 살 수 있는 구매력을 갖게 된 것이다.

자본주의 시장경제에서 구매력보다 더 중요한 자원은 없다는 것이 피터 드러커의 주장이다. 이 구매력은 기술이 아니라 혁신의 결과로 이루어낸 위업이다.

경영학자 피터 드러커(1909~2005) 보다 혁신적인 중요성을 더 일찍 터득하고 현장에 적용한 사람이 바로 사이러스 맥코믹이라고 해도 지나치지 않을 것이다.

아사히야마 동물원,
행동전시로 관객 200만 명을 돌파하다

아사히야마동물원은 일본 홋가이도의 작은 도시 아사히카와에 있는 동물원으로 일본의 96개 시립동물원 중 가장 북쪽에 위치한 동물원이다.

기후환경 측면에서 겨울에는 영하 25도까지 내려가고, 여름에는 영상 30도까지 올라가니 동물원으로서 좋은 환경이 아니다. 규모면에서도 사육되는 동물의 종류는 도쿄 우에노동물원의 3분의 1, 동물 수에는 4분의 1에도 미치지 못하는 작은 규모였다. 사회환경 측면에서도 저출산으로 인해 어린이의 숫자는 줄고 대도시의 디즈니랜드나 유니버셜스튜디오와 같은 대형 테마파크로 사람들이 발길을 돌리는 추세에 있었다. 그리고 인근에 대도시도 없고 동물원이 위치한 아사히카와의 인구도 30만이 채 되지 않았다. 게다가 연간 입장객도 28만명 정도 밖에 되지 않아 폐쇄를 검토하는 중이었다.

1997년 폐쇄 위기에 처한 동물원의 사육사와 수의사들이 모여서 새로운 동물원의 비전을 만들고 혁신아이디어를 내어 동물원의 변신을 도모하기 시작했다. 그동안의 전시방법인 동물들을 우리안에 가두어 놓은 상태의 평면적이고 정태적인 전시에서 야생동물의 야성을 최대한 살려 매스미디어가 줄 수 없는 생동감을 느낄 수 있도록 전시방법을 '행동전시'로 전환하였다.

동물마다 다른 습성을 살려주면서 전체적인 재미 꺼리를 줄 수 있도록 동물우리 14개를 다시 설계했다. 동물원 원장은 이 설계도를 가지고 시의회를 찾아가 그들에게 혁신내용과 기대 효과를 설명하고 설득하여 필요한 예산을 확보하였다.

그 예산으로 먼저 호랑이 우리를 바꾸었다. 어린이가 호랑이를 보러 오면 잠자고 있는 모습만 보던 데서 호랑이 우리 밑에서 관람할 수 있도록 설계도를 바꾸어 잠자고 있는 호랑이의 발톱을 볼 수 있도록 하였다.

그 다음에 가장 혁신적인 변화는 펭귄우리이다. 펭귄의 야성 그대로 물속에서 헤엄치는 모습이 보이도록 투명 터널을 설치하였다. 투명터널을 관람객의 머리위로 설치하여 투명터널 안에서 헤엄치는 펭귄이 마치 하늘을 날아가는 듯이 보이게 했다. 날지 못하는 펭귄이 하늘을 날아가는 모습을 본 어린이의 기쁨과 감동은 배가 되었다.

"이곳에 가면 하늘을 날아다니는 펭귄을 볼 수 있다."

펭귄은 새이지만 날개가 작고 짧아서 날지 못한다. TV에서 남극의 얼음 위에서 뒤뚱거리며 걷는 모습만 보던 어린이들이 하늘을 나는 펭귄을 본다는 것은 재미를 넘어 환상 그 자체였다.

다음은 북극곰우리를 수족관 형대로 바꾸었다. 400kg이 넘는 곰이 물속으로 첨벙 뛰어드는 모습을 관중은 코앞에서 볼 수 있게 된 것이다. 바다표범 관에서는 관람공간의 중간에 대형 원통 기둥을 세워놓았는데 이 원통 관으로 바다표범이 수직으로 헤엄쳐 오르는 모습을 볼 수 있다.

이처럼 아사히야마 동물원에서는 세계 어디에서도 볼 수없는 야성을 살린 동물전시로 새롭고 감동적인 모습을 볼 수 있다. 이러한 새로운 아이디어들은 이 동물원에서 오랫동안 근무경험이 있고 동물의 습성을 누구보다도 잘 알고 있는 고참들과 하고자 하는 의욕이 강한 신참이 합심하여 이루어낸 결과이다.

이러한 혁신의 결과는 연간 28만 명이던 입장객을 2004년에는 100만 명을 넘게 만들었고 2005년, 2006년 연속 200만 명의 입장객을 돌파하는 기록을 세우게 하였다. 아사히야마 동물원은 이제 도쿄 우에노 동물원과 함께 일본에서 연간 입장객 200만 명을 넘는 동물원으로 자리매김하였다.

이 사례가 입증하듯 혁신이 가져다주는 결과는 세상을 바꾸고 인생을 바꾸는 작업이다.

김덕수, 전통농악을 실내악인 사물놀이로 혁신시키다

농악이란 농촌에서 집단노동이나 명절 때에 흥을 돋우기 위해서 연주되는 우리나라의 전통 음악으로 풍물·두레·풍장·굿이라고도 하는데, 김매기·논매기·모심기와 같은 힘든 일을 할 때 일의 능률을 올리고 피로를 덜며 나아가서는 협동심을 불러일으키려는 데서 비롯되었다. 또한 설날이나 대보름이나 동제(洞祭)·두레굿과 같은 의식에서도 반드시 동원되고 있다.

농악은 꽹과리·징·장구·북·소북·태평소·나발 등 타악기와 관악기가 중심이 되고, 그 외에 양반·무동·가장녀·포수·창부 등의 가장무용수(假裝舞踊手)들의 춤과 노래로 이루어진다. 악기 연주를 담당하는 농악수들을 앞치배라 하고, 무용과 익살을 맡은 가장무용수들을 뒷치배라 부른다.

사물놀이는 우리의 전통음악인 농악의 앞치배에서 네 개의 악기를 빼서 새롭게 구성한 음악이다. 네 개의 악기란 꽹과리, 장구, 북, 징을 말한다. 그리고 농악은 모두 서서 연주하고 현란한 춤이나 다른 개인기들이 동원되는 데에 비해, 사물놀이는 네 개의 악기를 가지고 네 명 또는 여럿이 앉아서 음악을 연주한다. 그래서 농악은 실외악인데 사물놀이는 실내악이다.

한국 사물놀이의 상징인 김덕수와 그의 동료였던 김용배, 최태현, 이종대가 선봉이 되어 본격적인 붐을 일으킨 사물놀이는 과거의 농악 가락을 살리면서 현대인들이 실내에서 즐길 수 있도록 다시 꾸민 것이다.

사물놀이의 본격적인 시작은 농악을 혁신해서 연주하던 것을 본 '공간'의 설계자 김수근 씨가 1978년 2월 공간사랑의 소극장에서 이를 발표하도록 함으로써 첫 공식 연주회를 가진 때를 시발점으로 본다.

사물이라는 용어는 본래 불교에서 사용하던 용어이다. 불교에서 사물이란 원래 불교의 일상 의식에서 사용하는 네 가지 타악기, 즉 범종(梵鐘) · 법고(法鼓) · 운판(雲板) · 목어(木魚)를 일컫는다. 불교의 일상 의식에서 사용하던 사물을 차용하여 사물놀이라는 새로운 장르의 문화상품을 탄생시켰다.

즉, 김덕수가 두레풍장이나 당산굿, 지신밟기, 매구잡기 등으로 마을 공동체 음악으로 머물러 있던 것을 현대인이 쉽게 접근할 수 있도록 무대용으로 탈바꿈 시켰다는데 혁신성이 크다고 하겠다.

이제 사물놀이는 하나의 문화상품으로 자리매김하고 전세계로 수출됨으로써 한류의 원조가 되었다고 할 수 있다. 문화상품은 그것을 잘 보존하는 것도 중요하지만 현재의 시대정신을 반영한 새로운 문화상품으로 재생산하는 것도 중요하다.

백종원, 중국식당 메뉴를 60종에서 4종으로 단순화하다

'백종원' 하면 요리하는 CEO로 불릴 정도로 TV나 유투브 등에서 가장 인기 있는 요리강사이다. 백종원은 요리를 전문적으로 하는 요리사라기 보다는, 외식 사업가로서의 감각과 아이디어가 탁월한 사람이라는 생각이 든다. 고객이 선호하는 음식이 무엇인지, 어떻게 하면 사업이 더 확장될 수 있을지를 파악하고 그것을 실행에 옮기는 데에 탁월한 능력을 발휘하기 때문이다.

새마을식당, 한신포차, 홍콩반점, 본가, 미정국수, 역전우동, 빽다방 등을 비롯한 여러 프랜차이즈 외식업을 운영하고 있으며, 그가 운영하는 음식점의 종류는 고기류부터 중식, 한식, 분식 등은 물론 카페 빽다방까지 거의 모든 범위를 아우른다. 대표적으로 대패삼겹살과 우삼겹을 상표로 등록했고, 그 외에도 친숙한 음식들을 다루면서 실력과 상업성을 인정받았다. 이런 능력들을 바탕으로 2013년 이후 대한민국에서 손꼽히게 성공한 식품 사업가이기도 하다.

백종원이 어떻게 외식사업가로 성공하였을까? 서울 관악구 인헌동의 우리 동네 근처에는 홍콩반점이라는 백종원의 프렌차이즈 사업체인 중국 식당이 있다. 나도 가끔 찾곤 하는데 그 집에는 특징이 있다. 중국 음식 맛도 좋지만 메뉴가 단순하고 가격이 저렴하고 주문 즉시 고객에게 음식이 배달된다는 점이 특별한 노하우다. 특히 한국인처럼 성질 급한 사람들에게는 음식이 빨리 배달되는 것만으로도 충분한 경쟁력을 가질 수 있다고 본다.

거기에다 백종원의 홍콩반점의 메뉴 단순화는 특별한 기술이 필요한 사항이 아니면서 현장의 고객관심을 가장 잘 반영한 메뉴개발이라는 차원에서 혁신성이 높다고 하겠다.

일반적으로 중국집의 식단은 식사류와 요리류, 셋트메뉴, 주류 등으로 분류되어 있고 식사류에는 짜장면, 우동 등 면류와 짜장밥, 짬뽕밥 등 밥류 등이 20~30여 가지가 있다. 여기에 다시 요리류에는 탕수육, 덴뿌라, 라조기, 깐풍기 등 30여 가지가 있는 것이 일반적이다.

그런데 백종원이 하는 홍콩반점에는 짜장면, 짬뽕, 탕수육, 군만두 등 딱 4가지다. 이 식당 메뉴의 특징은 바로 소비자가 가장 많이 찾는 메뉴 4가지만으로 단순화하고 있으며 가격도 일반 중국집에 비해 저렴하다는 점이다.

'중국음식' 하면 가장 먼저 떠오르는 메뉴가 짜장면, 짬뽕, 탕수육, 군만두가 아닐까? 백종원의 탁월한 현장 감각을 살린 메뉴 개혁이란 특징이 보인다.

성공은 늘 무엇을 어떻게 할 것인지를 고민하고 찾는데 답이 있다. 거기에 고객이 있고 돈도 있다.

솔개는 고통스런 혁신으로 2모작을 산다

요사이 나이 들고 퇴직한 후에 2모작 인생, 3모작 인생 같은 말을 자주 하고 심심치 않게 이런 현실을 보기도 한다. 과거에는 평생직장이라는 직장문화가 있었으나 IMF 외환위기 이후 우리나라에도 평생직장이라는 말이 사라졌다.

2모작, 3모작 인생이 가능하기 위해서는 피나는 자기변신 내지 자기혁신이 필요하다. 기업도 창업 후 20~30년 후에는 제2창업을 위한 고강도 혁신을 하는 경우를 많이 보아왔다. 그동안 쌓여온 묵은 찌꺼기를 다 털어내고 새로운 바람을 일으키고자 하는 혁신프로그램이 바로 솔개의 2모작 혁신이다.

솔개는 보통 40년을 생존하는 새이다. 그리고 어떤 솔개는 70년을 생존하기도 하는데 그렇게 장수하려면 고통스런 자기변신과정을 거쳐야 한다. 보통 40년을 살면 발톱과 부리가 노화되어 사냥을 못하고 먹이를 잡지 못하며 깃털은 길게 자라 날렵하게 날지를 못한다. 그 때가 바로 솔개에게는 이대로 죽을 것인가 아니면 새로 태어날 것인가 하는 기로에 놓이는 시점이다.

30년을 더 살려면 새로 태어나는 고통의 시간을 가져야 한다. 늙은 솔개는 높은 산위의 절벽에 새로운 둥지를 틀고 약 6개월 간의 고행을 시작한다.

첫 번째 고행은 길게 자란 낡은 부리를 바위에 갈아 빼는 과정이다. 새로운 날렵한 부리를 갖기 위해서는 40년 간 써먹은 낡은 부리를 고통스럽지만 빼야한다. 그러면 새로운 부리가 다시 난다고 한다.

그 다음에는 그 날카로운 부리로 묵은 발톱을 쪼아서 빼내는 일이다. 그러면 며칠이 지나면 날카로운 발톱도 다시 나온다고 한다. 그렇게 새로 태어난 부리와 발톱으로 이번에는 날개의 깃털을 모두 뽑아낸다. 새로 난 깃털로 가볍게 비상할 수 있기 때문이다. 이러한 일련의 재생과정을 거치는데 약 6개월의 시간이 걸린다고 한다.

솔개는 이러한 고통스런 고행을 거친 후에 새로운 부리, 발톱, 깃털로 완전히 다른 젊은 솔개로 다시 태어난다. 그러면 다시 30년을 더 살 수 있다고 한다. 이것이 솔개의 2모작을 위한 변신이다. 개인의 인생 2모작이나 기업의 재창업도 이런 고통스런 과정을 거쳐야만 한다는 사실을 잊지 말자.

05 열정적으로 살아라

신들린 듯이 미치지 않고 이룰 수 있는 것은 없다

우리는 어떤 목표를 추구하는 과정에서 여러 가지 난관에 부딪치는 경우를 경험하게 된다. 특히 소중하고 가치 있는 목표를 성취하기 위해서는 많은 노력이 필요할 뿐만 아니라 다양한 장애물을 극복해야 한다. 이러할 때 필요한 정신 내지 성격 요소 중의 하나가 열정이다. 다시 말해 열정은 개인이 지닌 생명력, 즉, 신체적·심리적 에너지를 목표 지향적 활동에 집중하는 성격특성이자 정신요소이다.

열정(enthusiasm)의 어원은 "신(theos)이 들어왔다."는 말에서 출발한다. 우리 무속에서 "신 내렸다."는 말과 같다. 열정은 신들린 무당처럼 몰입상태에서 무엇인가를 집중적으로 할 수 있는 마음의 상태이다. 열정은 조직의 활력을 위해서 뿐만 아니라 스스로를 위해 갖추어야 하는 조건이다. 열정은 에너지, 욕구, 신념의 힘이며 비전 실현을 위해 규율을 지속시키는 추진력이다. 세상의 필요와 개인의 욕구가 일치할 때 열정이 생긴다.

2002년 한일 월드컵이 한창일 때 붉은 악마의 응원은 우리 시대가 만들어낸 열정의 전형이다. 그때의 집단 열정으로 인해 우리는 아시아 국가로서는 최고 성적인 월드컵 4위라는 금자탑을 쌓을 수 있었다. 외국인들은 그 당시 붉은 악마가 만들어낸 열정적인 응원을 보고 경탄했다.

다시 강조하지만, 세상에 미치지 않고 이룰 수 있는 큰일이란 없다. 내가 추구하고자 하는 일에 온전히 나를 잊는 몰두 속에서만 빛나는 성취를 이룰 수 있다. 한 시대를 열광케 한 작은 영웅들의 성취 속에는 스스로도 제어하지 못하는 광기와 열정이 깔려있다.

훌륭한 사상가들은 열정의 위대함을 지적하고 있다. 랠프 왈도 에머슨(Ralph Waldo Emerson)은 "열정은 노력의 어머니다. 어떠한 일도 열정 없이 성취된 것은 없다."라고 하였으며 전 GE회장이었던 잭 웰치(Jack Welch)는 "조용하고 합리적인 태도로는 전진하지 못한다. 미쳤다는 말을 들을 정도의 열정이 있어야 전진할 수 있다."라고 말하고 있다.

존 맥스웰은 《사람은 무엇으로 성장하는가》에서 그 무엇이 바로 스스로가 스스로를 일으키는 '열정' 임을 지적하고 있다.

강수진, 20만 시간으로 세기의 발레리나가 되다

'세기' 라는 수식어가 자연스러운 발레리나 강수진. 전 세계의 모든 극장에서 최고의 갈채를 받고 있는 그녀는 1967년에 태어났다. 1979년 선화예술학교에 입학해 한국고전무용을 전공한 후 1982년 모나코 왕립발레학교로 유학하여 1985년까지 공부했다. 1985년 스위스 로잔 발레콩쿠르에서 우승하며 세계에 이름을 알리기 시작한 그녀는 1986년 독일의 슈투트가르트 발레단의 단원으로 입단했다. 1994년 발레단의 솔리스트로 선발되었고 1997년부터 수석발레리나로 활동하였다. 1999년에는 무용계의 아카데미상이라 할 수 있는 '브누아 드 라 당스' 최우수 여성무용수 상을 받았으며, 2007년에는 최고의 예술가에게 장인의 칭호를 공식적으로 부여하는 독일의 '캄머탠저린(궁정무용가)' 에 선정되었고, '존 크랑코 상' 을 수상하기도 하였다. 2007년에는 대한민국 정부로부터 국민훈장 석류장을 받았다.

말콤 글래드웰이 베스트셀러 《아웃라이어》에서 전문가가 되기에 필요한 매직넘버를 1만 시간이라고 하여 유명세를 탄 '1만 시간의 법칙' 은 1993년 미국 콜로라도 대학교의 심리학자 앤더슨 애릭슨(Anderson Ericsson)이 주장한 이론이다. 그는 자신의 논문에서 "복잡한 업무를 수행하는 데 필요한 탁월성을 얻으려면 최소한 1만 시간의 연습량을 확보하는 것이 결정적이다."라고 밝혔다.

그런데 1만 시간의 20배가 넘는 20만 시간으로 세기의 발레리나가 된 사람이 바로 강수진 씨다. 20만 시간은 하루에 18시간씩 30년을 하루같이 연습에 몰두해야 가능한 시간이다. 그녀는 하루에 토슈즈를 네 켤레씩이나 갈아신고 한 시즌에 300여 켤레나 바꿔 신는 살인적인 연습을 30년이나 계속한 것이다.

그녀는 어느 언론과의 인터뷰에서 이렇게 고백했다.

"나는 타인과 경쟁하지 않았다. 단지 하루하루를 불태웠을 뿐이다. 그것도 조금 불을 붙이다 마는 것이 아니라 재까지 한 톨 남지 않도록 태우고 또 태웠다. 그런 매일 매일의 지루하면서도 지독하게 치열했던 반복이 지금의 나를 만들었다."

그녀는 아침 5시 경에 일어나 밤 11시까지 발레와 씨름하기를 30년이나 지속하며 30년을 마치 시한부 인생처럼 살았다. 그녀와 같은 열정이라면 세상에 불가능한 것이 무엇이 있겠는가?

이승엽, 열정으로 국민타자가 되다

대한민국 스포츠계에서 '국민' 이라는 타이틀을 얻은 사람은 이승엽뿐이다. 팀별로 팬들이 나뉘는 스포츠 종목에서 국민이라는 타이틀을 얻는 것은 더더욱 어렵다. 그래서 '국민 타자' 라는 타이틀은 아무나 얻을 수 있는 명예가 아니다. 이승엽 선수는 한일 통산 23시즌 동안 626개의 홈런으로 보는 사람들의 스트레스를 날려주기도 하였고, 올림픽 금메달로 국민들의 가슴에 뜨거운 감동을 선사하기도 하였다.

이승엽은 1976년 대구에서 출생하였다. 어렸을 때부터 활동적으로 할 수 있는 운동을 좋아했다고 한다. 야구를 선택하게 된 것은 초등학교 4학년 때 공 던지기 대회에서 그를 지켜보던 야구부 선생님이 스카우트 제의를 했고, 그렇게 야구를 시작하게 됐다고 한다.

처음에 야구를 하려고 할 때 부모님이 운동선수는 춥고 배고픈 직업이라고 반대를 했지만 당시 꼬맹이였던 이승엽은 포기할 수 없었다. 가장 좋아했던 야구를 못하게 하는 아버지를 설득하기 위해 막내아들로서 부릴 수 있는 고집은 다 부렸다. 아무 말도 하지 않고 단식투쟁을 하는 초등학생 아들에게 아버지는 "중간에 포기해도 부모를 원망하지 않는다."는 약속을 받고는 야구부에 들여보냈다. 이승엽은 지금도 그 순간이 자기 인생에서 최고의 선택이었다고 한다.

야구가 너무 좋아 중·고등학교 6년의 세월은 참 많은 것을 포기해야 했지만 후회 없는 생활이었다. 대학교 대신 프로팀을 선택한 것도 100% 자기가 원해서 내린 결정이었다. 부모님께서는 체육 선생님이 되길 원했지만 자기는 최고의 야구 선수가 되고 싶어 과감하게 프로의 길을 선택했다고 한다.

이승엽은 1995년 삼성라이온즈 유니폼을 입고 프로에 입단했다. 이승엽은 고등학교 때까지 투수로 활약했다. 청소년 대표로 선발되어 각종 대회에서 우승 트로피를 품에 안았다. 삼성에서는 첫해에 불펜 투수로 뛸 예정이었지만 어깨 부상으로 타자로 전향했다. 처음에는 못마땅했지만 타격에 재미를 붙이면서 완전히 타자로 전향했다.

그 이후 이승엽은 한국프로야구 역사에 길이 남을 업적을 남겼다. KBO리그 개인 통산 1,906경기에 타율 0.302(7,132타수 2,156안타) 467홈런, 1,498타점, 1,355득점을 기록했다. 2루타 264개, 통산 4,077루타, 한일통산 626홈런, 한 시즌 아시아 최다 56홈런과 같은 신기록을 세웠다. 통산 홈런, 2루타, 3루타, 타점, 득점 부문 모두 1위에 올라 있다. 이승엽은 MVP 5회, 골든글러브 10회, 홈런왕 5회 등의 수상 기록도 가지고 있다.

도전과 시련의 경험도 남다르다. 이승엽은 2004년에 일본프로야구에 진출했다. 초기에는 지바 롯데의 일본 시리즈 우승을 이끌었고 요미우리 자이언츠의 4번 타자로 활약하기도 하였다. 그러나 일본 진출 8년 중 5년은 성적이 좋지 않아 1군과

2군을 오르내리기도 하였다. 2012년 삼성으로 돌아와 예전의 기량을 회복했고 야구전설을 만들어 갔다.

이승엽은 야구인생 23년 동안 수많은 명장면을 연출했다. 한 시즌 56홈런으로 국민들에게 희망을 주었고, 두 차례의 올림픽과 WBC 한일전에서 극적인 홈런으로 국민을 열광케 했다. 이승엽의 한 시즌 최다홈런은 프로야구가 가장 인기 있는 스포츠로 자리잡는데 불을 지폈다.

이승엽은 어떻게 이렇게 많은 홈런과 극적인 홈런을 칠 수 있었을까? 그것은 바로 야구에 대한 열정과 성실한 연습이라고 할 수 있다. 이승엽은 누구나 인정하는 연습벌레였다. 경기장에 가장 먼저 나와 연습했고 성적이 좋지 않은 날은 혼자 남아 연습을 했다. 호텔 옥상에서 새벽이 올 때까지 연습을 했다. 항상 최고의 타자가 되고자 노력했다. 한번 목표를 정하면 그 목표를 이루기 위해 최선을 다하고, 그것을 이루면 다시 높은 목표를 세우곤 했다.

이승엽은 어릴 적부터 야구를 좋아했고 그게 꿈이었다. 아마추어 시절에는 프로가 꿈이었고 프로가 되고 나니 삼성의 주전이 목표였다. 그 다음에는 스타가 되는 것이 목표였고 그 다음엔 국가대표를 꿈꿨다. 그는 항상 그런 식으로 더 높은 목표에 매달렸다. 홈런 10개를 치면 그 다음엔 12개, 20개를 치면 30개를 목표로 정했고, 30개를 치면 40개, 50개로 목표를 상향시켰다.

이승엽은 이렇게 한국의 프로야구의 전설이 되었고 그의 야구에 대한 열정과 실적은 돈으로 돌아왔다. 그는 프로야구 입단 첫해인 1995년에 고졸 최고액인 1억 5,200만 원을 받았고 2003년에는 6억 3,000만 원을 받았다. 그리고 일본에서는 지바 롯데에서 2년간 5억 엔, 요미우리에서는 4년간 30억 엔을 받기도 했다. 그는 야구인으로서 최고의 영예를 안았고 경제적으로도 억만 장자를 넘어섰다.

이승엽은 야구를 그만 두고도 야구인으로서 노블레스 오블리주를 실천하고 있다. 그의 열정은 대한민국 야구역사에 길이 남을 것이다.

김정희, 조선의 서체 추사체를 완성하다

김정희는 18세기 말에 태어나 19세기에 문인으로, 실학자로, 서화가로 활동한 조선 예원의 마지막 불꽃같은 인물이다. 김정희는 호가 추사(秋史), 완당(玩堂), 예당(禮堂), 시암(詩庵), 과노(果老), 농장인(農丈人), 천축고선생(天竺古先生) 등 5개나 된다.

추사는 조선이 고유문화를 꽃피운 진경시대(중국의 영향에서 벗어나 조선만의 고유한 성격으로 발전했던 문화의 절정기를 일컫는 시대구분 명칭)의 학문 조류인 북학사상을 본 궤도에 진입시킴으로써 조선 사회의 변화를 주도한 장본인 중의 한 사람이다. 추사는 청나라 지식인까지도 경탄시킨 뛰어난 학자이다. 그는 금석학을 연구하여 독창적인 서체를 개발한 서예가요, 수많은 사람들의 찬탄을 이끌어 낸 문인화가이기도 하다. 김정희는 추사체라는 고유명사로 불리는 최고의 글씨는 물론이고, 새한도로 대표되는 그림과 시와 산문에 이르기까지 학자로서 뿐만 아니라 예술가로서도 최고의 경지에 오른 인물이다.

추사체의 완성과정에서 추사가 얼마나 피눈물 나는 수련과 연찬을 보였는가는 상상을 초월한다. 이에 대하여 훗날 친구인 권돈인에게 보낸 편지에서 다음과 같이 술회한 것을 보면 추사체가 완성될 때까지 그가 보인 열정과 노력을 어느 정도 짐작할 수 있을 것이다.

"70평생에 벼루 10개를 밑창 냈고 붓 일천 자루를 몽당붓으로 만들었다."

이러한 피눈물나는 수련 속에서 추사체가 완성된 것이다. 그것은 먹을 갈아 붓을 쥐고 쓰는 육체적인 고통만을 의미하는 것이 아니라, 정신적 수양과 학문적 연마까지를 포함한다. 추사는 일찌기 서화 모두에서 학문적 수양의 결과로 나타나는 고결한 품격을 나타내는 말인 문자향(文字香)과 서권기(書卷氣), 즉 '문자의 향기와 서책의 기운'을 주장해 왔다.

추사는 어떤 분야의 최고의 경지에 이르는 상황을 이렇게 설명하고 있다.

"아무리 구천 구백 구십 구분까지 이르렀다 해도 나머지 일분만은 원만히 성취하기 어렵다. 이 마지막 일분은 웬만한 인력(人力)으로는 가능한 것이 아니다. 그렇다고 인력 밖에서 나오는 것도 아니다."

김정희의 불꽃같은 열정이 없었더라면 오늘날 고유명사가 된 '추사체'를 우리가 볼 수 있었을까?

채규철, 우리사회의 어두운 곳을 불꽃처럼 보살피다

채규철 선생은 1937년 10월 10일 함경남도 함흥에서 목사의 아들로 태어나 6·25전쟁 때 월남하였다. 거제도에서 중학교를 졸업한 뒤 거제고등학교를 1년 동안 다니다가 서울로 올라와 대광고등학교를 졸업하였다. 농촌운동에 뜻을 두고 서울시립농업대학(지금의 서울시립대학교) 수의학과를 졸업한 뒤 1961년 충청남도 홍성에서 정규학교에 다니지 못한 아이들을 위한 고등공민학교인 풀무학교를 설립하고 가르쳤다. 주말이면 학생들이 거름 만들 똥을 퍼서 지게에 담고 다녀 옆 학교에 다니는 애들이 '똥통학교'라 놀려댔다.

똥통학교는 채규철에게 두 여인을 마치 운명처럼 인도하였다. 첫째 아내 조성례는 풀무학교 가정교사였다. 둘째 아내 유정희는 풀무학교에서 그를 따르던 제자였다. 폐결핵으로 고생하던 첫째 아내는 선생이 사고를 당한 몇 해 뒤 하늘로 갔다. 당시 선생 집에서 살림을 해주며 두 아들을 보살펴주던 제자 유정희는 두 아이를 뿌리치지 못하고 선생의 동반자가 됐다. 사고도, 결혼도, 채규철을 둘러싼 것들은 소설보다 더 소설처럼 전개됐다.

1965년 덴마크로 유학하여 하슬레브대학에서 국민고등학교 운동과 협동조합 운동의 영향을 받았고, 귀국한 뒤 1968년 바보의사 장기려 박사(평생을 아무 대가 없이 서민들을 위해 의료봉사를 한

의사)와 함께 민간의료보험인 청십자(靑十字) 의료보험조합을 만들고 본격적인 농촌운동에 나섰다. 그해 10월 자동차 사고로 전신에 심한 화상을 입어 한쪽 눈을 잃고 용모가 크게 훼손되었으나 이에 굴하지 않고 의료보험조합 사업을 재개하고, 간질환자들의 복지 향상을 위한 '장미회'를 결성하여 의료복지 운동을 폈다. 1975년에는 사랑의장기기증본부를 창립하여 이사 직책을 맡았다.

1986년에는 경기도 가평에 천막을 치고 대안학교인 두밀리자연학교를 열어 어린이가 바로 세상이라는 철학을 실천하였다. 주말마다 전국에서 두밀리자연학교에 모이는 아이들은 그를 이티(ET) 할아버지라고 부르며 따랐다. 이티 할아버지라는 별명에는 '이미 타버린 할아버지'라는 의미가 담겨 있다. 2001년에는 공동체 평화운동 단체인 '철들지 않은 사람들'을 만들어 상임대표를 지냈다. 평생을 사회복지운동과 대안교육에 헌신하다가 2006년 12월 13일 심근경색으로 사망하였다.

저서로는 수기집 《저 높은 곳을 향하여》와 《소나기 30분》을 비롯하여, 수필집 《사람은 두 번 죽지 않는다》, 《사명을 다하기까지는 죽지 않는다》, 어린이들을 위한 《ET 할아버지와 두밀리자연학교》, 마틴 루터 킹의 연설을 번역한 《나에게는 꿈이 있습니다》 등이 있다. 2000년 제1회 풀뿌리 환경상, 2005년 제4회 교보환경문화상의 환경교육 부문 최우수상을 받았다.

채규철 선생은 생전에 이렇게 한탄하였다.

"한 사람이 사회를 위해서 얼마나 보람있는 일을 하였느냐, 인격이 얼마나 높으냐, 학문을 얼마나 연마했느냐 하는 것은 따지지 않고, 단지 얼굴이 잘 생겼느냐, 권력이 얼마나 있느냐, 자가용은 몇 기통을 타고 다니느냐 하는 것으로 인간의 가치를 속단하는 것이 오늘의 우리사회야."

채규철 선생은 국가가 미쳐 따라가지 못하는 시대에 농촌의 의료보험조합 운동을 실천했고 간질환자들의 복지향상 사업, 사랑의장기기증운동 사업, 대안학교 등, 우리사회를 선도하는 일을 위해 불꽃처럼 살다 가신 분이다.

김영일, 우리 전통음악을 창고에서 대중 앞으로 가져오다

악당이반(주)의 대표 김영일 씨는 사진학과 인류학을 전공하고 사진가로 활동해오다 우리소리를 보존하고 알리는 일에 관심을 갖고 7년 간의 준비기간을 거쳐 2005년 3월에 국학전문 음반사 악당이반(주)을 설립했다. 이후 현장에서의 수많은 녹음 경험과 해외 녹음 워크숍 참여를 통해 우리 소리에 걸맞은 장소와 방법을 찾아 기록을 남기고 나라 안팎에 우리음악을 알리는 일을 하고 있다.

악당이반은 국내 유일의 국악전문 기획, 음반, 영상제작사로 수십 명의 연주자와 음악단체들이 모여 음악작업을 하고 있다. 2005년부터 현재까지 400여 개의 국악음원을 개발하고 100여 종의 음반을 제작·유통하고 있다. 그동안 수백 차례의 녹음 작업을 통해 5대 판소리(춘향, 심청, 흥부, 수궁, 적벽가)와 정악음반을 제작하였고 전통산조(가야금, 거문고, 대금, 해금, 피리, 아쟁 등) 전집음반도 꾸준히 제작하고 있다.

사진가인 김영일 씨가 전통음악에 매료된 배경은 1996년 《이매진》이라는 문화잡지의 청탁으로 젊은 연주자들을 촬영할 때 국악 쪽 인물인 채수정 씨를 만나면서 시작되었다고 한다. 채수정 씨가 단가 '편시춘'을 시작하는데 소리에 매료되어 사진을 찍지 못하고 노래가 끝난 뒤에 다시 사진을 찍을 정도로 반했다는 것이다.

그 황홀한 소리가 그냥 공중으로 산화되는 것이 너무 안타까워 "저렇게 들리는 소리를 담아둘 수 있고 많은 사람들이 공유할 수 있다면 얼마나 좋을까?"라는 생각을 강하게 갖게 되었다. 2000년쯤 녹음기를 수입하고 음향과 녹음에 관한 기술도 독학으로 공부했고 더 깊은 공부를 위해 서양에서 개최되는 두세 달짜리 워크숍에도 6차례나 참가했다.

2005년 악당이반을 설립 후부터 본격적으로 음원을 개발하고 음반제작에 몰입했다. 지금까지 제작된 산조, 판소리 등 100여 종의 음반은 우리 전통악기에 최적화된 울림을 그대로 구현하기 위해 전국 각지의 한옥과 궁궐, 사찰, 서원 등을 찾아 다양한 한옥 녹음방법을 선택해 왔다. 전통음악에 있어 최상의 녹음 환경이 되는 우리 한옥에서 새 소리, 풀벌레 소리 등과 같은 자연의 소리를 추임새로 담아 자연스런 소리 본래에 가장 근접하게 녹음했다. 또한 현장의 소리를 실제와 가장 흡사하게 녹음하기 위해 기계적인 음의 변형을 하지 않는 순수 녹음(Pure Recording) 방식으로 연주음을 녹음했다

이러한 방식으로 제작된 음반들은 국내뿐 아니라 해외에도 수출되고 있으며, 2007년부터 프랑스 칸에서 열리는 국제음악 박람회 미뎀(MIDEM)에 참가하고 세계적인 레코드 시상식인 그래미 상(Grammy Awards)에 진출하는 등, 전 세계에 우리 전통음악의 아름다움을 알리고 있다

우리전통 악기에 최적화된 순수녹음방식으로 녹음하다 보니 음반제작에 많은 시간과 비용이 소요될 수밖에 없었다. 그런 반면에 우리의 음악시장에서 우리전통음악의 경쟁력은 낮고 대중성도 떨어져 수많은 어려움이 있었다.

그럼에도 불구하고 우리 전통음악을 대중화하고자 하는 김영일 사장의 열정으로 악당이반은 문화상품을 발굴하고 생산·보급·수출하는 문화의 산실이 되고 있다.

김성근, 야구에 살고 야구에 죽다

야신(野球의 神), 최후의 조련사, 벌떼야구, 지옥의 승부사, 악마, 들풀, 잡초, 비주류 등, 한국의 야구계에서 찬사와 조롱을 함께 받는 사람이 김성근 감독이다. 그는 평생 야구에 미쳐 살았고 야구 외에는 말하는 법이 없는 사람으로 통했다.

그는 1942년 일본의 교토에서 태어나 거기서 고등학교까지 졸업하고 18세에 한국으로 와 실업야구에 몸담았다. 1960년 교통부에서 야구를 시작하여 1966년까지는 투수로, 1968년까지는 타자로 실업야구에서 활동했다. 그러다 1969년에 마산상고 감독을 시작으로 기업은행, 충암고등학교, 신일고등학교, OB베어스, 태평양돌핀스, 삼성라이온즈, 쌍방울레이더스, LG트윈스, SK와이버번스, 고양원더스, 한화이글스 등 많은 팀에서 감독을 역임했다.

그는 20여 년 감독생활을 하는 동안 그때까지 최하위에 있던 태평양 돌핀스와 쌍방울 레이더스를 상위팀으로 끌어올렸다. 김성근 야구가 꽃피기 시작한 것은 SK와이번스로 부임하고 부터이다. 김성근 감독은 SK를 2007년 정규리그와 한국시리즈 통합우승으로 이끌었다. 2008년에는 그의 야구가 더욱 빛이 났다. 2위 두산과의 승차는 무려 13게임. 126경기 기준으로 최다승인 83승을 기록하면서 역대급 강팀 반열에 올려놓았다. 2008년 한국시리즈에서도 다시 두산을 만나 1차전을 내

줬지만, 내리 4경기를 잡으면서 우승했다. 2009년에는 정규시즌 19연승으로 한국 프로야구 최다연승기록도 세웠다. 한국시리즈에서는 KIA와 7차전까지 가는 사투를 벌인 끝에 결국 끝내기 홈런으로 패배하면서 준우승을 했다. 2010년에는 정규시즌 우승에 이어 삼성 라이온즈를 상대로 4전 전승으로 완승을 거두면서 3번째 한국시리즈 우승에 성공했다. 팀 통산 세 번째 우승 및 개인 통산 세 번째 한국시리즈 우승, 이로써 2007년부터 2010년까지 4연속 한국시리즈 진출이라는 기록을 세웠다. 또한 '인천예수'라는 별명도 얻게 되었다.

그의 야구는 집념과 열정의 소산이다. 그는 꼴찌 팀을 최강팀으로 만드는 최후의 조련사였다. 그 모든 것이 다 한계를 뛰어넘는 훈련의 결과다. 그의 좌우명은 일구이무(一球二無)이다.

"삼세 번도 없고 두 번도 없다. 한 번 던진 공을 다시 불러들일 수는 없다. 투수의 손에서 공이 떠나는 순간 작은 세상 하나가 창조된다. 타자가 치는 공 하나에도, 수비수가 잡는 공 하나에도 '다시'란 없다. 그래서 공 하나하나에 혼신의 힘을 다해야 하고, 진정으로 최선의 플레이를 해야 한다."

그는 중학교를 졸업하고 고등학교에 입학을 앞두고 야구부가 있다는 이유만으로 가쓰라고등학교에 입학했다. 1996년 쌍방울 레이더스가 그를 감독으로 영입한 후 이용일 구단주 대행이 한 유명한 말이 있다.

"김성근은 한 마디로 야구에 미친 사람이야. 하나부터 열까지 선수와 생활하면서 훈련시키는데 온 힘을 쏟거든."

김성근이 일본에서 한국으로 영구 귀국한 것도 평생 야구를 하고 싶었기 때문이다. 그 때 그는 당시의 심정을 이렇게 말했다.

"가족도 소중했고 어머니 생각도 많이 나겠지만 야구만 할 수 있다면 무엇이든 포기할 수 있었다. 야구는 사는 목적이고 이유였다. 이것만큼은 여태껏 한 번도 흔들리거나 변한 적이 없었다."

다른 사람 같았으면 SK와이번스 감독에서 물러났을 때 여행이나 다니면서 여생을 보내자고 생각했을 나이에 그는 고양 원더스 감독으로 부임해서 야구를 계속했다. 한화 이글스 감독 시절에는 불꽃같은 야구를 하였기에 한화그룹은 그룹 차원에서 '불꽃'이라는 광고 문구를 사용할 정도였다.

김성근, 그는 일본에서는 조센징, 한국에서는 쪽발이라는 소리를 듣는 처절한 비주류의 설움을 당하면서도 열정하나로 야구에 미쳐 산 한국 야구의 산 증인이다.

이영석, 야채장사를 벤처기업으로 만들다

총각네야채가게의 사장 이영석은 대학에서 리크리에이션을 전공했다. 전공을 선택한 배경도 일반사람들이 모이면 술이나 먹거나 고스톱을 치는 정도의 놀이를 전문적으로 고민해 보기 위해 레크리에이션 학과를 지원했고 그때부터 '놀거리'를 찾고 기획하는 일을 고민하게 된다. 대학을 졸업한 후에는 전공을 살려 리크리에이션 기획사에 입사했다. 자기가 기획한 일 중에는 문화방송의 스키캠프나 결식 아동돕기와 같은 대규모 기획들을 포함하여 다양한 기획업무를 통해 경험을 쌓아 나갔다.

그런데 관료화된 조직 내의 생활에서 자기가 며칠을 고생하여 작성한 기획안이 윗사람에 의해 거절되었는데 며칠 후에 그 기획안이 그 윗사람의 이름으로 브리핑되는 것을 보고 충격을 받았다.

그 길로 회사를 그만두었고 즐겁고 정직한 일을 찾아 나섰다. 어느 날 한강 둔치로 바람을 쐬러 나가 오징어 행상을 만났다. 오징어를 스스로 팔아보고 싶은 생각이 들어 오징어 2만 원어치를 행상으로부터 받아 1시간도 안되어 4만 원에 다 팔았다. 다시 4만 원어치를 받아 8만 원에 다 팔았다. 2시간여 만에 2만 원에서 8만 원으로 매출을 올린 것이다. 즐겁고 정직한 일이었다. 그리고 오징어 행상을 스승으로 삼아 1년 여를 따라 다니며 장사의 기본을 배웠다.

1994년 트럭을 한 대 사서 독립하였다. 300만 원을 은행에서 빌려 1톤 트럭을 한 대 사서 전국을 누비고 다녔다. 어느 지방의 무슨 과일이 좋다 하면 그곳이 어느 곳이던지 현장에 가서 눈으로 보고 손으로 만져보지 않고는 누구의 말도 믿지 않았다. 그렇게 좋은 과일을 찾아다닌 거리가 지구를 세 바퀴쯤 도는 거리였다.

이영석이 트럭행상을 할 때에는 어떤 원칙을 정해놓고 그에 따랐다. 예컨대 은마아파트는 10시부터, 쌍용아파트는 11시부터, 우성아파트는 12시부터, 이런 원칙이었다. 두 번째는 소비자의 시선을 끄는 방법이다. 바나나를 팔 때 원숭이를 데리고 다니면서 시선을 끌어 매일 재고 제로를 달성했다.

트럭행상을 할 때 어려움도 많았다. 주변 노점상들에게 두들겨 맞기도 하였고 야채나 과일을 전부 내던져지기도 하였다. 구청 공무원들로부터 야채나 과일을 빼앗기고 벌금을 물면서 찾아와 다시 팔기도 하였지만 반항하거나 굴종하지 않았다. 트럭행상으로 1년에 1억 원 이상의 수입을 올렸다.

1998년 대치동에 '젊음 이곳에… 자연의 모든 것'이란 간판으로 은마점을 최초로 문을 열었다. 그는 매일 새벽 3시면 가락동 농수산물시장으로 칼 하나를 달랑 들고 과일과 채소를 고르러 나간다. 과일과 채소를 고르기 위해 뒤집어보고 잘라보고 먹어보기를 새벽3시부터 10시까지 한다. 그 때 시식하는 과

일이 무려 2박스는 된다고 한다. 제품의 품질이 고객의 신뢰를 가름하기 때문이다. 총각네야채가게를 이용하는 손님이 한 점포에 하루에 약 1천여 명이라고 한다. 그 사람들을 대신해서 자기가 맛을 보는 것이다. 배추 한 포기, 과일 한 알, 생선 한 마리에는 이영석의 이런 숨은 노력이 배어있다.

장사하는 마케팅도 남달랐다. 손님들의 시선을 끌 수 있는 푯말을 붙이는 것도 예외가 아니다.

'사장총각 맞선기념 대박세일'
'이문세가 제일 좋아하는 채소-당근'
'나도 붉은 악마-홍고추'
'멸치랑 같이 볶아 주세요-꽈리고추'
'삼겹살이랑 가장 친한 친구- 깻잎'

또 다른 장사 전략으로 늘 재고 제로를 유지하고 생선을 팔면서도 냉동고가 필요 없는 가게, 과일도 A/S를 해주는 가게, 99%의 감성으로 고객을 대하는 종업원의 태도 교육, 상품을 팔기보단 즐거움을 파는 가게로 자리매김 하려고 한다.

'총각네야채가게' 는 면적당 대한민국 최고매출액을 달성했고, 까다로운 강남아줌마들의 마음을 사로잡은 최고의 과일과 야채, 직원들에게는 매일 즐거운 퍼포먼스를 구현하는 가게로 거듭났다. 지금은 전국 50여개 점포의 프렌차이즈로 발전하였다.

'총각네야채가게'는 상품을 파는 것이 아니라 즐거움을 판다. 그는 진정한 장사의 매니어이고 장사에 미친 사람이다.

우리는 자기가 하고 있는 일에 한 번이라도 미쳐 본 적이 있는가? 자기가 하고 있는 일을 끝내지 않으면 미칠 것 같은 적이 있는가? 아니라면 더 좋은 일을 찾거나 지금 하는 일에 미쳐보라.

06 끈기가 최종 성공을 보장한다

성공은 마라톤과 같은 끈기에 달려 있다

끈기는 여러 가지 난관과 좌절에도 불구하고 목적지향적인 행동을 자발적으로 지속하는 성격의 강점 내지 정신적 요소이다. 우리가 어렸을 때 책상 앞에 써 붙여 놓은 표어「인내는 쓰나 그 열매는 달다」의 그 인내가 바로 끈기의 근간이다. '공부를 잘 하려면 엉덩이가 무거워야한다.' 라고 할 때 그 꾸준함 내지 지속성을 끈기라고 한다. 때로는 끈기를 성실성 내지 근면성과 유사한 개념으로 보기도 한다.

목표 달성에 영향을 미치는 두 가지 중요한 요인은 능력과 노력이다. 능력은 대체로 타고나지만 노력은 후천적으로 체화

되는 성격 내지 정신이다. 그런데 아무리 능력이 뛰어나도 노력 없이는 성취할 수 없다. 끈기는 목적 달성을 위한 하나의 조건으로써 난관과 좌절을 이겨내는 인내, 근면 등을 포괄하는 요소이다.

사회적으로 뛰어난 성취를 이룬 사람들의 대부분은 지적 능력과 더불어 열정 그리고 끈기 있는 노력이 결합되어 있다는 것을 우리는 알 수 있다. 실증적인 연구에서도 끈기가 개인의 삶에 있어서 다양한 이익과 혜택을 제공하는 것으로 보고 있다. 끈기는 성취하기 어려운 목표를 달성할 가능성을 높여줌으로써 성공적인 삶에 기여하게 된다.

내가 근무했던 공직사회에서도 장관이나 차관까지 올라가는 사람들은 대개는 능력보다는 지속적이고 끈기 있는 노력을 하는 사람들이었다. 예컨대 행정고시에 1등 한 사람이 장관까지 올라가는 예는 드물었다. 오히려 중간 정도로 합격했지만 평생 동안 성실히 하는 사람에게 최고의 영예가 주어지는 것을 보아왔다.

끈기는 학습에 의해 증진될 수 있음이 여러 가지 통계로 입증되고 있다. 심리학자들이 제시하는 끈기 증진방법으로는 해야 할 목록을 만들어 놓고 매일 하나씩 추진해 나가는 방법이 있다. 그렇게 해서 중요한 일들을 계획한 것보다 일찍 완성해 나가다보면 어느 사이엔가 습관이 된다는 것이다. 또한 쉬지 않고 계속 여러 시간 동안 일을 지속하는 습관을 들이고 모범이 되는 역할 모델을 정해서 어떻게 하면 그 사람을 닮아갈 수 있을지 마음에 새긴다. 그리고 자신의 목표를 가까이에 적어놓고 마음을 다진다.

박정희,
계엄령을 선포하면서까지
한일회담을 성사시켰다

제2차 세계대전은 미국과 영국, 소련 등 연합국이 협력하여 독일과 일본 등의 추축국에 대항하여 결과적으로 전쟁을 승리로 이끌었다. 그러나 제2차 세계대전이 끝난 후부터 공산주의를 지향하는 소련과 자유민주주의를 지향하는 미국과의 관계가 악화되기 시작했다. 특히 1950년 6.25전쟁이 터지면서 미소간의 관계가 악화되고 냉전체제가 심화되기 시작되었다. 그러다 보니 미국의 입장에서는 공산주의를 막기 위해 패전국이지만 일본의 역할을 기대할 수밖에 없었다.

한일회담은 미국의 이러한 동아시아정책을 추진하는 과정에서 일본의 역할을 확대하기 위한 방안의 일환으로 1951년부터 시작되었다. 그러나 제1차 회담(1952)은 한일간의 재산 및 청구권 주장의 의견대립, 제2차 회담(1952)은 독도 및 평화선 문제에 대한 이견, 제3차 회담(1953)은 일본 수석대표 구보다 간이치로의 망언, 제4차 회담(1958~1960)은 4.19혁명으로 중단되었다. 제5차 회담(1960~1961)은 양국의 새로운 내각이 구성되어 회담이 재개되었으나 5.16혁명으로 다음정부에 이관되었다.

과거 10여 년에 걸친 회담은 양국의 필요성보다 미국의 필요성이 강조되었고 미국의 중재에 따라 회담을 진행하다보니 회담에 임하는 양국의 대표들 모두가 사명감이 부족하고 열의가 없었다. 그러나 5.16 이후 박정희 대통령의 생각은 달랐다. 한일국교정상화만이 살길이란 현실을 인식하고 회담에 임하는 전략, 태도, 그리고 인력구성을 달리하였다. 박정희 대통령은 실무진에게 너무 감정만 앞세우지 말고 철저한 현실인식에 바탕을 두고 국익위주의 회담을 해 줄 것을 주문하였다.

제6차 한일회담은 1961년 10월 20일부터 시작하였으며 최고 통치자의 강한 집념, 미국의 측면지원, 그리고 실무진들의 사명감이 합쳐져 진행속도가 빨랐다. 1961년 11월 박대통령이 최고회의 의장으로 방미길에 일본에 들러 이케다 총리와 만나 조속한 시일 내에 국교정상화를 한다는 데에 합의하였다. 그 일을 위하여 김종필 중앙정보부장이 1962년 일본으로 건너가 대일청구권 문제를 김종필·오히라 비밀메모로 무상 3억달러, 유상 2억달러, 상업차관 1억 달러로 정리하였다. 그러나 이 비밀메모가 공개됨으로써 국민들과 학생들의 반대는 더욱 더 극렬해지고 회담은 일시적으로 중단되기까지 하였다.

1964년 3월부터 1965년 6월 한일회담이 성사되기까지 야당과 학생, 지식인, 언론 등 모든 계층이 한일회담 반대에 나섰다. 1964년 한일회담 반대 학생 시위 때에는 250여 명의 학생이 부상하고 300여 명의 학생이 경찰에 연행되기도 하였다. 1964년 6월에는 청와대가 데모대에 포위되어 주한 미국대사와 유엔군 사령관이 헬기를 타고 청와대에 와서 박정희 대통령과 계엄관련 면담을 하기도 하였다. 학생시위가 격화되고 사회가 혼란하여 경찰력만으로는 치안을 안정시키기 어렵다고 판단하여 1964년 6월 3일 오후 8시를 기해 서울 일원에 비상계엄을 선포하였다. 그리고 한일회담 담당 장관인 외무부장관을 정일권에서 이동원으로 교체하고 회담을 한국과 일본을 교차 방문하면서 진행하도록 하였다.

1965년 2월 일본 시나 외상이 회담차 한국에 올 때 일본은 해방 후 처음으로 공식적인 사과를 했다. 그리고 밤낮을 가리지 않는 3일간의 회담을 거친 후에 한일 기본관계조약에 가조인할 수 있었다. 그 다음 이동원 장관이 1965년 3월 24일 일본으로 건너가 10일 간의 회담을 진행하여 어업협정, 청구권 금액, 재일동포 법적지위문제 등이 타결되어 가조인하게 되었다.

1965년 6월 22일 오후 5시 일본 총리 관저에서 마침내 조인식을 가졌다. 한일회담이 시작된 지 13년 8개월 만에 종지부를 찍는 순간 이었다. 이날 양측이 서명한 문서는 1개의 기본조약, 어업·문화·법적지위·청구권 및 경제협력 등 4개의 협정과 이에 부수되는 2개의 의정서 등 총 28건의 문서에 서명하였다. 그리고 1965년 12월 국회에서 비준되어 한일관계가 36년 간의 아픔을 뒤로하고 해방 후 20년 만에 정상화되기에 이른 것이다.

박정희 대통령은 그 많은 학생들의 시위에도, 야당의 극렬한 반대에도 굴하지 않고 계엄령을 선포하면서까지 한일회담을 성사시킴으로써 우리는 일본으로부터 무상 3억 달러, 유상 2억 달러, 민간차관 3억 달러 등, 모두 8억 달러의 재원을 확보하였다. 그 재원으로 포항제철 건설, 농경지 정리, 전력·교통·통신 개발 등 한국의 사회인프라를 개발하였다. 이로써 일본은 한국경제개발의 재원투자자로, 기술공여자로, 미국은 한국 상품의 수출처로서 역할을 함으로써 한국경제가 고도성장하는 기틀을 마련하였다.

1965년 무상과 유상으로 받은 5억 달러는 그 해 일본 연간 예산의 약 40%에 해당하는 엄청난 금액이었다는 사실을 아는 대한민국 국민은 과연 몇 명이나 될까? 2020년 현재 대한민국 예산 500조 원의 40%에 해당하는 금액인 200조 원을 만약 우리 선조들의 잘못에 대한 배상금으로 이웃나라에 지불해야 한다면 선뜻 동의할 국민이 있을까?

박정희·정주영,
고집과 끈기로 한국의 조선산업을 이루다

박정희 대통령은 포항종합제철의 기반공사가 1968년 시작되고 1970년 4월부터 본 공장의 건설이 착공되면서 거기서 생산되는 철을 대량으로 소비해 줄 산업으로 조선산업을 꼽았고 김학렬 부총리는 정주영 회장에게 조선소 건설을 권유했다. 조선소 건설은 엄청난 투자가 수반되는 사업이기에 아무도 선뜻 나서는 기업이 없었다. 따라서 김학렬 부총리는 정주영 회장에게 조선업을 하도록 성화를 하기 시작했다.

정주영 회장은 정부의 의지가 강한 것을 보고 내부 임원들과 관계자회의를 개최했으나 모두가 반대를 했다. 그럼에도 정주영 회장은 자신의 결심을 굳히고 미국과 일본, 이스라엘, 노르웨이 등에 차관교섭을 했으나 거절당했다.

현대는 조선소를 기권하겠다고 김학렬 부총리에게 사정 이야기를 했다. 김 부총리는 "대통령께서는 조선소 건설이 되는 것으로 알고 있는데 이제 와서 못한다는 보고를 도저히 할 수 없다."고 하면서 끈질기게 매달렸다. 김 부총리는 정주영 회장을 대동하고 청와대로 가서 대통령께 보고를 했다. 정주영 회장이 "여기 저기 차관교섭을 해 봤지만 아예 상대를 안 해줍니다. 저는 못하겠습니다."라고 보고를 했다. 이 말을 들은 대통령이 불같이 화를 내며 김 부총리에게 "앞으로 정주영 회장이 어떤 사업을 한다고 해도 전부 거절하시오, 정부가 상대도 하지 말란 말이요!"라고 했다. 한참 시간이 흐른 후에 대통령은 주머니에서 담배를 한 대 꺼내 물고 정주영 회장에게도 권했다. 그러면서 대통령은 이런 말로 정회장을 설득했다.

"한 나라의 대통령과 경제총수가 적극 지원하겠다는데 그래 그거 하나 못하겠다고 정 회장이 여기서 포기해요? 처음에 하겠다고 할 때는 이 일이 쉽다고 생각했어요? 이건 꼭 해야만 하오. 정회장! 미국, 일본을 다녔다니 이번에는 유럽으로 나가 찾아봐요. 무슨 일이 있어도 이건 꼭 해야 하는 일이니까 빨리 유럽으로 뛰어 나가요."

정주영 회장은 후일 당시 자신의 심경을 이렇게 술회했다.

"오로지 나라의 경제발전 외에 아무런 사심이 없었던 지도자 박대통령의 의지와 집념이 나에게 가슴 뻐근한 감동으로 와 닿았다."

청와대를 나오자마자 1970년 3월 회사에 조선 사업부를 설치하고 부지선정 등 기초작업을 가동시켰다. 그러던 중, 다시 일본과 이스라엘의 기술회사와도 접촉했고 서독의 조선사와도 기술협력을 타진했으나 모두 무산되었다. 우여곡절 끝에 차관 주선인 데이비스의 도움으로 영국의 A&P애플도어사 및 스코트 리스고우 조선사와 기술협조계약을 맺었다.

A&P애플도어사의 롱바톰 회장이 현대의 기술력으로 조선업의 진출이 쉽지않을 것이고 차관교섭이 어려울 것이란 말을

하자 정주영 회장은 주머니에서 500원짜리 지폐를 꺼내 거기 인쇄되어 있는 거북선을 가리키면서 이렇게 말했다.

"한국의 조선건조능력은 영국보다 300년이나 앞서 있었다는 사실이 여기 있소이다."

롱바톰 회장은 정 회장의 순발력에 감동하여 현대의 조선건조능력이 충분함을 담은 추천서를 버클레이즈 은행에 보내주었다. 이것이 우리나라 조선산업의 처음 시작 이야기이다.

스티브 잡스,
자기의 시도가 받아들여질 때까지 설득한다

20세기가 배출한 가장 위대하고 천재적인 창업가로 평가받는 스티브 잡스는 자기가 시작하고 시도한 일은 끝장을 볼 때까지 버티는 인내와 끈기, 집념의 기업가였다. 스티브 잡스는 1976년 워즈니악과 미국 캘리포니아 로스알토스에 있는 자기 양 아버지의 집 차고에서 전 세계인의 책상위에 개인용 컴퓨터를 한대 이상 놓겠다는 꿈을 가지고 애플을 창업했다.

스티브는 애플 창업 4개월 만에 첫 번째 애플 I 을 출시하였는데 첫 번째 거래로 바이트 샵이라는 도매상에 대당 500달러에 50대를 주문 받았다. 스티브는 달랑 주문서 하나를 들고 키럴프 일렉트로닉스라는 대형 부품회사에서 2만 달러 상당의 부품을 외상으로 구입하는 수완을 보였다.

그 다음에 애틀랜틱 시에서 개최되는 제1회 퍼스널 컴퓨터 축제에서 자신들의 회사를 알리는 광고가 필요함을 깨닫고 애틀랜틱 시 최고의 광고회사 레지스 매키너 에이젼시를 찾아냈다. 레지스 매키너 광고회사의 신규고객담당 임원인 프랭크 버지에게 바로 전화를 걸어 애플의 광고를 맡아 줄 것을 사정하였다. 그러나 레지스 매키너사는 신생컴퓨터 회사인 애플의 광고를 맡을 생각이 전혀 없었다. 회사를 찾아가서 애플의 현황과 비전을 설명하였으나 거절당했다. 스티브는 하루에 몇 번씩

일주일 간 전화를 걸어 설득한 끝에 프랭크 버지가 애플에 찾아와서 현장을 보고 결정하겠다는 약속을 받아냈다. 드디어 프랭크 버지가 애플 현장에 와서 제품을 보고 현황을 들었지만 차고에서 만들어지는 제품을 신뢰할 일이 아니었다. 그는 결국 현장을 보고도 거절했다.

이제는 매키너 CEO에게 직접 접촉하기로 결정하고 하루에 수도 없이 전화를 했지만 아예 전화연결 자체를 해주지 않았다. 하도 시도 때도 없이 여러 날 전화를 하니 마침내 여비서가 할 수 없이 CEO에게 전화를 연결해 주었다. 매키너는 자기가 직접 스티브를 단념시킬 목적으로 약속 시간을 잡았다. 스티브는 매키너에게 회사의 현황과 비전을 열심히 설명했다. 그럼에도 불구하고 매키너는 광고를 맡아줄 생각이 없었다. 그러자 스티브는 "애플과 계약해 주지 않으면 절대 돌아가지 않겠습니다."라고 버텼다. 결국 매키너는 스티브에 굴복하고 애플의 광고를 맡아 주었다.

스티브는 광고비를 마련해야했다. 이번에는 인텔의 마케팅 이사인 클리포드 마큘라를 수도없이 찾아가고 애원하여 9만 1천 달러의 투자를 받았고 내친 김에 25만 달러의 은행 대출을 받을 수 있도록 보증을 서 달라고 매달렸다. 물론 그 대가로 클리포드 마큘라는 애플 주식의 3분의 1을 받을 수 있었고 그 후 20여년 이상 애플의 이사회 의장으로 있을 수 있었다.

기업가정신이란 바로 이런 끈기와 집념의 소산이 아닐까?

미켈란젤로,
4년 6개월 동안 천장에 매달려 '천지창조'를 그리다

천재 조각가였던 미켈란젤로는 1508년 교황 율리우스 2세에게 명을 받아 시스티나 성당 천장에 세계적인 걸작 천지창조를 탄생시켰다. 미켈란젤로는 1508년 5월부터 1512년 11월까지 약 4년 6개월 가까운 기간 동안 길이 40.93미터, 폭 13.4미터, 높이 20.7미터의 천장에 300명 이상의 인물을 33개의 판넬로 구성된 천지창조를 그렸다. 그는 천지창조를 그리기 위해 약 1,500일 동안 하루에 최소 18시간씩 20미터 높이의 천장에 매달려 있었던 것이다.

그 결과 그는 목을 움직일 수조차 없을 만큼 극심한 육체적 고통을 겪기도 했다. 이러한 인간의 한계를 뛰어넘는 고통 속에서의 작업으로 관절염, 근육경련, 눈병 등 여러 가지 질병에 시달리기도 했다.

그는 천지창조를 그릴 때의 어려움에 대해 이렇게 밝히고 있다.

"이 우리 속에 살면서 내겐 종기가 생겼다. 수염은 하늘로 치솟고 목덜미는 꺾일 듯하며 등뼈에 고정된 갈비뼈는 마치 하프처럼 자라난다. 내 얼굴은 붓에서 떨어진 물감방울로 알록달록한 모자이크로 변했다. 허리는 몸속으로 깊이 박히고 팔은 평형추처럼 흔들린다. 발치를 내려다볼 수 없어서 걸을 때는 어림짐작으로 걷는다."

그로부터 500년 후, 그의 고통이 얼마나 심했는지를 알아보기 위해 영국의 한 방송사가 다큐멘터리 제작을 시도했다. 미켈란젤로가 했던 것과 거의 비슷한 작업 환경을 재현하여 두 명의 화가가 작업을 하도록 했다. 그러나 이 다큐멘터리는 결국 완성되지 못하고 중도에 포기해야만 했다. 두 명의 화가가 모두 며칠이 되지 않아 너무 고통스러워 작업을 포기했기 때문이었다.

시간이 지난 후에 이 두 명의 화가는 미켈란젤로가 4년 6개월 동안 그 엄청난 고통을 이겨내고 완성한 천지창조가 있는 시스타나 성당에 들어서자마자 그 경이로움에 무릎을 꿇었다고 한다. 미켈란젤로가 얼마나 위대한 예술가인지를 깨달았고 20미터 높이에 그려진 길이 40.93미터, 폭이 13.4미터나 되는 엄청난 크기의 천지창조가 얼마나 위대한 작품인지를 실감했기 때문이다.

20미터가 넘는 높은 천장의 구석은 사실상 어떤 사람도 볼 수 없는 사각지대이다. 그러나 미켈란젤로는 고집스럽게 그 구석까지 완벽하게 온 힘을 다해 천지창조를 그렸다.

그가 이러한 위대한 작품을 남길 수 있었던 것은 그가 가진 그림에 대한 천재성만이 아니라 영혼을 다한 불굴의 노력과 끈질긴 인내 때문이었다고 나는 확신한다.

김연아,
3,000번의 엉덩방아 뒤에 금메달을 땄다

김연아 선수는 여자 피겨의 불모지인 대한민국에서 태어나 피겨스케이팅을 빛낸 우리의 작은 영웅이다. 김연아는 전국대회 이상의 국내 대회 및 세계 피겨스케이팅 대회에서 40여 회 이상 수상하였고, 30여회 이상의 금메달을 땄다. 그리고 동계올림픽에서 금메달과 은메달을 연이어 딴, 그야말로 세계 최고의 선수이다. 피겨스케이팅 분야의 불모지였던 대한민국에 혜성처럼 나타나 국민들의 가슴을 뜨겁게 달궜던 사람이 김연아 선수이다.

100여 년의 역사를 가진 피겨스케이팅은 스포츠성과 예술성을 가진 경기로 여자개인전은 동계올림픽의 꽃이라고 불릴 정도로 인기가 많은 종목의 하나이다. 그런 피겨스케이팅은 그동안 유럽과 동구권 등, 주로 선진국들의 전유물이었다. 여기에 제일 먼저 눈을 뜬 일본이 1980연대부터 선수를 양성하기 시작하여 1992년 프랑스 알베르빌에서 개최된 제16회 동계올림픽에서 이토 미도리(Ito Midori)가 피겨스케이팅 여자 싱글 종목에서 은메달을 따면서 본격적인 선수양성 시스템을 갖추게 된다.

이 프로그램이 가동되고 10여 년이 지나 2006년 토리노 올림픽에서 아라카와 시즈카(Arakawa Shizuka) 선수가 금메달을 따게 된다. 일본 최초이자 아시아 최초였다. 그 다음 주자로 아사다 마오(Asada Mao)가 세계 피겨스케이팅계에 등장하게 된다. 그러나 김연아가 2006년 ISU 주니어 세계 피겨스케이팅 챔피언십 여자 싱글에서 아사다 마오를 제치고 1위를 함으로써 세계적인 선수로 떠올랐다.

김연아는 만 다섯 살 때 피겨를 시작했으며 8살 때부터 1998년 나가노 동계올림픽에서 은메달을 딴 미셸 콴 같은 선수가 되겠다는 꿈을 키우기 시작했다. 그 꿈을 이루기 위해 국가대표시절인 중학교 1학년 때의 훈련시간을 보면 아침 8시 기상, 30분간 런닝, 9시 아침 식사, 30분간 스트레칭, 10시 태릉 아이스링크로 출발해 낮 훈련, 늦은 점심 먹고 집에 와서 다시 1시간 체력훈련, 저녁 식사 후 8시쯤 과천 실내 링크로 이동해 밤 12시까지 올빼미 훈련, 새벽 1시에 집에 와서 2시 취침의 일정을 소화했다.

특정 기술을 익히기 위해서 팔 동작을 너무 많이 해서 팔을 들어 올릴 수 없을 정도였고 고개를 돌리는 동작을 너무 많이 해서 고개가 안돌아 갈 정도였다고 한다. 그녀의 생활은 늘 부상과 긴장감과 잘해야 된다는 부담감 속에서 살았다. 그녀의 기술코치인 브라이언 오서는 "대부분의 사람들이 김연아 선수를 피겨천재라고 말하지만, 한 가지의 기술을 연마하기 위해서 3,000번의 엉덩방아를 찧었다는 사실을 외면하고 하는 말이다."라고 증언하였다. 그녀의 좌우명은 'No pain No gain'이다. 그만큼 노력없이는 성취도 없음을 김연아 선수는 누구보다 잘 알고 있었던 것이다. 그녀는 후일 이렇게 고백했다.

"나는 훈련을 하다 보면 늘 한계가 온다. 어느 때는 근육이 터져버릴 것 같고, 어느 때는 숨이 목 끝까지 차오르며, 어느 때는 주저앉고 싶은 순간이 다가온다. 이런 순간이 오면 가슴 속에 무언가 말을 걸어온다. '이만하면 됐어. 충분해. 다음에 하자.' 이런 유혹에 포기하고 싶을 때가 많다. 하지만 이 때 포기해버리면, 안 한 것과 다를 것이 없다. 99도까지 열심히 온도를 올려놓아도 마지막 1도를 넘기지 못하면 영원히 물은 끓지 않는다. 물을 끓이는 것은 마지막 1도. 포기하고 싶은 바로 그 1분을 참아내는 것이다. 그 순간을 넘어야 다음 문이 열릴 것이다. 그래야 내가 원하는 세상으로 갈 수 있다."

에디슨,
25,000번의 실패 끝에 축전지를 발명하다

에디슨은 1847년 2월 11일 미국 오하이오주(州) 밀란에서 태어났다. 제재소를 경영하던 아버지 새뮤엘의 막내 아들로 태어나, 1854년 미시간주 포트휴런으로 이사를 가 그곳 초등학교에 들어갔다. 초등학교 시절 알을 품어 병아리를 부화시키려 하는 등 이런저런 기행을 많이 하여 선생님으로부터 산만한 아이라는 이야기를 듣고 학교를 그만 둬야 했다. 학교를 그만 두고 3개월 뒤부터 어머니가 집에서 그를 가르쳤다. 그런 면에서 에디슨도 학교교육에서는 실패한 경우라고 할 수 있다.

에디슨의 성격은 어렸을 때부터 뭔가 알아내기 위한 호기심이 많았고 이러한 실험정신이 그를 세계 최고의 발명왕 위치에 도달하게 해 주었다. 그의 끈질긴 실험정신은 백열전구를 발명하기 위하여 면사, 아마사, 나무조각, 대나무 등 수천 가지의 재료를 바꿔가며 무려 12,000여 회가 넘는 실험 끝에 성공하였고 축전지를 개발하기 위해서는 무려 25,000번 이상의 실패를 해야만 했다.

에디슨의 이름으로 등록된 미국 특허권 숫자는 1,093건에 이르고 국제 특허권까지 합치면 1,500건이 넘는다.

에디슨이 실용화한 제품으로는 개량형 금시세 표시기, 주식상장표시기, 탄소전화기, 축음기, 축전기, 백열전구, 영사기, 적산전력계, 평판유리 제조법, 철로신호시스템, 광석 분리기기, 전선 접합기 등 무려 2,332가지나 된다. 이들 중 현대사회에 없어서는 안 될 3대 발명품으로는 백열전구(1879년), 가정용 영사기(1889년), 축전지(1909년) 등이 있다.

그는 "천재는 99%의 노력과 1%의 영감으로 이루어진다."라는 명언과 "실험에는 실패가 없다. 나는 2만 5천 번 실패한 것이 아니라 축전지가 작동하지 않는 2만 5천 가지 다른 방법을 알아낸 것이다. 그러므로 이것은 실패라고 할 수 없다."는 명언을 남겼다.

마리 퀴리,
5,677단계의 실험 후에 염화라듐을 얻다

마리 퀴리는 폴란드 출신의 프랑스 과학자로 방사능 연구에서 선구적인 업적을 남겼다. 그녀는 노벨상을 두 번씩이나 수상한 최초의 여성 과학자이다. 또한 그녀는 파리 대학에서 최초의 여성 교수가 되었고, 1995년에는 프랑스의 국가적 영웅이 안장되는 파리의 팡테옹에 묻히는 첫 번째 여성이 되었다. 그녀의 연구는 방사능 물리학이라는 새로운 학문 분야를 열었으며, 이런 업적 때문에 방사능 단위에, 화학 원소(퀴륨)에 그녀의 이름이 사용되었다.

마리 퀴리는 1867년 11월 7일에 당시 러시아 제국의 일부였던 폴란드 수도 바르샤바에서 다섯 아이 중 막내로 태어났다. 당시 폴란드나 독일의 대학은 여자 대학생을 받지 않았기 때문에 바르샤바에서는 고등 교육을 받을 수 없었다. 따라서 마리 퀴리는 24살인 1891년에 프랑스 소르본 대학에 입학했고, 그곳의 교수인 푸앵카레, 리프만 등의 강의를 들었다. 그녀는 수학과 물리학을 전공했으며 형편이 지독히 어려운 가운데서도 가장 뛰어난 성적으로 1893년에 소르본 대학교를 졸업했다.

1896년에 프랑스의 저명한 물리학자 베크렐(Henri Becquerel)은 우라늄에서 엑스선과 비슷한 투과력을 갖는 광선이 나온다는 사실을 발견했다.

마리 퀴리는 베크렐 연구의 연장선상에서 이 현상을 연구한 결과, 우라늄에서 나오는 광선이 우라늄 분자들 사이의 상호작용에서 나오는 것이 아니라, 우라늄 원자 자체에서 나오며 그 속에 엄청난 에너지를 담고 있다는 사실을 최초로 발견하였다.

1897년부터 학생들을 가르치면서 허름한 실험실에서 연구를 계속했다. 당시에는 방사능이 위험하다는 사실이 알려져 있지 않아서, 퀴리는 보호 장비를 갖추지도 않은 채로 위험한 실험을 지속했다. 1898년에 마리 퀴리는 토륨(thorium)이라는 원소 역시 방사성 물질이라는 사실을 밝혀냈다. 1898년 중엽부터 남편 피에르와 협동연구를 시작했다. 1898년 7월에 퀴리 부부는 마리 퀴리의 조국 폴란드의 이름을 붙인 폴로늄(polonium)이라는 새로운 방사능 원소를 발견했고, 1898년 12월에는 그들이 라듐(radium)이라고 이름 붙인 두 번째 새로운 방사능 원소를 발견했다. 그러나 이는 이론적 근거에 의한 발표였을 뿐 라듐의 실물을 제시하지는 못했다.

퀴리 부부는 실물 라듐을 추출하기 위한 장기 연구계획을 세우고 4년의 세월 동안 8톤이 넘는 피치브렌드(Pitchblende : 역청우라늄) 광석을 5,677단계의 긴 작업 끝에 1902년에 0.1그램의 순수한 염화라듐을 얻었다. 이 작업은 8톤이 넘는 피치브렌드를 한 번에 20kg씩 커다란 용기에 침전물 상태로 담아 자기 키보다 큰 쇠막대기로 하루 종일 저어주는 작업이다. 이와 같은 작업을 4년이 넘도록 지속했다는 사실만으로도 인간의 한계를 넘어서는 끈기라고 할 수 있다.

1910년에는 마리 퀴리는 염화라듐을 전기 분해시켜서 금속 라듐을 얻었다. 또한 이들 부부는 방사능(radioactivity)이라는 단어도 만들어 냈다. 라듐은 우라늄에 비해 훨씬 강한 방사능 물질이었고, 이 발견은 방사능 물질에 대한 학계의 관심을 불러일으켜 새 방사능 원소들을 탐구하는 계기를 만들었다. 이러한 업적으로 1903년 퀴리 부부는 베크렐과 함께 노벨 물리학상을 받았다.

마리 퀴리는 첫 번째 여성 노벨상 수상자였다. 노벨상을 받고 피에르 퀴리가 소르본 대학의 이학부 교수가 되면서 마리 퀴리는 남편 실험실의 주임이 되어 본격적으로 실험을 할 수 있게 되었다. 그런데 1906년에 예기치 못한 교통사고로 남편인 피에르가 사망했던 것이다.

소르본 대학은 피에르를 위해 만들었던 교수직을 마리에게 줌으로써 그녀는 파리 대학의 첫 번째 여성 교수가 되었고 단독으로 방사성 물질을 계속 연구하였다. 1907년 라듐 원자량을 더욱 정밀하게 측정하는 데 성공하고, 1910년에 금속 라듐을 분리하는 데도 성공하였다. 1914년 소르본 대학에서는 그녀가 연구에 더욱 집중할 수 있도록 라듐연구소를 건립하였다.

제1차 세계대전 중에는 장녀 이렌과 함께 부상자 치료를 위해 뢴트겐 투사기를 보급하는데 노력하여 많은 부상자들의 목숨을 구하였다. 1911년 라듐과 폴로늄 발견으로 노벨 화학상을 받았다. 마리 퀴리는 1934년 7월 4일 백혈병으로 사망하였다. 사후 61년 만인 1995년 4월 20일 남편 피에르 퀴리와 함께 여성으로는 최초로 역대 위인들이 안장되어 있는 파리 팡테옹 국립묘지에 묻혔다.

마리 퀴리의 헌신과 희생, 그녀의 그칠 줄 모르는 끈기와 인내로 이루어낸 방사능 연구는 오늘날 의료분야와 에너지 분야에 새 지평을 열었음은 누구도 부인하지 못할 것이다.

대처,
탄광파업에 1년 동안 버틴 끝에 영국병을 고치다

영국은 18세기 산업혁명으로 막대한 자본을 축적했고 엄청난 산업생산력에 힘입어 제2차 세계대전이 끝날 때까지 세계의 명실상부한 패권국이었다. 2차 대전 후 세계패권국의 지위를 미국에 넘겨주었지만 경제적 호황은 지속할 수 있었다. 하지만 1960년대 말부터 영국의 경제가 나빠지기 시작했다.

영국 경제는 고임금, 저효율이라는 구조적인 문제를 가지고 있었다. 영국정부는 비효율적인 산업을 구조조정 없이 그대로 유지하면서 국유화를 단행했고, 영국의 재정은 그때마다 부담을 늘려갔다. 영국 경제 전체가 늪에 빠진 듯 허우적거렸고, 노동생산성은 현저하게 낮아져 서독의 75%, 미국의 50%밖에 되지 않았다. 1인당 GDP는 1960년대만 해도 9위였지만 1971년 15위, 1976년에는 18위까지 떨어졌다. 일찍이 서독 언론이 영국의 낮은 노동생산성을 비꼬기 위해 사용한 영국병(The British disease)이란 용어는 이제 현실이 되었다.

또한 만성적인 파업은 영국경제를 마비시키고 있었다. 기업은 실적이 좋지 않으면 노동자를 해고하는 방식으로 대응했고, 노동자들은 그에 맞서 지속적이고 산발적인 파업을 일으켰다. 파업의 강도는 갈수록 높아져 1969년에는 1967년보다 50% 이상 파업이 늘었다. 그리고 기업들은 혁신 없이 경직된 방식으로 경영을 계속하였고, 젊은이들은 실업수당을 받아 생계를 이어나가는 상황이 이어졌다. '요람에서 무덤까지(From the cradle to the grave)' 로 대표되는 영국의 사회보장제도로 인하여 사회적 생산성은 저하되고 재정적자는 늘어나기만 했다.

1940년대만 해도 영국의 사회보장비용은 GDP대비 4%에 불과했지만 1980년대에는 GDP의 11%까지 불어났다. 이는 국가 재정의 30%에 달하는 비용이었다. 이밖에도 기업의 지나친 국유화와 재정적자는 영국의 경제를 더욱 병들게 했고, 결국 1976년 영국은 서유럽에서 최초로 IMF에 원조를 요청하여 40억 파운드를 지원받기도 하였다.

더 이상 방만해진 재정을 유지할 수 없었던 영국정부는 처음으로 교육, 보건복지 분야 예산을 삭감해야 했고, 노조는 다시 파업에 나서는 악순환이 지속되었다. 1978년 겨울에는 영국 내 거의 모든 직종에서 파업이 일어나 국가가 마비되는 사태가 벌어졌다. 이에 영국 여론은 고질적이고 만성적인 영국병을 치유해야겠다는 쪽으로 기울기 시작했고, 그러한 여론은 마가렛 대처(Margaret Thatcher)의 집권을 가져왔다.

대처는 과감한 긴축재정과 복지지원을 축소하고, 석탄·철강 중심이던 영국의 산업구조를 재편하는 한편, 강력한 힘을 행사하던 노조를 파괴하기 시작했다. 당시 영국의 석탄 산업은 이미 경쟁력을 잃은 상태였지만, 영국 정부는 근본적인 문제를 해결하는 대신 석탄 산업을 국유화해 세금으로 운영하고 있는 실정이었다. 대처는 사양세로 접어든 석탄 산업의 구조조정에 돌입했다.

1984년 3월, 영국 석탄공사가 경쟁력이 떨어진 지역의 탄광을 폐쇄하려 하자, 탄광 노조 20만 명이 파업과 시위에 들어갔고, 이로 인해 140개의 탄광이 휴업을 했다. 시위 과정에서 폭력사태까지 발생하였고 실업율이 11%까지 올라가는 상황에서도 끝까지 탄광폐쇄를 강행했다. 1년여 이상을 끌어오던 파업은 1985년 3월 완전히 종료되고 탄광산업의 구조조정은 단행되고 대처 수상은 '철의 여인' 이란 별명도 얻었다.

대처 총리는 1979년부터 1990년까지 집권하는 동안 5개 노동법을 개정해 노동시장을 개혁했고 공무원 수를 75만 명에서 64만 명으로 11만 명이나 줄여 작은 정부를 시현했으며 또한 국영기업 50여 개를 민영화하고 1986년에는 빅뱅으로 불리는 금융개혁까지 단행했다. 이러한 인내와 끈질긴 정책추진으로 영국은 새롭게 태어났고 새로운 영국을 탄생시킨 대처를 세계의 언론은 앞다투어 '철의 여인' 이라고 칭송하였다.

07 긍정, 긍정 또 긍정

긍정이 희망을 부른다

긍정성은 소망하는 일들이 미래에 실현될 것으로 기대하는 낙관적인 태도로써 열정과 합쳐졌을 때 목표 지향적 행동을 촉진하게 된다. 긍정성은 미래를 예측할 수 없는 불확실한 상황에서 낙관적 측면을 더 중시하는 경향성이라고 할 수 있다. 긍정성은 인생전반에 걸쳐 성공의 결과를 가져오는 중요한 정신적, 심리적 요소 중의 하나이다.

"비관론자가 별의 비밀을 발견하고, 미지의 땅을 항해하고, 인간 정신의 새 지평을 열었다는 말을 들은 적이 없다."라는 헬렌 켈러의 말에서 알 수 있듯이, 부정적인 생각과 태도로는 세상에서 위대한 업적을 이룰 수 없다. 만약 전쟁에 나아가는 장수가 "과연 내가 이 전쟁에서 이길 수 있을까?"라는 부정적인 생각을 한다면 전쟁에서 이길 수 있겠는가? 필경은 백이면 백 다 패배로 끝날 것이다. 심리학에서도 긍정적인 기대나 관심이 사람에게 좋은 영향을 미친다는 '피그말리온 효과'가 있다.

긍정적인 사람은 늘 셀리의 법칙이 일어나고 부정적인 사람은 늘 머피의 법칙이 일어난다고 생각한다. 우리의 행복과 불행을 결정하는 것은 남의 탓이 아니라 환경에 대한 자신의 태도이다. 긍정적인 사람은 1개를 가져도 그것이 안 가진 것보다 낫다고 생각하고 부정적인 사람은 99개를 가져도 한 개가 부족하다고 생각한다. 우리가 아무리 많이 가지고 있다 하더라도 가진 것을 외면하고 부족한 것에 초점을 맞춘다면 결코 만족할 수 없고 행복해질 수 없다.

부정적인 생각이 일어나는 것은 부정적인 측면에만 초점을 맞추기 때문이며 그런 부정적인 행동은 부정적으로 생각을 하기 때문이다. 긍정적인 사람은 어떤 상황이 벌어졌을 때 밝은 쪽을 먼저보고 부정적인 사람은 어두운 쪽을 먼저 본다. 예컨대 긍정적인 사람은 윗사람으로부터 아침에 야단을 맞았을 때 "오늘 윗분이 기분이 안 좋은가 보다." 하고 훌훌 털어버리는데 비해, 부정적인 사람은 "모두가 내가 능력이 부족해서 그렇다."고 자기 자신을 학대한다. 부정적인 사람은 남의 떡을 크게 본다.

이런 일은 우리 주변에서 흔히 경험할 수 있다. 식당에 가서 밥을 먹을 때 내가 시킨 것보다 상대방의 음식이 더 맛있어 보이고, 자동차 운전을 할 때 옆 차선이 잘 빠진다고 생각하는 것도 부정적인 생각의 하나이다. 우리나라 학교 교육에서도 틀린 것을 먼저 알려주는 부정적인 교육을 한다. 그러므로 그 학생의 장점과 잘 할 수 있는 적성을 발견할 수 없다.

부정적인 생각에서 벗어나는 유일한 방법은 그것을 긍정적인 생각으로 바꾸도록 하는 것이다. 우리를 불행하게 만드는 현상이 발생한다면 긍정과 부정 중 하나를 선택해야 한다.

우리는 매일매일 이 긍정적 정서의 최면화(催眠化)를 통해 소확행의 길로 접어들어야 한다. 이 지구상에서 자기의 꿈을 달성했던 모든 사람들은 이 긍정성에 도취되어 있다는 사실을 잊어서는 안된다. 이러한 긍정성에 도취되어 있을 때 이 세상의 평균적인 99%의 인간에서 벗어나 1%의 성공자들만이 가는 고속도로를 탈 수 있다.

자, 그러면 오늘 우리는 긍정적으로 살 것인가 부정적으로 살 것인가를 결정해야 한다.

일을 즐기는 사람만이 리더가 될 수 있다

일을 하는 것보다 노는 것이 편하다. 그러나 인간은 태어나면서부터 먹고 살아야 하는 문제도 함께 가지고 태어났다. 먹고 살기 위해서는 일을 하지 않으면 안된다. 그런데 학교를 졸업하고 사회에서 일을 시작할 때 제일 먼저 고려해야 할 것이 그 일이 자기가 좋아하고 즐길 수 있는 일이냐의 여부이다. 자기가 좋아하는 일을 선택했을 때에 비로소 일을 대하는 태도가 긍정적이고 열정적이며 창의성이 발현될 수 있기 때문이다. 자기가 좋아하는 일을 할 때에는 일에 몰입하게 되고 월요병도 없어지고 성과도 많이 내게 된다. 자기가 좋아하는 일을 하면 자다가도 벌떡 일어나 일을 생각하고 문제를 해결하기 위해 고민하게 되기 때문이다.

그런데 부득이하게 마음에 들지 않는 직장에 취업하게 되었을 때에는 그 일을 억지로라도 좋아하고 사랑하여야 한다. 최근 어느 조사통계를 보니 대학을 졸업하고 직장에 취직했을 때 자기의 전공과 관련된 일자리에서 일하는 비율이 20%에도 미치지 못한다고 한다. 어차피 자기가 좋아하는 일을 찾지 못했을 때에 한탄만 하고 있으면 누가 자기의 행복을 보장해 주겠는가. 이미 주어진 일에 최선을 다하려는 의지를 가지고 어떻게 하면 일을 잘 할 수 있을지에 대한 고민을 하고 일을 즐길 때 비로소 그일이 좋아지게 되는 경우도 얼마든지 있다. 취직을 못하고 있을 때의 허망한 생활과 아침에 일어나도 일하러 갈 곳이 없다는 것을 상상해보라.

공자께서도 일을 즐기는 자가 가장 행복할 수 있다는 것을 2천 5백년 전에 이미 알고 있었다. 공자는《논어》제6편 옹야편에서 지지자는 불여호지자이고 호지자는 불여낙지자라고 하였다. 즉, 알기만 하는 사람은 좋아하는 사람만 못하고(知之者는 不如 好之者), 좋아하기만 하는 사람은 그것을 즐기는 사람만 못하다(好之者 不如 樂之者)라는 말이다.

그래서 지금 하는 일을 사랑해야 한다. 어떤 분야든 마찬가지지만 직장도 즐거운 마음으로 다니지 않으면 행복을 기대하기 어렵다. 월요일마다 직장에 나가는 것이 도살장에 가는 것처럼 싫다면 행복은 고사하고 머지않아 회사에서 구조조정 대상이 되기 십상이다.

인생에서 행복하기를 꿈꾼다면 자기가 하는 일을 사랑하고 열정을 가지고 도전하고 창의성을 발휘할 때만 가능하다. 직장의 소중함을 알고 일의 가치를 안다면 일도 즐겁고 직장도 사랑하게 될 것이다. 그러한 사람만이 조직 내에서 리더가 될 수 있고 사회의 지도층이 될 수 있다.

긍정적 사고방식이 성공방정식의 핵심이다

일본의 3대 경영의 신으로 불리는 교세라 회장인 이나모리 가즈오는 성공의 핵심이 세상을 바라보는 사고방식이라고 확신한다.

이나모리 가즈오 회장은 우리가 흔히 말하는 좋은 가정에서 좋은 교육을 받은 그런 사람이 아니었다. 중학교, 대학교, 처음 취직한 직장 등, 어느 하나도 좋은 곳이 아니었다. 대학도 별 볼일 없는 지방대학을 졸업했고 처음 입사한 회사도 부도 직전의 중소기업이었고 배치된 부서도 회사 내에서 인기가 없는 부서였다. 그리고 처음 회사를 차린 곳도 아무도 거들떠보지도 않았던 허름한 공장의 창고였다. 그는 우리가 흔히 말하는 뛰어난 머리도, 타고난 능력도 없었다. 집안도 가난하였고 하는 일마다 늘상 꼬이기만 하였다. 그런 그를 파인세라믹분야에서 세계적인 기업인으로 우뚝 설 수 있게 만든 것은 바로 세상을 보는 긍정적 시각이었다.

우리 주변에도 능력이 있고 타고난 머리가 없음에도 자기분야에 성공한 사람이 있는가 하면, 누구나 부러워할만한 재능을 가지고 태어났음에도 인생에서 성공을 하지 못하는 사람도 있다. 왜 하는 일마다 잘 풀리는 사람과 그렇치 않은 사람이 있을까? 여기에 해답이 될 만한 이나모리 가즈오 회장의 성공방정식을 소개한다.

성공 = 능력 × 열정 × 사고방식

이 방정식에서 성공은 능력과 열정과 사고방식의 산물임을 말하고 있다. 먼저, 능력은 대부분 부모로부터 물려받은 것이다. 지능, 체력, 건강, 다양한 재능 등은 부모로부터 물려받은 것이기 때문에 내가 선택할 수 없다. 부모로부터 이러한 능력을 물려받은 것은 정말 큰 축복이다. 능력은 각자의 의지와는 상관없이 부모로부터 물려받은 것이기 때문에 개인마다 차이가 있다.

열정은 후천적인 노력에 의해 키울 수 있는 것이다. 어떤 일을 함에 있어 능력은 좀 부족하지만 그 일을 달성하기 위해 의욕적으로 매달린다면 능력을 앞지를 수 있다. 우리 사회에는 능력이 좀 부족하지만 열정적으로 자기 일을 하는 사람들이 성공한 케이스를 흔하게 볼 수 있다.

사고방식은 성공적인 인생을 살기 위해 가장 중요한 요소이기도 하다. 이것은 자기가 처한 열악한 환경을 탓하지 않고 앞으로 잘될 것이란 긍정적인 생각을 하는 플러스식 사고방식을 말한다.

대부분 성공한 사람들의 사고방식은 적극적이고 긍정적이라는 사실을 모든 심리학자들이 한결같이 주장한다.

긍정적인 습관이 성공을 가져온다

긍정심리학의 창시자인 셀리그만(Martin E. P. Seligman)은 긍정적인 세일즈맨과 부정적인 세일즈맨 사이에는 결정적인 차이가 있다고 하였다. 긍정적인 세일즈맨은 늘 낙관적이며 부정적인 세일즈맨은 늘 비관적이었다고 한다. 다시 말해 보험가입의 권유를 거절당했을 때 스스로에게 말하는 방식과 태도가 매우 다르다는 것이다. 긍정적인 세일즈맨은 보험영업을 거절당했을 때 "너무 바쁠 때 내가 부탁을 했나 봐. 다음에 한 번 더 부탁하면 들어 줄 거야."라고 계속 희망을 품지만 부정적인 세일즈맨은 "나는 다른 사람을 설득할 능력이 없나 봐. 이러다간 회사에서 쫓겨날 것 같아."라거나 또는 "나는 매사가 이 모양이야, 앞으로도 희망이 없어, 그건 내가 못났기 때문이야." 등 비관적인 말을 하면서 자신을 학대하는 경향이 있다고 한다.

셀리그만이 검증한 긍정적인 세일즈맨과 부정적인 세일즈맨의 차이는 입사 1년차의 세일즈맨의 경우 낙관적인 사원은 비관적인 사원보다 평균 57%나 더 많은 실적을 올린다는 것을 확인하였다. 입사 후 2년 차에는 낙관적인 사원의 실적이 비관적인 사원의 실적보다 무려 638%나 더 많은 실적을 올렸다. 이처럼 긍정적인 사람과 부정적인 사람과의 차이는 일상의 생활에서 크게 차이가 나 10년, 20년 후에는 긍정적인 사람은 중역으로 승진하는데 비해 부정적인 사람은 사오정이나 오륙도가 되어 50대 초반부터 등산화를 신고 산을 찾는 신세가 되는 차이까지 난다.

긍정적인 사람과 부정적적인 사람 사이에는 생각하는 방식과 태도에 몇 가지 차이가 있다.

첫째, 어떤 상황이 일어났을 때 긍정적인 사람은 실패의 원인이 일시적이라고 생각하는 반면, 부정적인 사람은 지속적이라고 믿는 경향이 있다.

둘째, 실패 원인을 평가하는 방식이 다르다. 데이트 신청을 거절당했을 때 긍정적인 사람은 다른 여자들은 그렇지 않다고 생각하는데, 부정적인 사람은 여자들은 모두 자기를 싫어한다고 생각한다.

셋째, 긍정적인 사람은 실패를 했을 때 실패가 누구에게나 있을 수 있는 보편적인 것이라고 생각하는데 비해, 부정적인 사람은 실패를 했을 때 자기에게 국한된 것으로 생각한다.

긍정적 습관은 긍정적인 언어에서 출발한다

새뮤얼 스마일즈는 "생각은 행동을 낳고 행동은 습관을 낳고 습관은 성격을 낳고 성격은 운명을 낳는다."고 하였다. 언어는 자기의 생각을 표현하는 가장 중요한 수단이다. 어떤 언어를 일상화하느냐에 따라 습관이 달라진다. 그래서 긍정적인 언어를 사용하는 것을 습관화함으로써 긍정적으로 변한다는 것이다.

긍정적 결과를 얻기 위해서는 긍정적인 생각을 하고 긍정적인 언어로 늘상 표현해야 한다. 우리 속담에 "말이 씨가 된다."는 말이 있다. 이는 자주 하던 말대로 결과가 나타난다는 말이다. 긍정적인 말을 많이 하면 긍정적인 결과가, 부정적인 말을 많이 하면 부정적인 결과가 나타난다는 것이다.

우리가 흔히 하는 긍정적인 말을 살펴보자.

"할 일이 있어 다행이야."

"나는 할 수 있어."

"나라고 왜 안 돼?"

"내가 하기 나름이야."

"일류대? 그건 상관없어."

"일단 시작하자"

"그럴 수도 있지 뭐"

"기회가 이번뿐이겠어?"

"세상에는 내가 할 수 있는 일이 수없이 많아."

"나는 항상 운이 좋아."

이런 말들을 하게 되면 모든 일이 잘 풀리게 되어있다. 반면에 흔히 내뱉는 부정적인 말들을 보자.

"피곤해 죽겠어."

"정말 지겨워."

"재수 없는 놈이 그렇지 뭐."

"되는 일이 없는데 내가 어떻게 하겠어."

"나는 운도 따라주지 않아."

"돈이 없으니 어쩔 수 없어."

"내 팔자에 무슨 좋은 일이 있겠어."

이렇게 부정적인 말을 입버릇처럼 말하는 사람이 사회적으로 성공한 예를 나는 거의 보지 못했다. 따라서 우리는 살면서 늘 긍정적인 말로 자기 자신을 세뇌시켜야 한다.

우리의 전 시대를 살다간 위대한 사람들의 생각과 말 속에는 이런 긍정적인 말투와 사상이 있음을 알 수 있다.

정주영 전 현대 회장은 "이봐 해봤어?"라는 말로 처음부터 부정적인 생각을 봉쇄한 대표적 긍정적 언어를 구사했다.

일본의 경영의 신으로 칭송받는 또 한 사람인 혼다의 성공비결도 자기는 "항상 운이 좋은 사람이다."라고 생각하였다고 한다. 보통 사람들은 "운이 좋으면 좋겠다."라고 말하는 것이 일반적이다. 앞의 말은 확정적인 말이고 뒤의 말은 소극적인, 그래서 불확실한 말이다. 언제나 운이 좋다는 사람은 항상 운이 좋고 운이 좋으면 좋겠다고 말하는 사람은 항상 운이 나쁠 가능성이 훨씬 높다.

특별히 금지된 것이 아니면 모두 허용된다

한국사 교육현장의 가장 잘못된 현상 중 하나는 개인의 특성이나 적성 등 다양성을 무시하고 실시하는 패키지식 교육방식이다. 물론 그러한 정책도 없는 것보다는 나을 수 있다. 그러나 21세기 지금 우리가 살고 있는 현재부터는 그러한 사고로는 뛰어난 천재를 발굴할 수 없다. 우리가 너무나 잘 알고 있는 에디슨, 스티브 잡스, 처칠 같은 위대한 사람들도 패키지식 학교교육에 적응하지 못한 열등생들이었다. 특정 분야에서 성공한 사람들에게 나타나는 특징 중에는 창의성, 혁신성, 도전성, 긍정성, 열정, 몰입 등이 있다. 이 중에서 긍정적 사고를 할 수 있는 몇 가지 팁을 주고자 한다.

첫째, 자기의 직업을 선택할 때 현재의 고정관념 내에서 좋다고 생각하는 것에서 탈피하자. 지금 당장 밥 먹고 살기 위한 직업을 선택하는 것을 과감히 버릴 줄 알아야 한다. 시작부터 자기가 좋아하는 일을 찾으라는 것이다. 그래야 몰입할 수 있고, 거기서 커다란 성과도 낼 수 있고, 세계적으로 최고의 위치에도 올라 갈 수 있다.

둘째, 특별히 금지된 것이 아니면 모두 허용되어 있다고 가정하자. 우리는 잘 알지도 못하면서 지레짐작으로 안된다는 사고에 젖어 있다. 안된다는 한계를 스스로 만들어 놓고 자기가 그 안에 갇히는 경우가 대부분이다. 닭의 무리속에 사는 독수리는 날지 못하며 끈에 매여 훈련받은 코끼리는 작은 노끈 하나도 끊지 못한다.

셋째, 잘못된 것보다 올바른 것을 먼저 보는 습관을 갖자. 모자란 것, 부족한 것, 틀린 것에 집중하지 말고 올바른 것에 집중하자는 것이다. 다시 말해 틀린 것보다 맞는 것을 먼저 보고 거기에 집중하자는 것이다. 그래야 우리가 가지고 있지 않은 것에 집중하여 슬퍼하거나 기분 나빠하는 경향으로 흐르지 않고, 내가 가지고 있는 것 내가 잘 할 수 있는 것을 찾음으로써 가능하다는 시각과 관점을 갖게 될 것이다.

넷째, 완벽하기 위해 늦기보다는 불완전하지만 시간을 늦추지 않는 것에 집중하자. 완벽을 추구하는 사람들에게는 두려움이라는 심리적 현상이 있다. 두려움이 지배하는 곳에는 어떠한 변화도 혁신도 존재할 수 없다. 두려움은 패배, 무능, 거부 등 세 가지에 의해 생긴다고 한다. 두려움 때문에 지나치게 신중함은 실패는 줄일 수 있을지 모르지만 대박은 기대할 수 없다. 예컨대 적금으로는 대박이 날 수 없고 공격적 투자만이 대박을 기대할 수 있다.

다섯째, 핑계거리를 찾지 말자. 핑계로는 결코 전진하지 못한다. 핑계는 안된다는 이유, 하지 못한다는 이유, 할 수 없다는 이유, 불가능하다는 이유 등, 현재의 위치를 고수하겠다는 이유일 뿐이다. 이런 저런 이유로 행동하지 않는다면 미래의 발전이란 있을 수 없다. 인생에서 최악의 의사결정은 의사를 결정하지 않는 일이다.

여섯째, 어떤 판단을 할 때마다 “가능하다”, 또는 “할 수 있다.”와 같은 긍정적인 생각을 하면서 의사결정을 하자. 옛 말에 우공이산(愚公移山)이라는 말이 있다. 우직하게 할 수 있다는 믿음을 가지고 하면 산이라도 옮길 수 있다는 말이다. 인생은 의사결정의 결과물이다. 어떤 형태로든 의사결정을 해야 하고, 해야 한다면 가능하다고, 될 수 있다고 믿고 하자는 것이다.

이순신, 신에게는 12척의 전함이 남아 있습니다

우리 역사에서 가장 위대한 분 중의 한 분인 충무공 이순신 장군은 가장 어려운 상황에서도 긍정적으로 생각한 최고의 긍정론자였다. 통영에 있는 제승당에 전시된 이순신 장군의 긍정적 사고를 살펴보자.

① **집안이 나쁘다고 탓하지 말라.** 나는 몰락한 역적의 가문에서 태어나 가난 때문에 어릴 때부터 외갓집에서 자라났다.

② **머리가 나쁘고 늦었다고 말하지 말라.** 나는 스물여덟에 치른 첫 과거시험에 낙방하였고 서른둘에야 겨우 과거에 급제하였다.

③ **지위가 낮고 좋은 직위가 아니라고 불평하지 말라.** 나는 미관말직으로 공직을 시작하였으며 14년 동안 변방의 말단 수비 장교로 돌아다녔다.

④ **윗사람의 지시라 어쩔 수 없다고 말하지 말라.** 나는 정당하지 못한 지시·명령·압력에 따르지 아니하여 파면, 백의종군, 옥살이를 하였다.

⑤ **몸이 약하고 아프다고 고민하지 말라.** 나는 평생 위장병에 시달리면서 살았다.

⑥ **기회가 주어지지 않는다고 불평하지 말라.** 나는 미관말직으로 전전하다 나라가 위태로워진 후에 장수가 되어 조국을 위해 몸을 바칠 수 있었다.

⑦ **지원이 없다고 실망하지 말라.** 나는 스스로 병사를 모으고 거북선과 화포를 만들고 논밭을 가꾸고 식량을 조달하여 23번 싸워 모두 이겼다.

⑧ **윗사람이 알아주지 않는다고 불만을 갖지 말라.** 나는 오해와 의심, 질투 등으로 모든 공을 빼앗기고 백의종군과 옥살이, 고문도 받았지만 그 누구도 원망하지 않았다.

⑨ **어렵고 힘들다고 절망하지 말라.** 나는 옥살이로 몸이 쇠약해진 상태에서 백의종군을 하다 통제사로 재임명 받아 12척의 낡은 배로 133척의 적을 막았다.

⑩ **옳지 못한 방법으로 가족을 사랑한다고 말하지 말라.** 나는 스물한 살의 아들을 왜적의 칼날에 잃었고 남은 아들 및 조카들과 전쟁터에 나아가 최악의 상태에서 싸워 이겼다.

이순신 장군은 이처럼 어떠한 경우에도 부정적인 생각을 하지 않고 긍정적인 생각으로 일관함으로써 어려운 여건에서도 23전 23승이라는 세계 해전사상 유례를 찾아볼 수 없는 위대한 전적을 거둘 수 있었다.

일본의 러일 전쟁 영웅 도고 헤이하치로(東鄕平八郞)는 러일 전쟁 승전 기념 파티에서 기자들의 질문에 "나를 넬슨에 비할 수 있을지는 몰라도 이순신에게 비할 수는 없다, 이순신은 적과 우리를 뛰어넘는 군신(軍神)이다."라고 칭송한 바 있다. 일본과 우리가 늘 적대관계에 있었다는 사실을 생각하면, 이말은 어쩌면 적장이 할 수 있는 최고의 찬사라고 할 수도 있다. 적장까지도 흠모했던 군신, 그가 바로 충무공 이순신이다. 진해에 있던 구 일본 해군 사령부가 가장 중요하게 여겼던 연례행사 중의 하나가 통영 충열사에서 이순신의 진혼제를 올리는 것이었다고 한다.

정주영, 긍정에서 시작하여 긍정으로 끝나다

정주영 회장은 강원도 통천에서 가난한 농부의 7남매 중 맏이로 태어났다. 밥보다 죽을 더 많이 먹고 점심은 굶을 때가 더 많을 정도로 가난했지만 한 번도 가난을 원망해보거나 처지가 불행하다고 생각해 본 적이 없었다. 열 살 무렵부터 아버님을 따라 뜨거운 뙤약볕 아래서 하루 종일 허리를 펴지 못할 정도로 심한 농사일을 할 때도 불행하다고 생각해 본적이 없었다. 그는 자신의 저서에 이렇게 썼다.

"5일 장날에 나무를 팔러 시장에 나가면 먹고 싶었던 떡이며 국수가 많았지만 1전어치의 사탕으로도 너무나 행복했다. 여름 내내 맨발로 다니다가 추석이나 설날에 아버지가 사준 검정 고무신 한 켤레 만으로도 감사하고 한없이 행복했다. 학교는 초등학교밖에 졸업하지 못했고 고향을 떠나 몸은 고된 막노동을 할 때 빈대에 뜯겨가며 노동자 합숙소에서 부두 노동을 할 때도 내가 처한 상황에 대해 불평을 품어 본적도 없고 꾀를 부려본 적도 없었다.

여러 가지 어려운 상황속에서도 부모님으로부터 물려받은 건강과 부모님으로부터 배운 근면함만 있으면 오늘보다 내일, 내일보다 모레는 더 발전할 것이란 확신을 가지고 살았다. 막노동에서 엿공장으로, 쌀가게로 직장이 발전되어갈 때도, 5전짜리 식사에서 10전짜리 식사로 발전되었을 때도 너무나 행복했다. 산꼭대기 판잣집 셋집에서 좀 더 나은 셋집으로 발전했다가 다시 현저동 산꼭대기에 초가집 한 채를 자기 집으로 장만했을 때는 안 먹어도 배가 부른 것처럼 행복했다."

정주영 회장은 항상 된다는 생각으로 일에 임했다고 한다. 울산조선소(현대중공업 전신)도 긍정적인 사고에서 출발해서 실현시켰고 사우디아라비아의 주베일 산업항 공사도 된다는 생각으로 10개의 초청 업체 중 마지막 남은 1개 업체에 턱걸이를 하고 최종 낙찰자로 선정되었다. 충남 태안의 천수만 공사도 회사내의 임원들도 회의적이었고 농림부 공무원도 회의적이었지만 된다는 신념 하나로 성공시켰다. 중동 진출도 건설부 공무원들이 불가능하다고 보고했지만 정주영 회장은 하늘이 준 기회라고 긍정적으로 생각하였기에 가능한 일이었다. 그 결과 1970년대 석유위기를 중동진출로 타개하는데 촉매제가 되었다.

이처럼 정주영 회장은 언제 어디서나 어떤 일을 할 때도 된다는 생각, 긍정적인 생각으로 똘똘뭉친 긍정의 화신이었다.

그의 어록을 보자.

"실패한 사람, 불행한 사람을 한 번 보라. 그들은 모든 일과 모든 사람들이 언제나 못마땅하고, 자신이 처한 상황이 모두 남의 탓이라고 화내고, 된다는 일은 없고 다 안 된다는 일뿐이며, 세상에 대해 미움과 의심에 가득찬 얼굴로 사는 사람이다.

부정적인 사고를 하는 사람은 세상에 대한 불평과 증오로 시간과 정력을 낭비하느라고 문제를 해결할 수 있는 능력을 발휘할 기회를 포기하고 좌절과 실패만을 되풀이한다."

마스시타 고노스케,
3가지 불행이 재벌그룹의 밑걸음이 되다

마쓰시타 고노스케는 3남 5녀의 8남매 중 막내로 태어났다. 초등학교 4학년을 중퇴한 그는 오사카에서 화로상점, 자전거 점포에서 일을 시작했다. 자전거점포에서 심부름꾼으로 일할 때인 1910년 무렵에 오사카에 전차부설 공사가 시작되었다. 그 즈음에 그는 당시 오사카의 유일한 전기회사였던 오사카 전등회사에 취직했다. 처음 옥내배선 공사의 견습공으로 들어가 3개월 후 직공으로 승진하여 대형공사를 담당할 수 있었고 경험이 쌓이자 검사원이 되었다. 그는 검사원으로 일하면서 틈틈이 신제품 연구개발에 매달려 '개량소켓'(개량 플러그) 제품을 개발했다. 그는 자신이 개발한 개량소켓을 상사에게 보고했지만 상사는 전혀 관심을 보이지 않았다.

그래서 마쓰시타 고노스케는 오사카 전등을 그만두고 마스시타 전기제작소를 창업했다. 그의 수중에는 퇴직금, 적립금, 개인저축 등 모두 합쳐 100엔 정도뿐이었다. 이 돈으로는 기계 한 대 구입하기에도 모자랐다. 그는 살고 있던 집의 큰방에 공장을 차리고 주변 사람들로부터 일종의 투자를 받아 공장을 운영하기 시작했다.

본인의 노력과 정성으로 가와기타 전기라는 선풍기 제조공장에서 인공수지로 된 선풍기의 바닥판을 주문받았다. 선풍기 바닥판의 주문은 오사카전등에서 개발한 개량소켓을 팔기 위해 도매상을 발로 뛰어다녔던 덕분에 도매상들로부터 생각지도 못한 도움을 받게 된 것이다.

이렇게 마스시타 전기제작소를 창업하고 1973년 은퇴할 때까지 그는 특별한 경영철학과 신념으로 일본에서 전설적인 경영자가 되었다. 그는 어릴 때부터 몸이 허약했고 집안은 어려워 초등학교 4학년도 제대로 다니지 못했지만 오히려 이것을 기회로 삼아 더욱 열심히 한 결과, 94세로 세상을 떠날 때까지 산하 570개 기업에 20만 명의 종업원을 거느린 대그룹의 총수가 되었다.

그는 늘 자신은 세 가지 하늘의 큰 은혜 덕에 이렇게 큰 그룹을 일구고 성공했다고 믿었다. 그 세 가지가 바로 가난하게 태어난 것, 허약하게 태어난 것, 초등학교 4학년도 마치지 못한 것이라고 했다. 가난 속에 태어났기 때문에 부지런하지 않으면 살 수 없다는 생각을 하며 살았고, 약하게 태어났기 때문에 건강의 소중함을 누구보다 빨리 알고 평생을 건강에 신경 쓰면서 살았기 때문에 94세까지 살 수 있었다. 그리고 초등학교 4학년을 중퇴했기 때문에 항상 배움에 굶주려 세상 모든 사람들을 스승으로 받아들이면서 살았다.

제3부

99%의 보통 사람과 다른 1%의 특별한 사람이 되자

01 시간이라는 독특한 자원을 관리하자

시간은 주어지는 것이 아니라 활용하는 것이다

피터 드러거는 《자기경영노트》에서 지식근로자가 자신의 시간을 효율적으로 관리하는 것이 목표달성능력의 필수적인 요소임을 강조하였다. 특히 시간관리는 육체노동자보다 지식근로자에게 있어 더욱 중요한 의미를 가진다고 하였다.

지식근로자는 어떤 과업을 추진하기 전에 어떤 형태의 것이든 과업계획을 먼저 세우고 목표를 정하는 일이 가장 중요하다. 그리고 목표를 훌륭히 달성하기 위해서는 사용할 수 있는 시간을 제일 먼저 고려해야 한다. 그 다음에 그 한정된 요소인 시간을 어떻게 효율적으로 활용할지를 고민한다. 효율성에 어긋나는 시간을 제약하는 요소들을 배제하고 목표달성에 집중한다.

이처럼 과업목표달성에 있어 시간은 독특한 자원이다. 왜냐하면 시간은 빌리거나 고용하거나 구매하거나 더 많이 소유할 수 없기 때문이다. 시간의 공급은 완전히 비탄력적이다. 아무리 수요가 커도 시간의 공급은 증가하지 않는다. 시간에는 가격도 없고 한계효용곡선이라는 것도 없다. 게다가 철저하게 소멸되는 것이므로 저장도 불가능하다. 어제의 시간은 결코 되돌아오지 않는다. 그러므로 시간은 언제나 심각한 공급부족 상태에 있다. 시간은 대체 불가능하다. 다른 자원도 한계가 있지만 대체할 수는 있다. 그러나 시간만은 대체재가 없다.

모든 일에는 시간이 필요하다. 시간이야말로 단 하나의 참다운 인류 보편적인 동일한 조건이다. 모든 일은 시간 속에서 일어나고 시간을 소모한다. 그런데도 대부분의 사람들은 이 독특하고 대체 불가능한 필수자원을 당연한 것으로 취급한다.

"흘러간 물로는 물레방아를 돌릴 수 없다."라는 말은 지나간 시간으로는 아무것도 할 수 없다는 말과 같다. 이는 시간의 소중함을 빗대는 말일 것이다.

목표를 효율적으로 달성하는 사람과 그렇지 않은 사람을 구분시키는 특성으로 시간을 어떻게 활용했느냐를 살펴보면 된다. 대부분의 사람들은 자기 시간을 관리할 자세가 되어 있지 않다. 그래서 훌륭한 지식근로자가 되기 위해서는 인류 보편적인 조건의 하나인 시간을 효율적으로 관리하여야 한다.

아침형 인간 중에서 성공하는 사람이 많은 것은 누구도 범접하기 어려운 아침시간을 자기를 위해 효율적으로 활용하기 때문이 아닐까? 아침형 인간은 다른 사람이 잠자고 있는 시간에 일어나 공부를 하거나 운동을 함으로써 지식을 쌓고 건강을 확보하여 그렇지 않은 사람에 비해 훨씬 경쟁력 있는 인재로 성장할 수 있다.

오늘부터라도 당장 시간을 어떻게 효율적으로 쓸 것인지에 대한 자기 나름의 관리방법을 만들면 어떨까?

휴식도 관리하기 나름이다

"시간은 돈이다."라는 금언이야말로 시간을 가장 짧고 효율적으로 잘 표현한 말이 아닐까 생각한다.

이 지구상에 존재하는 모든 인간이 동일하게 가지고 있는 자산이 시간이다. 시간은 한국에 사는 사람이나 미국에 사는 사람이나 아프리카에 사는 사람이나 유럽에 사는 사람이나 누구나 똑같이 하루 24시간이다. 똑같은 하루 24시간을 어떻게 관리하며 사느냐에 따라 30년 후, 40년 후 각자의 인생은 확연하게 달라져 있다. 어떤 사람은 부장으로 그만 두는 사람이 있는가 하면 어떤 사람은 임원이 되었고, 어떤 사람은 그도 저도 아닌 생활을 영위하고 있는 것을 우리는 볼 수 있다. 동일하게 주어졌지만 사용하는 사람에 따라 시간의 가치는 엄청나게 달라진다.

지금 우리는 휴가를 노는 것으로 생각하는 농업적 사고방식에서 벗어나야 한다. 재충전의 시간을 가져야 개인도, 조직도 활력을 유지할 수 있다. 성공한 리더들은 재충전의 시간이 얼마나 중요한지 잘 알고 있다. 미국의 제16대 대통령 링컨은 '나무 베는 데 한 시간이 주어진다면 도끼를 가는 데 45분을 쓰겠다.'라고 했다. 일을 하는 것보다 준비하고 재충전하며 도끼를 가는 것이 훨씬 더 효율적이라는 사실을 알고 있었던 것이다.

나는 시간이 나면 서울 주변에 있는 공원을 걷는 습관을 가지고 있다. 일산의 호수공원, 마포 월드컵공원, 효창공원, 과천의 대공원, 도산공원, 선정릉공원 등 공원을 걸으면서 생각에 잠기곤 한다. 여가 생활이 시간 낭비가 아니라 재충전이 되고 나아가서 사물의 본질을 이해하는 눈을 키우는 생산적인 활동으로 거듭날 수 있다고 생각하기 때문이다. 여행가는 것도 대표적인 여가활동의 하나이다. 줄곧 자기의 집과 학교, 직장을 쳇바퀴 돌듯 하는 사람과, 여유롭게 여행을 하면서 새로운 장소와 사람을 만나면서 새로운 생각을 하는 사람 사이에는 엄청난 차이가 발생할 수밖에 없다.

여가를 특별한 방법으로 보내면서 생산성을 극대화하는 CEO가 있다. 마이크로소프트사의 빌 게이츠다. 그는 일 년에 두 번 정도 아주 특별한 휴가를 보낸다. 일주일 동안 외딴섬에 틀어박혀 300여 편에 달하는 직원들의 보고서를 읽고 독서를 하는 휴가이다. 이것을 그는 '생각 주간(Think Week)라고 명명한다. 외딴섬에서 혼자만의 시간을 가지면서 생각을 정리하고 지극히 창조적인 생각을 하면서 여가를 보낸다. 세계 초일류 기업의 CEO가 보내는 특별한 휴가도 눈여겨 볼만하다.

휴가와 휴식을 잘 보내는 사람들은 창조적이고 의욕적이며 효율적으로 업무에 임할 수 있다. 그래서 대다수의 성공한 사람들은 휴가와 휴식을 정기적으로 보내는 것을 일상화하고 있다. 이런 점에서 휴가나 휴식을 노는 것이라는 생각의 편견에서 벗어나서 재충전의 시간이라고 생각할 줄 알아야 한다. 우리는 긴장되고 반복되는 일상에서 창의성이 발휘되기 어렵다는 것을 안다. 창의성은 유연한 자세와 생각에서 발현되기 때문이다. 긴장된 차렷 자세에서 창의적인 생각이 나올 수가 없다는 것을 너무도 잘 안다.

아래에 휴식시간을 효과적으로 사용하는 방법을 소개한다.

첫째, 정보를 차단하라는 것이다. 현실 세계는 SNS들과 언론매체 등, 수많은 대중상대의 정보와 개인 상대의 정보가 홍수같이 흘러들어온다. 휴식시간을 최대한 효과적으로 이용하기 위해서는 수없이 많은 이러한 정보의 원천을 차단하라는 것이다. 아예 핸폰을 꺼버리거나 이메일에 답장을 하지 말아버리는 것이다. 그러면 정말 위급한 상황은 반드시 다시 연락이 오게 되어있다. 그렇지 않은 것은 모두 나의 휴식시간을 방해하는 정보쓰레기들이다.

둘째, 휴식 중에도 일의 우선순위를 만들어 중요한 일부터 먼저 하라는 것이다. 우선순위에 따라 일을 하다보면 다른 생각을 하지 않게 되고 하는 일에 몰입하기 때문에 피곤함을 잊어버린다. 지저분한 책상과 주위환경 등 생각을 산만하게 할만한 것들을 모두 치워버리면 하는 일에 몰입할 수 있다.

셋째, 휴식시간에는 무언가 특별한 것을 해야 된다는 강박관념에서 벗어나기 바란다. 휴식시간에는 아무것도 하지 말고 혼자만의 시간을 가지는 것도 중요하다. 아무것도 하지 않는 대표적인 것이 잠이다. 잠을 자면 시간을 버리는 것이 아니라 우리 몸을 충분히 재생시키고 생리적으로도 기억력과 창의력을 키우는 작용을 한다.

휴가, 휴식, 여가 등 우리가 쉬는 시간을 잘 활용하는 사람이 휴식 다음에 보다 창의적이고 활력있는 시간을 가질 수 있음은 주지의 사실이다. 휴식시간에는 아무것도 생각하지 말고 휴식 그 자체에 몰입하라. 잠도 중요한 휴식관리의 하나이다. 휴식관리를 효율적으로 함으로써 휴식 후의 결과가 달라진다.

성공자들은 모두 1만 시간 법칙의 실천자들이다

말콤 글래드웰은 그의 명저 《아웃 라이어》에서 “어린 시절의 천재성은 어른이 된 후의 성공을 보장하지 못하며 성공은 무서운 집중력과 반복적 학습의 산물이다.”라고 썼다.

타고난 재능이 있을까? 당연히 대다수가 그렇다고 대답한다. 그러나 심리학자들의 연구결과는 재능은 인정하되 성취는 재능 더하기 연습에서 나오며 재능보다는 연습이 성취의 절대적 요소라고 지적한다.

심리학자 에릭슨(K. Anders Ericsson)은 1990년대 초에 ‘재능 논쟁의 사례 A’라는 연구결과를 내놓았다. 연구자들은 바이올리니스트들을 세 그룹으로 나누었다. 첫 번째 그룹은 엘리트로 세계적인 솔로주자가 될 수 있는 그룹, 두 번째 그룹은 잘 한다는 평가를 받는 그룹, 세 번째 그룹은 평범한 음악교사가 꿈인 그룹이었다. 세 그룹은 비슷한 나이인 다섯 살 무렵에 음악을 시작했고 초기 몇 년은 일주일에 두세 시간씩 비슷하게 연습했지만 여덟 살이 될 무렵부터 차이가 벌어졌다. 엘리트 그룹은 아홉 살 때는 일주일에 여섯 시간, 열 살 때는 열두 시간, 열네 살 때는 열여섯 시간, 스무 살 때는 서른 시간을 연습했다. 결과적으로 스무 살이 되면 엘리트 학생은 모두 1만 시간을 연습하게 된다. 반면 그냥 잘하는 학생은 8,000시간, 미래의 음악교사는 4,000시간을 연습하는 것으로 조사되었다.

신경과학자 다니엘 레비틴(Daniel Levitin)도 어느 분야의 세계적인 전문가가 되려면 1만 시간의 연습이 필요하다는 연구결과(솔직히 나는 '1만 시간의 법칙'의 주창자가 레비틴인지 잘 모르겠다.)를 내놓았다. 1만 시간은 대략 하루에 세 시간, 일주일에 스무 시간씩 10년 간 연습한 결과이다.

음악신동으로 불렸던 모차르트도 걸작으로 평가받는 협주곡 9번은 협주곡을 만들기 시작하고 나서 10년이 흐른 뒤에 작곡했다고 전해지고 있다.

추사 김정희 선생은 70평생에 벼루 10개를 밑창을 냈고 붓 1천 자루를 몽당붓으로 만든 후에 추사체를 완성하였다고 한다.

김연아의 피겨스케이팅 코치인 오서는 김연아가 하나의 기술을 최고로 익히기 위해서는 3,000번의 엉덩방아를 찧을 만큼 연습량이 많았다고 했다.

정경화, 박세리, 홍수환도 1만 시간의 법칙의 범주 내에 있는 사람들이다. 시간을 들이지 않고 재능만 믿고 있는 사람이 성공하는 사례를 우리사회에서 찾아보기 어렵다. 토끼와 거북이의 경주에서 거북이가 이기는 우화는 우리에게 무엇을 가르쳐주는가?

1만 시간의 법칙, 재능이 있건 없건 무서운 집중력과 반복되는 연습만이 인생의 성공을 불러온다는 법칙이다.

시간을 낭비하는 것은 죄악이다

영화 '빠삐옹'은 1973년 프랭클린 샤프너 감독 작품으로 주인공은 주인공 앙리 샤리에르(스티브 맥퀸)과 드가(더스틴 호프만)이다. 1990년과 2016년에 재개봉되었고 2019년에는 리메이크되어 한국에서도 상영된 바 있다.

앙리 샤리에르는 프랑스 파리의 금고털이범이다, 가슴에 나비 문신을 새겨 빠삐옹(나비)이라는 별명을 가진 그는 1931년 악덕 포주를 살해한 혐의로 종신형을 선고받고 남미 프랑스령 기아나로 이송된다. 이송도중에 위조 지폐범 드가를 만나 친구가 된다.

시간이 지나면서 빠삐옹과 드가 사이에는 깊은 우정이 오간다. 빠삐옹은 자신을 범인으로 몰아붙인 검사에 대한 복수심 때문에, 드가는 아내에게 당한 배신감 때문에 탈출을 시도한다. 첫 번째 탈출에서 실패한 그들은 무시무시한 독방에 갇히게 된다. 빠삐옹은 독방 생활 중에 친구 드가가 몰래 넣어준 코코넛 때문에 다시 지하 감방으로 6개월 동안 감금당하는데 잠에 빠진 빠삐옹의 꿈속에서 심판자들의 심판을 받는다.

꿈속에서 만난 재판관과 배심원들에게 자신은 누명을 썼다고 절규하지만 재판관은 단호하게 "시간을 낭비했다."는 판결을 한다. 무시무시한 절해 고도의 감옥에 갇히게 된 죄목이 살인죄나 금고털이가 아니라 젊은 날을 아무렇게나 낭비한 죄임을 깨달은 빠삐옹은 잠에서 깨어 인생을 다시 살기로 결심하고 마지막 탈출을 시도한다.

상어와 험한 파도로 둘러싸여 탈출이 절대로 불가능하다는 악마의 섬에서 편안한 형기를 보내며 얼마 남지 않은 여생을 보내려는 드가를 외면한 채, 빠삐용은 매일 절벽에서 야자열매를 바다로 던져 해류의 흐름을 연구한다. 머리는 이미 백발이 되고 이도 몽땅 빠진 몰골에 발은 고문 끝에 절룩거리는 빠삐용은 드디어 결행의 날, 수십 미터의 절벽에서 야자 열매를 담은 포대와 함께 바다로 뛰어내린다. 빠삐용은 멀리 수평선으로 차차 멀어져 가고, 단 하나의 동료였던 드가는 이를 물끄러미 지켜보다가 쓸쓸히 발길을 돌린다.

이 영화에서 나는 두 가지 시사점을 본다. 하나는 무엇이든지 할 수 있는 젊은 날의 황금 같은 시간을 낭비하는 것은 인생에 있어 커다란 죄라는 사실과, 다른 하나는 끝까지 자기의 목표를 위해 도전하여 목표를 달성하려고 노력하는 점이다.

마지막 장면에서 드가를 뒤로한 채 야자열매 부대를 안고 절벽을 뛰어내리는 빠삐옹의 모습은 장엄하기 그지없다.

아침형 인간은 하루가 30시간이다

아침을 잘 활용하는 사람이 하루를 지배할 수 있고 하루를 지배하는 사람이 인생을 지배할 수 있다. 따라서 성공은 아침에 좌우된다. 이는 인간에게 동일하게 주어진 하루 24시간을 어떻게 관리하느냐에 따라 인생이 달라진다는 말이다.

인간은 본래 일출과 함께 일어나고 일몰과 함께 잠자리에 드는 것이 자연의 리듬이고 아침형이 인간의 본래의 모습이었다. 그런데 전기의 발견과 전등의 발명으로 인간이 밤에도 일을 하거나 놀 수 있는 환경이 조성되면서 야행성 인간이 나타났고 야행성 인간에게는 자연의 리듬을 깨면서 여러 가지 부작용도 나타났다고 한다. 야행성 인간은 퇴근 후에도 라이브카페를 다니고 밤새 술을 마시고 집에 와서는 비디오영화를 보고 게임을 하며 밤늦도록 시간을 보내기 십상이다. 그러다 보면 아침에 늦게 일어나 아침밥은 먹는 둥 하는 둥 하고 집을 나서면 초만원인 전철에서 시달리고, 회사에 출근하면 화장실 들리고 커피 한잔 먹고 이러다 보면 일을 시작하는 시간은 10시나 되어야 된다. 그러면 바로 회의의 주제가 무언지도 모르고 회의에 참석하고 회의를 마치고 사무실로 돌아오면 그날 할 일이 무언지도 한 참 후에나 알게 된다.

야행성 인간과 아침 5시에 일어나는 아침형 인간과는 어떤 차이가 발생할까?

아침의 6시~8시까지의 시간은 생리적으로도 머리가 가장 명석해지는 시간이라고 한다. 이때의 집중력이나 판단력은 낮 시간의 3배에 해당한다. 이 때 1시간만 공부를 하거나 업무에 집중하면 낮이나 저녁의 3시간과 맞먹는다고 한다. 그만큼 효율적이라는 것이다.

아침 5시에 일어난다면 8시에 일어나는 사람에 비해 하루에 3시간의 여유가 생긴다. 이 시간을 유용하게 사용한다면 10년이면 1만 시간의 법칙도 넘어설 수 있다. 그래서 그런지 강남의 유명호텔에는 조찬 강의를 듣는 사람들로 북적인다. 7시 전에 전철을 탄다면 전철은 앉아서 갈 수 있고 책을 읽을 수 있을 정도로 여유롭다. 그 시간도 유용하게 쓸 수 있다. 그리고 아침 시간은 누구도 간섭하지 않기 때문에 자기가 마음대로 요리하면서 사용할 수 있다는 것이다.

일본의 전국시대 3대 영웅의 한사람인 오다 노부나가는 매일 아침 4시에 일어나 가장 빠른 말을 타고 똑같은 곳까지 갔다가 돌아오는 일을 하는 것이 하루의 시작이었다. 가는 길에는 전략을 짜고 돌아오는 길에는 결단을 내렸다고 한다. 오다 노부나가의 시종을 했던 도요토미 히데요시는 아침 3시에 일어나 말을 준비하고 노부나가의 신발을 가슴속에 넣어 따뜻하게 데워주었다. 그래서 노부나가의 신임을 얻어 뒤를 이어 천하를 통일할 수 있었다.

아침형 인간 중에 성공한 사람이 많은 것은 유한한 시간이라는 자원을 더욱 잘 활용함으로써 야행성 인간에 비해 절대 시간도 길고 능률적인 삶을 살기 때문이다.

처음 입사할 때의 모습은 일반적이고 평균적이며 별반 다르지 않았던 사람들이 20년 후에는 한 사람은 과장으로 그만 두고 등산화를 신고 다니고, 그 다음 10년 후의 어떤 사람은 부장으로 그만두고 등산을 시작하는데, 거기서 살아남는 사람은 조직의 장이 되어 있는 차이를 발생시킨다.

테드 터너, 구두끈을 매는 시간도 절약했다

테드 터너는 빌보드 광고사업을 시작으로 TV 및 라디오 방송국을 운영했으며 야구팀 애틀랜타 브레이브스 구단주가 되었고 뉴스 전문채널 CNN과 만화 전문채널 카툰네트워크를 개국하기도 한 미국의 사업가였다.

미국의 몬테나 주와 뉴멕시코 주, 네브래스카 주 등 여러 주에 걸쳐 8,094제곱킬로미터(약 24억 4,834만 평)가 넘는 목장을 가지고 환경보존 운동을 하였으며 유엔재단에 10억 달러를 출연하여 유엔을 돕기도 하는 등 노블레스 오블리주를 실천한 사람이기도 하다.

테드 터너가 이렇게 성공한 배경에는 여러 가지의 이유도 있겠지만 시간을 누구보다 아껴 쓴 것이 중요한 이유였다고 밝히고 있다. 그의 성공비결을 살펴보자.

① 그에게는 항상 많은 에너지가 넘쳐났다. 따라서 잠시도 가만히 앉아있는 경우가 없었다

② 그는 미래에 초점을 맞추며 과거를 돌아보는 데 많은 시간을 쓰지 않는다. 과거의 실패를 생각하는 것만으로는 아무것도 바뀌지 않는다.

③ 그는 좌절할 때면 가능한 빨리 그것을 머릿속에서 지우고 움직인다. 마치 골프칠 때 티샷한 볼이 해저드에 빠지면 바

로 다른 공으로 치는 것과 같다.

④ 그는 또 강한 근로윤리를 지니고 있다. 어렸을 때부터 성인이 되었을 때까지 "나에게 거저 주어진 일이란 없었다."라는 생각으로 늘 일을 통해서만 얻고 성취하려고 했다.

⑤ 그는 누구보다 시간을 철저하게 효율적으로 쓰고 날마다 매 시간을 최대로 활용하려고 노력하였다.

그는 이렇게 고백하였다.

"나는 직장에 오갈 때도 시간을 낭비하지 않았다. 오랫동안 평일 밤에는 사무실에서 잤고 나중에 여유가 생겼을 때는 CNN 꼭대기 층에 방을 하나 만들어 지냈다. 이렇게 출퇴근에 소요되는 시간을 나는 일하는데 활용했다. 나는 어른이 된 후에 끈 매는 구두를 신어본 적이 없다. 구두끈을 매느라 시간을 낭비하는 대신 나는 무언가 생산적인 일을 하고자 하였다."

랜디 포시,
시한부의 사람에게 시간은 어떤 의미인가

2008년 7월 25일 췌장암으로 세상을 떠난 카네기멜론대학의 랜디 포시(Randy Pausch) 교수는 돈보다는 시간을 선택했다. 그의 이야기를 들어보자.

"아내가 나(랜디 교수)에게 식료품 상점으로 심부름을 보냈었다. 목록에 적힌 것을 담고 셀프계산대를 이용하여 계산하려고 했다. 신용카드를 집어넣고 지시를 따르며 스스로 물건들을 스캔했다. 기계는 뭐라고 지저귀고 몇 번 삑삑거리더니 16불 55센트를 내라고 말했지만 영수증은 발급하지 않았다. 그래서 다시 신용카드를 긁고 새로 시작했다. 곧 영수증이 두 개가 튀어나왔다. 기계가 두 번 계산한 것이었다.

그 순간에 나는 결정을 내려야만 했다. 나는 지배인을 찾아 일어난 일에 대해 들려주고 서류를 작성한 다음, 그가 신용카드를 계산대로 가져가 16불 55센트짜리 영수증 하나를 취소시켜 주기를 기다려도 되었다.

그 지루한 과정은 약 15분까지도 늘어질 수 있었다. 살날도 얼마 안 남은 판에 환불받기 위해 귀중한 시간을 낭비하고 싶은가? 그렇지 않다. 16불 55센트를 더 낼 경제적 여유가 있나? 있다. 그래서 상점을 나왔고 16불 55센트보다 15분을 더 얻은 것에 행복해 했다."

그러면서 랜디 포시 교수는 일반인들에게 소중한 일단의 시간관리 방법을 제시해 주었다.

첫째, 시간은 돈처럼 명쾌하게 관리되어야 한다.

둘째, 계획은 늘 바뀔 수 있지만 분명할 때만 바꿔라.

셋째, 항상 스스로에게 물어라. 옳은 일에 시간을 쓰고 있는가?

넷째, 자기가 가지고 있는 자료의 체계적인 파일을 만들어라.

다섯째, 전화를 하기 전에 왜 하는지 다시 생각하라.

여섯째, 위임할 수 있는 일은 가능한 한 많이 위임하라.

일곱째, 제대로 쉬어라.

랜디 포시 교수가 선택한 '시간'은 보통 사람들에게는 다른 의미를 가질지 모르지만 어쨌든 랜디 포시 교수는 시간을 선택하고 행복해 했다. 랜디 포시 교수는 짧은 시한부 삶을 살기 때문에 돈보다는 시간을 선택했을 것이다. 그러나 따져놓고 보면 우리 모두가 시한부 인생을 살고 있지 않은가? 다만 랜디 포시 교수보다 시한부의 시한이 불확실하기 때문에 아무도 시한부 인생의 절박함을 생각하지 않을 뿐이다.

02 최종승부는 인간관계에서 결정된다

이로운 관계를 넓히는 것이 관건이다

인간은 사회적 동물이다. 따라서 관계를 형성하면서 살 수밖에 없다. 인간관계에서는 이로운 관계와 해로운 관계가 동시에 이루어진다. 인간관계를 어떻게 유지하느냐에 따라 자기의 인생이 행복할 수도 있고 불행할 수도 있다. 인간관계 속에서 어떻게 하면 이로운 관계를 확대하여 행복한 순간을 많이 만들 수 있으며 해로운 관계를 축소하여 불행한 시간을 줄일 수 있을까?

살면서 마주하는 수많은 타인과의 관계에서 좋은 관계를 맺기 위해 우리는 어떻게 행동해야 하는지, 타인을 이해하기 위해서는 무엇을 알아야 하며 상대방의 호감을 얻는 방법은 무엇인지, 타인에게 상처를 주지 않으면서 설득하는 데는 어떤 기술이 필요한지 등에 대해 수많은 사람들이 공통적으로 고민하고 궁금해 하는 문제일 것이다.

그러나 이로운 인간관계, 좋은 인간관계를 형성하기 위한 명확하고 정확한 해답은 이 세상 어디에도 존재하지 않는다고 생각한다. 이 세상 인간은 70억 명이 넘고 그들은 모두 다른 성격의 소유자이고 만날 때마다의 상황이 모두 다르기 때문이다,

인간관계를 형성하는 가장 대표적인 프레임의 첫 번째는 가족이다. 가족관계에서 부부관계, 형제관계, 부자관계, 부녀관계, 모자관계, 모녀관계 등이 형성된다. 그 다음이 학교이다. 학교에서 사제관계, 동창관계, 동문관계 등이 형성된다. 그리고 직장이다. 직장에서 상하관계, 동료관계가 형성된다. 이외에도 사회생활 과정에서 이념적 동지관계와 같은 다양한 동반자적 관계가 형성된다.

이러한 관계속에서 이해(利害)관계가 이루어진다. 여기에서 해로운 관계는 줄이고 이로운 관계를 어떻게 키워 나가느냐가 인생에서 성공의 지름길이 된다.

이로운 인간관계 확대를 위한 가장 쉽고 포괄적인 지침으로 우리에게 회자되는 것이 바로 카네기의 인간관계론이다. 카네기의 인간관계론에서 언급한 내용을 간략하게 정리하여 말하고자 한다.

첫째, 인간 본성을 이해할 필요가 있다.

기본적으로 나에게 이로움을 줄 수 있는 사람을 버리지 말라고 주문한다. 즉, 꿀을 얻으려면 벌집을 차지 말라고 하였다. 그리고 인간은 누구나 자기의 실수를 감추고 싶고 자기는 대외적으로 인정받고 싶어 한다. 그래서 타인의 실수를 들추지 말아야 하고 가능하면 많은 칭찬을 해주라고 주문한다. 남을 비판하기 보다는 이해를 먼저 하려고 노력할 필요가 있다. 비판받은 자는 비판을 수용하기보다 앙심을 먼저 품게 된다. 따라서 인간 본성을 움직이는 데는 비난보다는 칭찬이 훨씬 효과적이라는 것이다.

둘째, 사람의 마음을 얻어야 한다.

타인의 마음을 얻기 위해서는 무엇보다 순수한 관심과 배려가 필요하다. 관심과 배려를 행동으로 보여주어야 한다. 상대의 생일을 기억하고 작은 선물을 준다든지, 두 번째 만났을 때 상대의 이름을 기억해 주고, 상대가 이야기 할 때 조용히 그의 이야기를 경청해 주며, 상대방의 이야기에 찬사를 담아 공감해 주고, 대화 상대방에 관한 주제로 이야기를 할 것 등을 주문하고 있다.

셋째, 사람의 마음을 움직여 행동으로 이끌어야 한다.

이를 위해 상대와 불필요한 논쟁을 피하라고 주문한다. 논쟁에서 득이 되는 승리는 결코 없으며 굳이 논쟁을 할 바에는 눈치 채지 못하게 져주라고 한다. 사려 깊은 말로 대화를 이끌어야 한다.

링컨은 "한 방울의 꿀이 한 통의 쓸개즙보다 더 많은 파리를 잡을 수 있다. 사람도 마찬가지다. 누군가를 내편으로 만들고 싶다면 먼저 당신이 그의 진실한 친구임을 전해야 한다."고 말하고 있다.

이솝 우화에 '바람과 햇빛'이란 이야기가 있다. 강한 바람보다는 따뜻한 햇빛이 노인의 코트를 벗기는 데 훨씬 용이하다는 우화로써 현대를 사는 우리들의 인간관계에서도 이 우화가 적용될 수 있다고 생각한다.

한 사람의 마음을 얻으면
250명의 고객을 얻을 수 있다

2016년 2월 13일자 경제면에는 현대자동차에서 7년 연속 판매왕에 오른 사람의 이야기가 실려 있었다. 2015년에는 385대를 팔았으니 하루에 한 대 이상의 자동차를 판셈이다. 그는 7년 연속 현대자동차의 판매왕을 차지하였다. 현대자동차 영업사원 약 1만 명 중에서 7년 연속 판매왕을 할 수 있었던 비결은 바로 사람의 마음을 얻는 일이었다. 극단적인 경우의 예이지만, 어느 식품회사에는 1년 이상 매일 마당을 쓸면서 신뢰를 쌓아 자동차를 팔기도 하였다고 한다.

신뢰를 쌓아 자동차를 파는 데는 뛰어난 머리가 필요한 것도 일류대학을 나올 필요도 없다. 우리 사회의 가장 큰 취약점 중에 머리만 좋으면, 공부만 잘하면, 일류대학만 나오면 만사 오케이라는 생각이다. 물론 공부를 많이 해 지적 능력을 쌓는 것도 필요하고 중요하다. 그 보다는 우리가 살아가는 사회에서는 그 보다 우선하는 것이 있다. 인간됨됨이 바로 그것이다. 그것을 통해 상대에게 신뢰감을 주는 것이 문제해결의 가장 중요한 요인이기 때문이다.

우리나라 산업화를 이끌었던 이병철 회장이나 정주영 회장의 경영철학에도 가장 중요하게 강조한 것이 바로 신뢰였다. 신뢰를 얻는 데는 지식이나 논리보다는 성실함과 상대의 감정에 호소하는 것이다.

전설적인 세일즈맨 조 지라드는 무려 30여 가지의 직업을 전전하다가 마지막에 자동차 세일즈맨을 했다. 그는 평생 동안 13,001대의 자동차를 팔아 아직도 개인이 이렇게 많은 자동차를 판 사람이 없으며 자동차 판매왕으로 기네스북에 올라있기도 하다. 하루 평균 6대를 팔았다고 하니 가히 판매 신(神)의 경지라고 할 수 있지 않을까. 그러면 조 지라드는 어떻게 전설적인 세일즈맨이 되었을까?

그는 자기 고객에게 한 달에 한 번, 1년에 12번의 편지를 썼다고 한다. 자기의 자동차를 사 간 고객에게 첫 편지에서는 자기가 판 자동차의 결점이 무엇인지를 정직하고 솔직하게 먼저 이야기 한다. 그리고 그 다음 편지에서 사용상의 어려움은 없었는지, A/S사항은 없었는지 등을 물으며 끊임없이 고객에게 정성을 다해 고객을 자기의 영역 안에 붙들어 놓는다고 한다. 그 정성과 노력은 자기의 고객은 다시 다른 고객에게 조 지라드를 소개해 주는 연쇄작용이 일어나게 한다. 이러한 연쇄작용은 각 고객들이 가지고 있는 모든 인간관계에까지 확대된다고 한다.

이와 같이 조 지라드는 인간관계에 있어서 250명 법칙을 만들었다. 누구에게나 인간은 약 250명의 인간관계 네트웍이 있다는 것이다. 한 사람의 고객에게 정성을 다해 마음을 얻으면 250명의 고객을 한꺼번에 얻게 된다는 취지다. 만약 한 사람의 마음을 얻으면 250명의 고객을 얻지만 실패하면 250명의 고객을 잃게 되는 법칙이다. 고객관리, 그 원천은 정성과 사랑이며 그것은 모든 인간관계에 적용된다.

목계지덕(木鷄之德)의 자세로 살아라

이병철 삼성 전 회장께서는 목계를 책상위에 올려놓고 항상 목계지덕을 가슴에 새겼다고 한다. 그리고 자기의 후계자인 이건희 회장에게 경영 수업을 시킬 때도 제일 먼저 경청이라는 경구와 목계지덕의 교훈을 가르쳤다고 한다.

글자그대로 '목계' 란 나무로 만든 닭이란 뜻이다. 나무로 만든 닭처럼 완전히 자신의 감정을 제어할 줄 아는 능력을 '목계지덕' 이라 한다. 장자의 '달생' 편에 나오는 이야기이다.

주나라의 선왕은 닭싸움을 무척 좋아했다고 한다. 그 나라에는 싸움닭을 잘 훈련시키기로 소문이 나 있는 기성자란 사람이 있었다. 선왕은 기성자를 불러서 싸움닭 한 마리를 주면서 최고의 싸움닭으로 훈련시켜 줄 것을 명했다.

맡긴 지 십 일이 지나고 나서 왕이 그에게 물었다. "닭이 싸우기에 충분한가?" 사육사는 대답한다. "아닙니다. 아직 멀었습니다. 닭이 강하긴 하나 교만해 아직 자기가 최고인 줄 알고 있습니다." 헛된 교만과 기운을 믿고 뽐내는 자세를 버리지 못했다는 대답이었다.

다시 십 일이 지나 왕이 또 묻자 "아직 멀었습니다. 교만함은 버렸으나 상대방의 소리와 그림자에도 너무 쉽게 반응합니다." 상대방의 소리와 그림자에 민감하게 반응하는 조급함을 버리지 못했다는 말이다.

십 일이 지나 왕이 또 묻자 "아직 멀었습니다. 조급함은 버렸으나 상대방을 노려보는 눈초리가 너무 공격적입니다. 그 눈초리를 버려야 합니다." 이 뜻은 상대방을 질시하는 공격적인 눈초리를 버리지 못했다는 것이다.

또 십 일이 지나고 묻자 그제서야 만족스러운 대답이 나왔다.

"이제 된 것 같습니다. 상대방이 아무리 소리를 질러도 아무 반응을 하지 않습니다. 완전히 마음의 평정을 찾았습니다. 나무와 같은 투계가 되었습니다. 어느 닭이든 모습만 봐도 도망갈 것입니다."

장자의 고사에서 말하는 최고의 투계는 목계이다. 자신이 제일이라는 교만함을 버리고, 남의 소리와 위협에 쉽게 반응하지 않으며, 상대방에 대한 공격적인 눈초리를 버린 목계와 같은 사람이야말로 진정한 강자라고 말하고 있다.

우리 주변에는 어떤 지위나 권력을 가졌다고 그 힘을 행사하지 못해 안달하는 사람이 많다. 그 마음을 들여다보지 않아도 짐작할 수 있다. 마치 얕은 냄비 바닥처럼 달았다 식었다 할 것이다. 나를 비롯해 인간은 참으로 어리석은 존재가 아니던가. 그렇다고 모든 것을 다 갖춘 사람이 있는 것도 아니다. 다만 더불어 살아가면서 최소한 타인에게 피해를 주지 않으려는 노력은 해야 할 것이다.

사람들은 거칠고 가치 없는 말들을 수없이 쏟아내며 상대에게 많은 상처를 남기기도 한다. 인격이란 한 사람의 품격이다.

이병철 회장은 살아오면서 수없이 많은 정변에서 재산을 강탈당하거나 빼앗기기도 했다. 그러나 모든 것을 속으로 삭이고 밖으로 표출하지 않았다. 이러한 교훈을 아들인 이건희에게도 전해주고자 노력한 흔적이 많다.

목계지덕(木鷄之德), 이병철 회장이나 이건희 회장같이 훌륭한 사람에게만 해당되는 덕목은 아니라고 생각한다. 살아가면서 타인의 신뢰를 얻고 더불어 잘 살기 위해서는 다소의 억울함이 있어도 이를 내색하지 않고 안으로 소화할 수 있어야 한다. 루비 페인은 가난한 사람들의 특징 중에 억울한 일을 당하거나 분할 때 이를 참지 못해 상황을 악화시키는 경우가 많다고 한다.

삶은 축복이기도 하지만 질곡이기도 하다. 살아가면서 정말 억울하고 가슴 칠 일이 한 두 번이겠는가? 자기의 마지막 꿈을 바라보며 태연자약한 평정심을 유지하면서 목계지덕과 경청으로 삶을 산다면 누구의 신뢰인들 못 얻겠는가.

영업은 사람의 마음을 얻는 과정이다

우리 아들은 작은 제약회사의 영업사원이다. 약을 판다고 생각하니 내가 어렸을 때 고향의 시골 5일장에서 가끔 볼 수 있었던 뱀장수가 생각난다. 뱀장수는 살아있는 뱀을 들고 주변의 관객들에게 호기심을 불러일으켜 이목을 집중시킨 후, 온갖 감언이설로 정체도 불분명한 싸구려 약을 만병통치약이라고 파는 야바위꾼이다. 자기네들의 약을 먹으면 시원찮던 남자도 정력이 좋아져 남자구실을 제대로 할 수 있다는 식의, 일종의 사기 행각으로 돈을 버는 사람들이다. 뱀장수는 관객들의 감정을 자극하여 자기의 신념을 파는 것이다. 그래서 뱀장수 앞에는 남녀노소 구별 없이 구경꾼으로 꽉찬다.

영업의 제1조건은 고객의 마음을 얻는 것이다. 이는 협상의 기본조건이기도 하다. 고객을 설득하는데 꼭 필요한 3요소는 파는 상품을 사용함으로써 얻을 수 있는 편익이 무엇인지를 설명하는 것이 첫째이고, 이를 논리적으로 설명하는 것이 둘째이다. 그리고 고객에게 의사결정을 하게 감정을 자극하는 것이 세 번째이자 절대적 요소이다.

영업현장에서는 수많은 NO의 소리를 듣는다. NO세례를 받았다고 그대로 포기해 버린다면 영업을 했다고 할 수 없다. 영업은 어떻게 해야 NO를 YES로 바꿀 것인지를 고민하고 연구하는 것에서부터 시작된다. NO형태도 다양하다. 비싸다. 품질이 나쁘다. 이런 저런 이유를 대면서 고객이 NO하는 것은 너무나 당연하다. 따라서 NO라는 대답을 들었을 때 상처받을 필요는 없다. 그것은 너무나 당연한 일상사의 한 단면일 뿐이다. 세상의 모든 영업은 NO에서 시작된다. 그러므로 NO라는 대답을 들으면 영업이 시작되었음을 알리는 출발신호라 생각하고 긍정적으로 받아들이는 자세가 필요하다.

영업의 제일보는 장기적 인간관계를 형성하는 것이다. 영업은 성패의 결과로만 판단하지 말고 인간관계 형성의 제일보로 보아야 한다. 처음에 NO에서 한 발짝씩 다가가는 것이다. 처음 만나서 물건을 팔 생각보다는 앞으로 10년, 20년의 인간관계형성을 한다는 마음으로 다가가야 한다. 영업은 내가 이기고 상대가 지는 제로 섬(zero-sum)게임이 아니라, 나도 이기고 상대방도 이기는 게임이고 플러스 섬(plus-sum)게임이다.

그 다음 성실함으로 다가가라. 현대자동차에서 7년 동안 판매왕을 했던 분은 잠재 고객의 회사 마당을 1년 이상 쓸면서 기다리는 과정에서 고객의 마음을 얻을 수 있었다고 한다. 고객의 마음을 얻는 데 성실 이상의 방법이 있을까. 관광지의 일회성, 사기성 물건팔기처럼 생각해서는 결코 고객의 마음을 얻지 못한다.

마음을 얻어 협상에 성공한 사례는 수없이 많이 있다. 프린스턴 대학교 고등연구소 플렉스너 소장이 천재 물리학자인 아인슈타인을 유럽에서 모셔오기 위해 '연봉을 얼마나 드리면

될까요? ' 라고 물었을 때 아인슈타인은 유럽의 일반적인 교수 연봉인 3천 달러를 요구했다. 그러나 플렉스너 소장은 '1만 달러를 드리겠습니다' 라고 제시하였다. 1만 달러는 그 당시 미국에서 유능한 교수들의 평균연봉이 약7천 달러임을 감안하여 제시한 금액이다. 만약 3천 달러를 주고 모셔왔다면 미국의 연봉 수준이 얼마인지는 아인슈타인도 금방 알게 되었을 것이다. 프렉스너 소장이 아인슈타인의 마음을 얻었기 때문에 그 이후 유수한 대학들이 아인슈타인에게 1만 달러보다 훨씬 높은 연봉을 제시했음에도 프린스턴 대학에서 평생을 봉직하였다. 당장의 이익보다는 고객의 신뢰와 마음을 얻는 영업방법이 장기적으로 이익이 됨을 알려주는 좋은 사례이다.

영업뿐 아니라 일상생활의 인간관계에 있어서도 상대의 마음을 얻는 것이 제일 중요하다. 상대의 마음을 얻기 위해서는 상대를 배려하고 상대의 입장에서 늘 생각하는 자세를 가지는 것이 필요하다.

세상에는 두 가지 종류의 인간이 있다

동양에서는 과거 2~3천 년 전부터 인간을 어떤 시선으로 보고 이를 어떻게 다스릴 것인지에 대해 뜨겁게 논쟁해왔다. 그것을 크게 보면 맹자를 중심으로 하는 성선설과 순자를 중심으로 하는 성악설이 있다.

맹자의 성선설의 핵심은 인간의 마음에는 네 가지 마음, 곧 불쌍히 여기는 마음(惻隱之心 : 측은지심), 부끄러워하는 마음(羞惡之心 : 수오지심), 양보하는 마음(辭讓之心 : 사양지심), 옳고 그름을 가리는 마음(是非之心 : 시비지심)으로 인의예지를 실천할 수 있다는 것이다. 이는 곧 사람은 모두 어질기 때문에 덕으로 다스려야 한다는 것이다. 그러니까 조직관리에서는 통제보다는 자율에 맡겨야 한다는 것이다.

한편, 순자의 성악설은 맹자의 성선설과는 정반대로 사람은 누구나 관능적 욕망에 충동되고 개인적 사익을 추구하는 이기적이라고 말한다. 그러므로 조직관리 측면에서 본다면 어떤 권력이나 힘에 의해서 통제하거나 규제를 하여 인간의 본능적 이기심을 교정해 나가야 한다고 주장하는 것이다.

서양에서는 산업혁명 이후 기업조직의 효율성 측면에서 인간의 본질적 성질이 연구되어 왔다. 대표적인 사람이 프레드릭 테일러(Fredric W.Taylor)이다. 테일러는 가장 효과적으로 작업을 할 수 있는 최적의 자세와 동작을 찾아내어 표준화하고 그를 실현할 수 있는 최적의 작업조건을 설계하고 개인들에게 성과에 따라 보상하는 일명 과학적 관리법을 창안하였다. 이는 미국을 세계1등 국가로 만드는 철학적 기초가 되었으며, 이 방법은 포드시스템이라는 방법으로 전 세계 경영학 교과서를 장식했다. 이는 효율적으로 생산성을 높일 수 있지만 인간을 지나치게 기계처럼 다룬다는 비판을 받게 되었다.

이의 대척점에 있는 연구는 하버드대학교의 엘톤 메이오(Elton Mayo) 교수가 인간적인 요소를 고려하여 생산성을 향상시키는 연구를 시작하였다. 엘톤 메이오는 호손지역 공장에서의 실험에서 조명의 밝기 등, 환경이 생산성에 영향을 미치지 못한다는 결론을 얻었다. 오히려 동료집단, 감독자와의 좋은 인간관계와 만족감 등이 성과에 영향을 미친다는 사실을 밝혀냈다. 즉, 동기부여나 인간관계 등 인간적 요소가 생산성에 영향을 미친다는 인간관계론을 창시하였다.

내가 40여 년 간을 조직속에서 살아오면서 경험한 결론은 위에서 말한 성선설이 옳은지 아니면 성악설이 좋은지, 또는 과학적 관리론이 맞는지 아니면 인간관계론이 맞는지에 대해 어느 하나가 정답이라고 말할 수 없다는 결론이다. 인간을 바라보는 시선은 때와 장소에 따라 가장 합리적인 방법을 찾아야 한다. 과거에 수많은 영웅들이 지구상에 살다 사리지곤 했지만 그들은 상황에 맞는 방법을 가장 잘 찾아 리더십을 발휘했을 때 자기가 목적한 바를 이루었고 흔히 말하는 영웅이라는 칭호를 얻을 수 있었다고 생각한다.

그래서 인간관계에 있어서도 정답이 존재하지 않는다는 것이다. 그래서 인간관계를 형성하는 과정에서 어느 한 방법이 최상이라고 생각하고 거기에 경도되지 말고 복합적이고 융합적인 방법이 바람직하다고 생각한다. 사람들이 중간관리자가 되고 나중에 최고의 CEO가 될 때까지 인간을 바라보는 시선을 복합적이고 융합적으로 생각할 것을 권고한다. 때로는 통제와 관리가 필요할 때도 있을 것이고 때로는 따뜻한 가슴으로 인간을 보듬을 줄 알아야 한다. 같은 맥락에서 최상위에 올라가는 사람들은 얼음처럼 냉철한 이성과 따뜻한 가슴을 함께 가진 사람이라는 것을 알 수 있다.

대화는 긍정 세 번, 부정 한번으로 전개하라

사회생활은 만나면서 시작된다. 만나면 대화가 반드시 있게 마련이다. 대화를 효과적으로 할 때 신뢰관계가 시작되고 장기적이고 건강한 관계로 발전한다. 대화를 효과적으로 하면서 관계를 돈독하게 하기 위해서는 다음 사항들을 고려하면 좋을 듯하다.

첫째, 사람을 만나는 것을 회피하거나 주눅들지 말라. 상대의 사회적 지위, 그 사람의 권위 등의 이유로 만날 때 주눅드는 경우가 많다. 따져놓고 보면 누구든지 열등감은 다 있다. 열등감을 극복하는 방법은 누구에게나 장점이 있음을 알면 된다. "이건 내가 최고야."라는 자신감으로 대한다면 극복하지 못할 열등감은 없다. 열등감 없이 사람을 만나고 관계를 맺을 때 상대와의 건강한 관계가 형성된다.

둘째, 사람을 만날 때는 대화내용 못지않게 자세가 중요하다. UCLA대학의 심리학 교수인 앨버트 메흐라비안(Albert Mehrabian) 박사는 의사소통에 있어 대화의 내용은 7%이고 38%는 목소리 톤, 자신감, 제스쳐 등이 차지한다고 한다.

셋째, 상대와 대화할 때는 상대와 시선을 맞춰야 한다. 연애할 때도 눈으로 말하라고 하는 것은 상대에서 시선을 고정시킴으로써 상대의 마음을 얻을 수 있다는 증거이다.

넷째, 만나준 것에 대해 무한한 감사와 대화도중 미소를 잃지 않아야 한다. 바쁜 현대생활에서 나에게 시간을 할애해준 것은 어쨌든 감사한 일이고 대화 내내 미소를 잃지 않고 화기애애한 분위기를 유지하여야 한다.

다섯째, 대화는 에너지가 넘치는 자신감을 가지고 열정적으로 하여야 한다. 그러기 위해서는 사전에 대화를 어떻게 할 것인지에 대한 철저한 준비가 필요하다. 열정적인 대화가 상대를 설득하고 상대를 나의 동반자로 만든다.

여섯째, 처음만나 대화를 시작하고자 할 때에는 가벼운 이야기부터 시작해서 중요한 이야기를 마지막에 하는 것이 좋다. 예컨대 처음에는 가족, 직업, 운동, 생활, 학교, 친구이야기 등으로 시작해서 본론은 마지막에 하는 것이다.

마지막으로, 논리 전개 방법은 긍정, 긍정, 긍정 그리고 부정의 패턴을 거치면 효과적이다. 많은 연구 결과를 보면 상대에게 세 번 정도 맞장구를 쳐주고 그 다음에 부정적인 이야기를 해도 불쾌하게 생각하지 않는다고 한다.

상사를 경영하라

집단사회에서 효율성과 생산성을 높이기 위한 학문이 수없이 많다. 심리학에서부터 경영학, 행정학, 조직학, 인간관계론 등등은 어떻게 하면 조직활동을 효율적으로 운영할 수 있는가를 가르치는 학문들이다. 일반적으로 경영학이나 행정학에서 효율성을 최대한 높이기 위한 인력관리는 대체로 리더가 아랫사람을 어떻게 관리할 것인가에 초점이 맞추어져 있다. 그러나 조직에서의 대부분은 리더보다는 아랫사람의 위치에 있는 사람이 더 많다. 창업한 사람이 아니고 취업해서 조직생활을 영위하는 사람에게는 불가피하게 아랫사람의 위치에서 일을 시작하게 된다.

여기서 아랫사람으로서 어떻게 하면 윗사람과의 관계를 잘 유지하면서 조직의 성과를 최대한 높일 것인가를 얘기하고자 한다. 다시 말해 상사를 어떻게 경영할 것인가의 문제이다. 상사도 인간인 이상 감정이 있고 좋고 나쁨이 있게 마련이다. 그런 가운데서도 조직의 목표는 달성해야 하는 것이 조직인의 임무이다.

첫째, 상사의 업무스타일을 먼저 파악하는 것이 좋다. 상사 중에는 듣는 것을 좋아하는 상사가 있고 읽는 것을 좋아하는 상사가 있다. 듣기를 선호하는 상사에게는 긴 보고서가 좋지 않다. 보고는 원칙적으로 요약보고서를 가지고 결론부터 구두로 보고하고 전체보고서는 참고로 시간 날 때 읽어보도록 드리는 것이 좋다. 읽기를 선호하는 상사에게는 총체적인 보고서를 가지고 차분하게 보고를 하는 것이 유익하다. 이러한 상사에게 요약보고서로 보고하면 신중하지 못하고 얼렁뚱땅한다는 오해를 받을 소지가 많다.

둘째, 상사의 약점을 보완해 주고 강점을 최대한 활용하는 것이 득이 된다. 상사도 강약점이 있게 마련이다. 약점은 말없이 보완해주고 강점은 최대한 활용하여 조직의 성과를 최대화해야 한다.

셋째, 상사에게 고민이 있다면 아래 사람으로서의 능력 범위 내에서 해결해 주어야 한다. 상사도 자기가 가지고 있는 고민을 스스로 해결하지 못하는 경우가 있다. 마치 스님이 자기 머리를 못깎는 것과 같은 이치이다. 상부상조의 정신은 한국 사회에서는 미덕이다.

넷째, 상사에 대해 아랫사람으로서의 성실한 자세를 가지는 것이다. 성실은 자기조절을 잘하고 책임감이 강하고 성취지향적인 자세를 말한다. 이 세상에 성실을 이길 어떤 기술도 없음을 알아야 한다.

이처럼 상사와의 인간관계를 통해 상사의 마음을 얻고 회사의 실적을 향상시킴으로써 훌륭한 직장인으로서 성공할 수 있고 일을 통한 행복을 얻을 수 있을 것이다.

상사와 나는 운명공동체이다

조직생활을 하다보면 수없이 많은 상사의 지시를 받게 된다. 대부분은 조직의 목표달성을 위한 지시일 것이다. 그러나 때로는 자기의 의사에 반하는 지시도 있을 수 있고 잘못된 지시의 이행으로 사회적 문제를 일으키는 경우도 있을 수 있다. 이럴 때 어떤 자세가 필요할 것인가? 자기의견과 다른 지시를 하는 상사와 관계를 해치지 않으면서 그를 설득할 수 있는 방법은 없을까?

박정희 대통령 시절 재무장관과 부총리로서 우리나라 경제 발전에 공이 많은 남덕우 전 총리는 "상사와 의견이 달라 사표를 쓰는 것은 아주 쉬운 일이다. 그러나 상사를 설득해서 자기의 의견을 국정에 반영하는 것은 어렵지만 아주 중요하다."고 하였다. 만약 그가 박대통령과의 의견 충돌로 사표를 쓰고 대학교로 돌아갔다면 우리나라의 기적같은 경제발전도 불가능했을 것이다. 그의 '불균형성장론'이야말로 대한민국의 경제 기적을 이끈 핵심사상이었기 때문이다.

상사를 설득하는 방법에 대해 미국의 전 국방장관이던 도널드 럼스필드가 말한 것을 첨삭하여 소개한다.

① 자기와 의견이 다르거나 부당한 지시는 부당함을 언제든

지 직언할 수 있어야 한다. 직언은 신중하게 원칙을 가지고 해야 한다. 일반적으로 직언의 원칙은 첫째, 직언은 반복해서 하지마라. 세 번 이상 하게 되면 반발심으로 오해하게 된다. 둘째, 상사에게 책임을 돌리지 마라. 상사의 의사결정은 대부분 아랫사람으로부터 받은 정보를 토대로 하는 것이 일반적이다. 따라서 책임을 공유해야 한다. 셋째, 직언은 사회정의 차원이 아니라 상호 이익을 위해 해야 한다. 조직과 상사, 그리고 나의 이익을 위해 직언하라는 것이다. 넷째, 상사의 권위를 지켜 주기 위해 명분을 제시하고 가능하면 공개적인 직언은 삼가라.

② 상사가 의사결정 과정에 개입할 여지를 주어야 한다. 보고서를 쓰더라도 완벽한 보고서보다는 미흡하더라도 시간을 놓치지 않도록 해야 한다. 상사가 보고서를 보완할 기회를 주어야 상사가 참여하게 되고 책임을 공유하게 된다.

③ 전임자 또는 회사의 다른 사람을 상사 앞에서 비난하지 마라. 비난은 상사의 신뢰를 얻지 못하는 하나의 이유이다. 비난보다는 오히려 칭찬을 많이 하라. 비난이나 칭찬은 반드시 되돌아온다.

④ 잘못된 일은 빨리 보고해라. 잘못된 일일수록 혼자 해결하려는 경향이 있으나 이는 더 큰 문제로 비화될 가능성이 높다. 혼자의 지혜보다는 다수의 지혜가 합리적인 해결방법을 찾기가 쉽다.

동서고금을 막론하고 인간관계에서 수직적 관계나 수평적 관계 모두 성과를 공유하고 상대의 허물을 덮어주고 내가 좀 더 손해 본다는 생각으로 대할 때 상대의 마음을 얻을 수 있고 인간관계를 폭넓게 확대하는 좋은 방법이다.

상사는 나와 이기고 지는 적대관계가 아니라 서로 도와주는 보완관계로서 공동체에 대해서는 운명공동체이다.

동료를 배려하라

사회의 작은 단위인 회사 조직에서 동료간에도 다양한 문제들이 발생한다. 이러한 문제를 해결하면서 조직 내에서 나의 존재가치를 높이는 방법은 무엇일까. 나의 경험과 많은 연구자들의 연구결과를 종합해서 이야기하고자 한다.

첫째, 직장 내에 친구들을 많이 만들어라. 직장 내에 좋은 친구를 많이 가지면 업무의 활력이 제고되고 고통이 완화되며 스트레스도 저하되어 결국 성과로 연결된다.

둘째, 상호간에 감사하다, 고맙다 등의 말을 자주 사용하여라. 상대방에 대하여 항상 고마운 생각과 감사한 마음을 가지고 있다면 상대방도 좋은 감정을 가지고 대해 줄 것이고 업무 협조도 훨씬 더 잘 해 줄 것이다.

셋째, 업무의 성과를 혼자 독식하지 말라. 언제나 일에 참여한 모든 사람에게 골고루 돌아가도록 노력해야 한다. 이것은 인간 보편적 진리이다. 칭기즈칸이 777만 평방킬로미터의 땅을 정복하고 정복한 땅을 150년 이상 유지할 수 있었던 것은 전리품을 혼자 독식하지 않고 전쟁에 참여한 전후방 모든 사람에게 골고루 나누어 주었기 때문이라고 한다.

넷째, 상대방의 어려움은 나누고 허물은 덮어주어라. 기원전 594년 초나라 장왕이 전쟁터에서 자기 대신 화살을 맞고 쓰러진 장수가 있었다. 3년 전 장왕이 커다란 난을 평정하고 돌아와 연회를 베푸는 도중 촛불이 꺼진 틈을 타서 장왕의 애첩인 허희를 희롱한 사건이 있었다. 이 때 허희가 재빨리 희롱한 자의 관끈을 잡아끊어 가지고 있었다. 불을 켜면 그 자가 누구인지는 금방 밝혀질 찰나였다. 그 때 장왕이 신하들의 관끈을 모두 끊게 하여 그 자의 목숨을 살려주었다. 바로 그 자가 다음 전쟁에서 화살을 맞고 장왕 대신 죽었다.

다섯째, 동료들에게 가능한 많은 칭찬을 해 주기 바란다. 가능하면 본인이 없는 곳에서 칭찬을 해 주어라. 칭찬을 받은 사람은 계속해서 칭찬받을 일을 하게 된다. 칭찬은 고래도 춤추게 한다고 하지 않는가. 칭찬보다 값싸면서 가장 값비싼 선물도 없다.

이러한 생활태도를 통해 동료들과의 관계를 돈독하게 함으로써 때로는 큰 양보를 얻어낼 수 있고, 내 대신 화살을 맞아줄 동료도 생기게 된다.

인간관계에서 심리법칙을 이용하라

다른 사람의 신뢰를 얻어 자기의 목적을 달성하기 위해서는 상대방의 신뢰를 얻는 것이 필수이다. 그러면 어떻게 타인의 신뢰를 얻을 수 있을 것인가? 이를 위해 많은 심리학자들이 연구결과 밝혀낸 몇 가지 법칙이 있다.

첫째, 되로 주고 말로 받는 호혜성의 법칙이다.

인간관계에서 타인의 호의를 받으면 그것을 갚아야 한다는 강한 강박관념에 시달리게 된다. 이것이 작은 호의를 통해 상대방의 마음을 잡아두는 심리이다. 이는 심리학에서는 상호성의 법칙이라고도 한다. 커피 한 잔의 호의, 마케팅에서 작은 샘플의 호의, 기념일에 축하전화 등은 상호성의 법칙이 작용한다.

둘째, 일관성의 법칙이다.

자기의 행동을 일관되게 유지하여야 상대의 신뢰를 얻을 수 있다는 심리학적 법칙이다. 자주 자기의 마음을 바꾸는 사람은 변덕쟁이로 간주되거나 우유부단한 사람, 의지가 약한 사람, 언행이 불일치하는 사람으로 신뢰를 얻을 수 없다. 일관성의 법칙은 나에게도 적용되지만 상대방에게도 적용된다. 상대도 자기가 한번 행한 것은 일관되게 유지하려는 심리가 작용하기 때문이다. 그래서 상대가 한번 말한 것은 끝까지 책임지려는 심리가 작용하므로 자기에게 유리하게 말하도록 유도하는 것도 중요하다.

셋째, 호감의 법칙이다.

사람이 상대방에게 좋은 감정 즉, 호감을 가지면 보다 쉽게 상대를 신뢰하게 된다. 좋은 감정을 가지는 이유에는 상대방의 신체적 아름다움, 아름다운 말씨, 교양있는 태도, 지성미, 상호간의 공통점, 상대의 칭찬, 자주 접촉, 공동의 목표 등이 상대의 호감을 사고 신뢰를 얻게 된다. 따라서 상호간에 손쉬운 공통점을 찾아 공유하는 것도 중요하다. 예컨대 동문, 동향, 동성 등 한국사회에서 찾을 수 있는 공통점은 수 없이 많을 것이다.

넷째, 희귀성의 법칙이다.

희귀성의 법칙이란 시간이나 재화, 자리의 희소성이 타인의 신뢰를 얻는데 효과적이라는 것이다. 따라서 희소성이 있는 자산을 신뢰형성에 활용하는 것도 중요한 관계형성의 방법이다.

이러한 법칙들을 최대한 활용하여 인간관계에서 신뢰를 얻고 자기가 목적한 바를 용이하게 달성함은 물론 인간관계 속에서 좋은 관계를 유지함으로써 자기의 작은 행복도 얻을 수 있다고 믿는다.

03 100년을 살 것인가? 1000년을 살 것인가?

성공한 사람들은 거의 다가 독서광이다

"모든 리더는 리더다(All Leaders are Reader)"라는 말이 있다. 물론 책을 많이 읽는다고 해서 모두가 성공하는 것은 아니지만 성공한 사람들은 대부분이 다독가들이다. 옛날이나 현재나 책을 많이 읽는 것은 절대선이다. 중국 당나라 시인 두보는 "남자는 모름지기 다섯 수레의 책을 읽어야한다(남아수독오거서, ,男兒須讀五車書)"라고 독서를 권유하고 있고, 안중근 의사는 "하루라도 책을 읽지 않으면 입 안에 가시가 돋는다"는 뜻의 일일부독서 구중생형극(一日不讀書 口中生荊棘)이라는 필적을 중국 뤼순 감옥에 남겼다. 여행가이자 월드비전 세계시민학교 교장인 한비야 씨는 '1년에 100권 읽기'를 고등학교 때부터 실천해 왔다고 한다. 시골의사 박경철 원장은 자기가 가지고 있는 책만 해도 1만 5천권이 넘는다고 한다. KAIST 정재승 교수는 대학원 시절부터 본격적으로 책읽기에 빠져 10년 정도 읽고 모은 책이 2만 권이나 된다고 한다. 생산적 책읽기의 저자 안상헌은 대학 때에 3,000권의 책을 읽었다고 한다. 이처럼 세상에서 유명 인사들은 누구나 많은 양의 책을 읽었다는 사실을 우리는 얼마든지 확인할 수 있다.

세계적인 부자인 워렌 버핏이 그 많은 투자에 성공할 수 있었던 것은 할아버지의 서재를 들락거리며 읽었던 실용독서에서 출발한다고 한다. 할아버지가 15년 동안 모아놓았던 '리더스 다이제스트'의 모든 호를 다 읽었고 존 록펠러와 앤드루 카네기의 전기는 몇 번씩 반복해서 읽었다고 한다. 카네기의《인간관계론》을 읽고 "남을 비판하지 말며 논쟁을 피하고 대화를 하면서 직접적으로 명령을 하기 보다 질문을 하라."는 경구를 평생 동안 실천했고 사람과 돈의 관계를 이해했다.

그는 중학생 때《1000달러를 버는 1000가지 방법》이라는 책을 읽고 난 뒤 "서른다섯 살에 백만장자가 되겠다."는 목표를 세웠다. 와튼스쿨에 다닐 때는 시내 도서관에 있는 주식이나 투자에 관한 책은 무엇이든 다 읽었다. 그 때 읽은 가치투자에 관한 바이블이라 할 수 있는《현명한 투자자》,《증권분석》을 읽고 대학원을 이 책을 쓴 저자가 있는 콜롬비아대학원으로 진학까지 했다. 워렌 버핏에게 투자의 성공을 가져다 준 것은 운이 아니라 책을 읽고 쌓인 지혜와 통찰력에서 비롯되었다고 할 수 있을 것이다.

링컨은 남북전쟁 승리 축하 파티에서 이렇게 연설하였다고 한다. "나는 지금 두 사람의 여성에게 감사를 드립니다. 한 분은 나에게 책읽기의 습관을 붙여주신 나의 계모 어머니이시고, 또 한분은《엉클톰스캐빈》을 써서 나에게 흑인의 슬픔을 일깨워 주신 스토우 부인이십니다."

링컨이 훌륭한 대통령이 될 수 있었던 것도 어릴 때부터 책과 가까이 할 수 있는 환경과 독서에 대한 그의 관심이 역사에 남을 수 있는 대통령으로 만들었다고 본다.

빌 게이츠는 어린 시절부터 독서가 생활화된 가정에서 자랐다. 빌 게이츠의 아버지는 평상시에 아이들에게 큰 소리로 책을 읽어 주고 아이들이 모르는 단어가 있으면 식사 중에도 서재에서 사전을 찾아 그 뜻을 읽어 주었다고 한다. 또한 그의 아버지는 자녀들을 도서관에 자주 데려갔고 TV 대신에 함께 독서토론을 진행하여 아이들이 자연스럽게 사고력을 기르도록 도와주었다고 한다.

시카고대학은 대학 설립 후 삼십여 년 동안 그저 그런 대학으로 명맥을 유지해오다가 1929년 제임스 허친스 박사가 총장으로 부임한 후 존 스튜어트 밀 식(式) 독서법(철학고전 읽기)을 통해 시카고대학을 바꿀 수 있다고 확신하고 '시카고 플랜'을 도입했다.

'시카고 플랜'이란 철학 고전을 비롯한 각종 고전 100권을 졸업 전까지 읽도록 하는 프로그램으로 당시 시카고대학은 학년별로 교과과정이 있었지만, 허친스 박사의 '시카고 플랜'에 따라 학생들이 4년 내내 학년별 인문고전을 읽고 토론하게 하였다. 이런 파격적인 인문고전 독서 교과과정으로 시카고대학은 100여명에 달하는 노벨상 수상자를 배출하게 되고 일류대학으로 발전하게 되었다.

시카고 플랜의 성공으로 인문고전 독서와 토론의 교과과정을 채택한 대학들이 미국 내에서 늘어나게 되었고, 고등학교 중에서도 이러한 인문고전 독서를 과목으로 채택해 가르치는 사립고등학교가 생겼다고 한다.

나는 남의 집을 방문할 때 반드시 보는 것이 있다. 서가가 있는지를 본다. 서가에 어떤 책이 꽂혀있는지를 보고 집주인의 지성관을 판단하곤 한다. 국민들이 책을 많이 읽지 않는 나라가 결코 잘 살 수 없고 책을 읽지 않은 사람이 잘 사는 것을 우리는 찾아보기 어렵다는 것은 주지의 사실이다. 책 속에 길이 있고 책속에 돈이 있다.

우물 바깥으로 나와 독수리가 되어라

매일 아침 아프리카에선 가젤이 눈을 뜬다. 그는 사자보다 더 빨리 달리지 않으면 죽으리라는 것을 안다. 매일 아침 사자 또한 눈을 뜬다. 그 사자는 가장 느리게 달리는 가젤보다 빨리 달리지 않으면 굶어 죽으리라는 것을 안다. 이것이 정글의 법칙이다. 인간 사회도 정글의 법칙이 적용된다. 왜 그럴까? 인간도 동물이기 때문이다. 다만 인간은 사회적 동물이라는 것이 다를 뿐이다.

우리는 어렸을 때부터 교육을 받는다. 왜 그럴까? 생존 수단을 배우기 위해서다. 우리 모두가 똑같이 교육을 받지만 살아가는 행태나 수준은 다 다르다. 왜 그럴까? 모두가 다르게 태어나고 다르게 살기 때문이다.

우리는 남과 다르게 사는 방법을 터득해야 잘 살 수 있다. 로버트 기요사키의 《부자아빠 가난한 아빠》에서 가난한 아빠는 자식들에게 "공부 열심히 해서 좋은 대학에 가고 졸업 후에는 안정된 직장에 취직해서 따박따박 월급 받아 저축하고 예쁜 색시 얻어 결혼해서 알콩달콩 잘 살아라."라는 취지의 이야기를 한다. 우리가 사는 세상의 모든 아빠들은 대체로 이렇게 자식들에게 교육시킨다. 그 결과 모두가 잘 사는가? 아니다.

우리나라에는 초겨울이 되면 세계 어느 나라보다 강한 열풍이 하나 분다. 수능시험이다. 수능 시험 석 달 전부터 100일 기도가 시작된다. 수능시험 잘 봐서 일류대학 가라고 난리다. 그런데 일류대학 나온 모든 사람이 모두 잘 사는가? 그렇지 않다. 내가 평생을 보낸 공무원 사회를 보자. 거기에는 천재들이 일류대학 나와 행정고시 합격해서 미국 유학까지 갔다 온 인재들로 득시글거린다. 그러나 그들 모두의 노년을 보면 경제적으로 여유롭지 못하다. 그래도 공무원 출신이니까 연금이 보장되어 생존은 가능하다. 그 이상도 이하도 아니다. 넉넉하지 못하다.

그리고 요사이 초등학교, 중학교 동창회에 나가보면 학교 다닐 때 공부 잘하던 친구들보다 그렇지 않은 친구들이 기부도 많이 하고 밥도 사고 술도 많이 사는 것을 목격한다.

학교 다닐 때 공부를 잘하는 것은 그것이 최고의 가치이다. 그러나 공부 열심히 해서 좋은 대학가고 좋은 직장 얻어 열심히 일하면 잘 살 수 있다는 평균인들의 생각의 틀을 깨지 않으면, 노년의 빈곤을 탈피하기 어렵고 여유 있는 노년은 기대하기 어렵다.

《부자아빠 가난한 아빠》는 이러한 평범한 아버지와 자식 간의 대화에 끼어들어 "가난한 아빠들이여, 부디 이제 그만." 하라고 외치고 있다. 우리는 부동산 투자, 주식투자해서 돈 벌어 잘사는 사람을 보고 졸부라고 냉소한다. 그러면서 나는 초등학교부터 대학까지 아버지가, 사회가 시키는 대로 열심히 공부했는데 왜 취직이 안 되느냐고 외친다. 그리고 그것은 사회가 잘못되어서 그렇다고 분개한다. 우리나라도 IMF이후 구조조정이 일반화되어 있다. 구조조정되는 사원들이 모두가 이렇게 이야기 한다. 나는 아침 9시부터 저녁 6시까지 한 번도 농땡이 치지 않고 열심히 일했는데 왜 내가 나가야 하느냐고 절규한다.

인간 사회에서 이러한 일상화된 문제를 푸는 데는 개인적으로나 국가적으로나 돈을 많이 벌어야 한다. 이것을 벗어나기 위해서는 우물 밖으로 나가야 한다. 아는 지식에서 행동하는 지식으로, 지식도 돈 버는데 필요한 지식, 금융지식을 많이 습득하고 투자에 눈을 떠야 한다. 빨리 우물 밖으로 나가 월급 외에 수익을 창출하는 방법을 찾아야 한다.

부자학자 한동철은 개인적, 사회적 욕구 충족을 위해서는 부자가 되어야 한다고 한다. 여유 있고 풍요로운 삶을 위해서는 필수적으로 돈을 많이 벌어야 한다. 그런데 돈을 버는 방법이 마치 사지선다형처럼 해답이 정해져 있는 것이 아니다. 그 방법을 부자들의 생활 태도에서 일부 엿볼 수 있다.

첫째, 부자가 되겠다는 목표를 세워라. 욕구가 없이 어떻게 행동에 나서며 행동 없이 부자가 되겠는가. 40대에 백만장자가 되겠다. 50대에 월급 외에 월 1,000만 원 수익을 올리겠다는 포부를 가져라.

둘째, 돈에 대한 인식을 바꾸어라. 돈은 부끄러운 소유물이 아니라 성스러운 가치물임을 알아야 한다. 돈이 있어야 최소한의 생존을 할 수 있다. 먹을 것을 살 수 있고 아플 때 병원에도 갈 수 있고 학교에도 갈 수 있다. 좀 더 여유로운 생활을 위해서도 꼭 필요하다. 좋은 집, 좋은 차도 살 수 있고 여행도 자유롭게 할 수 있다. 부자와 평범한 사람의 차이를 느낄 수 있는 곳이 바로 비행기다. 비행기의 퍼스트 클래스는 이코노미 클래스와 확연히 차이가 있다. 그래서 돈을 많이 벌어야 한다.

셋째, 부자를 역할 모델로 삼고 그들 생활을 닮기 위해 노력해라. 이병철, 정주영, 워렌 버핏 같은 사람이 아니더라도 우리 주변에는 알부자가 많다. 그들의 생활 태도를 보자. 그들이 어떻게 부자가 되었는지 말이다. 그들은 아는 것을 자랑하는 것이 아니라 행동하고 행동의 결과를 자랑한다.

넷째, 절약해서 종자돈을 만들고 적은 돈이라도 끊임없이 투자하는 습관을 가져라. 계란 한 알이 닭으로, 돼지로, 송아지로, 집으로, 땅으로 커가는 투자를 우리는 생활화 해야 한다. 항상 머릿속에는 어디에 어떻게 투자할 것인가를 생각해야 한다. 꾸준히 주식을 사 모으거나 미국 채권을 사거나, 가상화폐를 사거나, 부동산 등 어딘 가에는 투자를 하라. 소비보다 투자가 먼저다.

다섯째, 금융지식을 넓히자. 워렌 버핏은 벤처민 그레이엄이 쓴 가치투자에 관한 《현명한 투자자》와 《증권분석》을 열 번도 더 읽었다고 한다. 김학렬 외2인이 쓴 《부자의 독서》에서는 투자와 관련한 많은 책들을 소개하고 있다. 몇 종만 예를 들어보면 《행운에 속지 마라》,《현명한 투자자의 인문학》, 《100배 주식》, 《부자 아빠 가난한 아빠》, 《마법의 돈 굴리기》, 《돈의 감각》, 《대한민국 부동산 투자》 등이다.

1000년을 살 수 있는 삶을 살자

인류사에서 1,000년을 유지한 왕국은 어디일까? 로마제국과 신라뿐이라고 생각한다. 시오노 나나미가 쓴《로마인 이야기》서문에는 로마제국을 천 년 이상 지탱해준 힘은 다름 아니라 노블레스 오블리주의 철학이라고 한다. 로마제국의 귀족들은 전쟁이 일어나면 자신의 재산을 사회에 환원하고 스스로 전장의 선봉에 서서 용감하게 적과 싸웠다고 한다. 로마가 한니발의 카르타고와 벌인 16년 간의 제2차 포에니전쟁 중에 최고 지도자인 집정관의 전사자 수만 해도 13명에 이르렀다고 한다.

이러한 귀족층의 솔선수범과 희생이 지성에서는 그리스인보다 못하고, 체력은 켈트인 보다 못하고, 기술력은 에트루리아인보다 못하고, 경제력에서는 카르타고인보다 뒤떨어졌던 로마를 1,000년 이상 유지할 수 있게 만드는 원동력이 되었다.

역사평론가 이덕일은 신라가 삼국을 통일할 수 있었던 원동력은 당나라의 군사지원보다 화랑으로 대표되는 신라지배층의 노블레스 오블리주에서 찾고 있다. 서기 660년 김유신의 동생 흠춘은 황산벌에서 계백의 결사대에게 수세에 몰리자 아들 반굴에게 '지금이 충과 효를 함께 이룰 수 있는 기회'라면서 목숨을 바칠 것을 요구했다. 반굴의 장렬한 전사를 본 장수 품일은 자신의 아들 관창에게도 같은 행위를 요구했고, 두 아들의 전사는 신라 군사들의 마음을 격동시켜 전투를 승리로 이끌었다. 김유신은 67살의 노령에도 불구하고 누구도 불가능하게 여겼던 평양 식량수송 작전을 자청해서 수행했고, 김춘추는 험한 뱃길과 먼 거리를 마다하지 않고 고구려, 왜국, 당나라를 돌아다니며 군사지원을 요청했다. 반면에 백제는 의자왕과 호족들 사이의 권력투쟁이 한창이었고, 고구려는 연개소문 사후 세 아들들 사이의 권력투쟁 끝에 장남 남생이 당나라에 투항했다. 세 나라 지배층의 노블레스 오블리주의 차이가 나라의 운명을 갈라놓았다는 것이다.

미국의 제33대 트루먼 대통령부터 41대 조지 부시 대통령까지 9명의 대통령은 모두1, 2차 세계대전 참전 용사들이었다. 트루먼 대통령은 1차 세계대전에 나머지 8명은 모두 2차 대전 참전 용사였다. 케네디 대통령은 해군에 들어가 남태평양 전투에서 큰 부상을 입었고, 그로부터 평생 동안 진통제와 각성제로 살았으며, 조지 부시 대통령은 전투 중에 바다에 빠져 구조되어 살아날 수 있었다. 영국이 전쟁을 치를 때 전선에서 가장 앞장서는 사람들이 귀족들과 옥스퍼드, 케임브리지 대학출신들이라 한다. 1950년대에 차례로 영국 총리를 지낸 애트리, 이든, 맥밀런이 바로 1차 대전의 참전 용사들이다.

6.25 전쟁 중에는 밴플리트 장군이 아들을 참전 시켰다가 그 아들을 잃었으며, 아이젠하워 대통령과 클라크 장군도 한국전에 아들을 보냈다. 워커장군은 아들과 함께 참전했고 스스로는 목숨을

잃었다. 중국의 모택동 아들도 6.25전쟁 중에 참전해서 사망했다.

미국의 부자들은 어떤가. 카네기, 록펠러, 포드 등 모든 부자들은 자기의 부를 사회에 환원하였다.

카네기는 은퇴 후 18년 동안 자선사업가로 활동하다 일생을 마쳤다. 뉴욕에 공연장인 카네기홀을 만들고, 1902년 카네기멜론대학교를 설립했고 1911년 카네기재단을 설립했다. 카네기는 미국과 영국에 3,000개가 넘는 도서관을 지었으며 카네기 홀, 카네기연구소, 카네기 박물관, 스코틀랜드 대학의 카네기 장학금, 템버린 카네기 장학기금 등 교육, 국제평화와 안전, 미국 민주주의의 발전 등 다양한 분야에 기부를 하였고 기부역사를 새로 쓴 사람이었다. 그는 돈을 벌기 위해 수단을 가리지 않았으나 부자로 죽는 것은 부끄러운 일이라고 생각해 부의 복음은 부를 사회 발전에 사용하는 것이란 말을 실천했다.

존 록펠러는 1890년 시카고 대학을 재 설립하였고, 1901년에는 록펠러 의학연구소를 설립했으며 1913년에 '록펠러재단' 을 설립했다. 1920년대 세계 대공항 때에는 정부청사 규모에 못지않은 건설 사업인 록펠러 센터(총16개 빌딩 군)를 건립했다. 록펠러는 록펠러 재단을 통해 인류복지증진을 위한 일들을 끊임없이 진행하고 있으며 UN건물이 들어선 부지도 록펠러 재단에서 기증한 것이다.

헨리 포드는 1936년 5억 달러에 달하는 재산을 들여 '포드재단' 을 설립했으며, 그 재단을 통해 오늘날까지도 자선사업을 진행하고 있다. 빌 게이츠는 약 350억 달러를 출연하여 '빌 앤 멜린다 게이츠' 재단을 설립하여 제3세계의 빈민 구호와 질병 퇴치에 앞장서고 있다. 워렌 버핏은 빌 앤 멜린다 재단에 370억 달러를 출연하여 동참하고 있다. CNN설립자 테드 터너는 UN에 10억 달러를 쾌척한 바 있고 1990년에 '터너 재단'을 설립하여 핵무기 통제, 10대의 임신 예방, 환경보호와 야생동물 보호 등에 기부하고 있다.

삼성은 1965년 '삼성문화재단'을 설립하여 문화계를 지원하고 1982년 '삼성생명공익재단'을 설립하여 서울 삼성병원, 강북 삼성병원, 창원 삼성병원을 운영하고 있고 '호암재단'을 설립하여 호암상을 시상하고 있는 등 삼성의 기부도 만만치 않다.

현대는 1977년 '아산사회복지재단'을 설립하여 정읍, 보성, 보령, 영덕, 금강, 홍천, 강릉, 서울 등 병원을 설치하여 지역 의료서비스를 진행하고 있다. 2008년에는 '아산문화재단'을 설립하여 지역사회의 문화사업을 진행하고 있으며 2011년에는 아산 나눔재단을 설립하여 기업가정신 확산을 위한 일들도 하고 있다.

대기업뿐만 아니라 벤처기업 중에서 비트컴퓨터의 조현정은 장학재단을 설립하여 나눔을 실천하고 있고 정문술은 카이스트에 300억 원을 쾌척한 바도 있다. 이처럼 돈을 번 사람들이 공동체의 발전과 번영을 위한 기부의 행렬을 지금 언급한 것은 조족지

혈에 지나지 않는다. 돈이 있어야 기부도 할 수 있고 공동체의 번영에도 기여할 수 있다. 우리사회에 반기업정서가 팽배한 것은 결코 우리사회의 번영에 도움이 되지 않는다. 우리도 돈을 벌고 그 돈으로 사회에 기부하고 1,000년을 살 수 있는 삶을 살자.

책을 마치며

지구상에 살아있는 모든 생명체는 생존을 위한 투쟁의 연속이다. 어떻게 하면 자기의 종(種)이 오랫동안 지구상에 생존할 수 있을지를 위한 방법으로 진화되어왔다. 민들레는 홀씨를 온 천지에 날려서 자기의 종을 번식시킨다. 동물들도 마찬가지다. 북극에 사는 순록이나 아프리카에 사는 누우도 어느 시기에 출산을 해야 살아남을 확율이 높은지를 알도록 진화되어 왔다.

인간의 삶도 별반 다르지 않다. 인간의 역사도 결국은 어떻게 하면 살아남을 수 있는가의 싸움이었다. 전쟁도 생존을 위한 투쟁과정이었다. 인간의 생존문제를 획기적으로 변화시킨 계기는 18세기 산업혁명부터였다. 기술혁신에 따른 산업혁명은 인류문명사에 가장 크게 인간의 생존문제를 향상시켰다. 그 이후 벌어진 세계1,2차 세계대전도 어느 나라가 더 잘 살 수 있을 것인지를 두고 벌인 싸움이었다.

개인의 삶도 결국은 어떻게 잘 살 것인가를 두고 싸우는 과정이다. 개인의 생존수단을 가르치는 최선의 방법이 교육이다. 정글에서 사자가 사냥을 하는 법을 새끼들에게 가르치듯이 인간세상의 교육도 결국은 생존방법을 가르치는 수단에 불과하다.

오늘날 인간이 살아가면서도 어느 교육기관에서 교육을 받았느냐가 용이한 생존수단을 가졌느냐의 판별수단이다. 인간의 생존 수단 중에서 부(Rich)는 인간의 욕구를 충족시키는 수단이며 인간의 교육도 인간의 욕구충족 수단인 돈을 어떻게 용이하게 많이 벌 수 있는가를 가르치는 방법이다. 전 세계 모든 나라에서는 나름대로의 교육제도가 있다. 그럼에도 불구하고 인간이 갈구하는 돈 많이 버는 방법을 가르치는 데는 실패했다.

지구상에는 70억 명이 넘는 인구가 살고 있다. 이 지구상에 살고 있는 누구도 돈이 필요없다거나 돈을 많이 벌고 싶지 않다는 사람은 없다. 그럼에도 부자보다는 가난한 사람이 훨씬 많다. 여기에는 분명 무언가 이유가 존재할 것이란 전제가 책을 쓴 동기가 되었다. 인간이 한 번 이 세상에 태어나서 일생을 살다 가는 길이라면 가난하게 사는 것보다 부자로 살다가는 게 좋은 삶이고 훌륭한 삶이라고 생각했다. 부를 통해 자기의 삶도 윤택하게 그리고 공동체를 위해서도 함께 번영할 수 있는 길이라고 생각하기 때문이다.

한국 사회에서는 특히 부자를 싫어하는 반기업정서가 팽배해 있지만, 자기만은 부자로 살고 싶은 속마음은 누구나 다 가지고 있다.

어떻게 하면 부자로 살 수 있을 것인가? 지금까지 살아온 부자들의 삶의 형태를 추론해 볼 때 부자들은 기업가정신이라는 강한 정신의 소유자들이었다. 우리 사회에는 절대선으로 '착하게'라는 말을 많이 사용한다. 착한 것이 나쁜 것은 아니지만 착한 것만으로는 인간 세상에서 부자로 살 수는 없다. 세기의 거부들을 보라. 카네기, 록펠러, 스티브 잡스…. 그들이 부를 모으는 과정에서 착한 사람들이었나? 아니다. 돈을 버는 과정은 생존법칙이 작용하는 정글과 같은 것이다. 돈을 많이 벌어야 세금도 많이 내고 절에 시주도 많이 할 수 있고 교회에 헌금도 많이 낼 수 있다.

그래서 나는 돈을 많이 버는 방법으로 인간 내재적인 정신인 기업가정신을 가지라고 권고하고 싶다. 기업가정신에는 창의성, 혁신성, 열정, 끈기, 긍정정신 등이 있다. 그 다음에 사회생활을 시작할 때부터 돈을 많이 벌겠다는 목표를 세우라는 것이다. 돈에 관심이 있어야 돈을 버는 방법을 찾게 되고 돈 버는 방법에 접근하게 된다.

돈 버는 방법으로 투자를 많이 하자는 것이다. 처음에 자기회사의 주식을 착실히 사 모은다거나 작은 벤처기업의 주식을 사자. 주식이 아니면 미국의 국채를 사거나 달러를 사 모으거나, 가상화폐를 사거나 금을 사두는 것도 좋다. 그리고 여유가 있으면 부동산에 투자하자. 소비보다는 투자를 먼저 하자는 것이다.

돈을 많이 번 후에는 나보다 어려운 사람에게 기부를 하거나 국가나 공동체를 위해서는 노블레스 오블리주를 실천하자는 것이 둘째이다. 이 책《평범한 부자되기》에서 가장 강조하는 세 가지 덕목은 아래 두 가지이다. 즉, 열심히 노력해서 돈을 버는 것이 첫째요, 그러기 위해서는 부자를 손가락질 하지 말고 부자를 존경하라는 것이다. '부자가 존경받는 사회', 바로 이것이 이 책, 'Normal Rich'의 핵심사상이다.

참·고·문·헌

- 강수진, 나는 내일을 기다리지 않는다, ㈜인플루엔셜, 2013
- 권석만, 인간 이해를 위한 성격심리학, 학지사, 2018
- 김덕수, 신명으로 세상을 두드리다, 김영사, 2007
- 김성근, 꼴찌를 일등으로, ㈜자음과 모음, 2009
- 김병완, 이건희 27법칙, 미다스북스, 2012
- 김성홍·우인호, 이건희 개혁10년, 김영사, 2006
- 김연아, 김연아의 7분드라마, 중앙출판사, 2010
- 김영한·이영석, 총각네 야채가게, 거름, 2007
- 김학렬 외,부자의 독서, 리더스북, 2019
- 나오미 피사초프/강윤재 역, 라듐의 발견과 마리퀴리, 바다출판사, 2002
- 다니엘 라핀/조상연 역, 유대인비즈니스의 성공비결 40가지, 북스넷, 2020
- 랜디 포시/심은우 역, 마지막 강의, 살림, 2008
- 로버트 기요사키·샤론 레흐트/형선호 역, 황금가지, 2000
- 로버트 치알디니/이현우 옮김, 설득의 심리학, 2004
- 루비 페인/김우열 옮김, 계층이동의 사다리, 황금사자, 2011
- 말콤 글래드웰/노정태 역, 성공의 기회를 발견한 사람들 아웃라이어, 2010
- 사이쇼 히로시/최현숙 역, 아침형 인간, 한스미디어, 2003
- 안계환, 성공하는 사람들의 독서습관, 좋은책만들기, 2013
- 예종석, 노블레스 오블리주, 살림, 2009
- 울리히 슈나벨/김희상 역, 아무것도 하지 않는 시간의 힘, 가나출판, 2016
- 유발 하라리/조현욱 역, 사피엔스, 김영사 2015
- 윤석철, 삶의 정도, 위즈덤하우스, 2017
- 윌리엄 A.스텐마이어/ 이영권 역, 열심히 일해도 가난해지는 데는 이유가 있다. 도서출판 아름다운사회, 2011

- 이민규, 내 인생을 결정짓는 긍정의 심리학, 원앤원북스, 2006
- 임정식, 스포츠영웅의 비밀, 태학사, 2018
- 장 지글러/유영미 역, 왜 세계의 절반은 굶주리는가?, 갈라파고스, 2013
- 전대열, 박정희의 기업가적 국가경영과 위기관리 리더십, 행복우물, 2014
- 전진문, 아일랜드 명문 오닐가 1500년 지속성장의 비밀, 위즈덤하우스, 2009
- 정민, 미쳐야 미친다, 푸른역사, 2004
- 제프리 재슬로/심은우 역, 마지막 강의, 살림, 2008
- 조용헌, 5백년 내력의 명문가 이야기, 프른역사, 2002
- 조태훈, 철가방에서 스타강사로, 성하출판, 1997
- 짐 코리건/권오열 옮김, 스티브 잡스 이야기, 명진출판, 2013
- 카네기,유미바 다카시/정지영 역, 카네기의 인간관계론, 삼호미디어, 2019
- 테드 터너·빌 버크/송택순 역, 테드 터너 위대한 전진. 해냄. 2011
- 토마스 바샵·페터 프랑게/신혜원 역, '안된다' 는 생각을 깨뜨리는 12가지 심리법칙, 예지, 2005
- 피터드러커/이재규 역, 피터 드러커의 자기경영노트, 한국경제신문, 2006
- 피터드러커/ 권영설 외 역, 피터드러커의 위대한 혁신, 한국경제신문, 2006
- 피터콜리어 외/함규진 역, 록펠러가의 사람들, 씨앗을 뿌리는 사람들, 2004
- 켈로그경영대학원/원유진 역, 마케팅바이블, 세종서적, 2002
- 한근태, 구글대학에 없는 명언, 중앙북스, 2008
- 한동철, 부자학개론, 씨앗을뿌리는사람, 2005
- 한창욱·김영한, 펭귄을 날게하라, 위즈덤하우스, 2007
- 홍익희, 유대인 이야기, 행성B, 2013